ディスカヴァー文庫

Extension World 2
覚醒

秋风清

須田友喜 訳

Discover

目次

プロローグ

世界征服という名の陰謀は、必ずしも闇で生まれるとは限らない。

地下二十メートル。

すらりと伸びた荘厳な大理石の柱が、三角形の壁面を支え、円天井にはオリュンポス山が描かれている。絵の中央でひときわ鮮やかな色彩を放つゼウス神殿にからみつく稲妻は、猛り狂う巨大な龍を彷彿とさせる。

戸隠《とがくれ》は円天井から視線を外し、まっすぐ前を見据えた。背もたれの高い深紅の椅子に、中年の男が座っている。男の青白い顔からは才気が見て取れ、野心と自信がみなぎっている。

だが、戸隠は臆することなく男に語りかけた。

「今回はあなたの責任ですよ、ゼウス？」

「ゼウス」と呼ばれた男の眼光が鋭さを増した。しかし、戸隠にはそれを楽しむ余裕があった。かつてゼウスが支配し難攻不落の要塞と言われた聖山組織に、亀裂が生じているのだ。追及を緩めるわけにはいかない。

「あえて私が説明しなくても、『金のリンゴ』の重要性は分かっているはずです。あれがないと我々のＳＮＰ研究所に未来はありません。いったいなぜこんなことになったのですか？」

「ＳＮＰ研究所の未来を背負っているのは君じゃないか、戸隠」

「あれ以来、そうではなくなりました。それより今は金のリンゴを見つけることが先決です。何か策はありますか？」

ゼウスは戸隠をじっと見つめた。

「今回の件は事故のようなものだ。だが安心しろ。主導権は我々が握っているのだから、金のリンゴは必ず見つかる。それにこの状況は、チャンスととらえるべきだ。金のリンゴを利用して『能力者』どもをギリシャにおびき寄せれば、それこそ一網打尽にできる」

「まさか、もう？」

「最初の手筈は整えた。高誠《ガオチェン》は、すでに任務を遂行しているはずだ」

そう言うとゼウスは戸隠に笑顔を向けた。

「愛の神と月の女神も持ち場についている。『能力者』どもは、もはや袋のネズミだ」

「気は確かですか？　あの時のSNP研究所の二の舞に……」

「心配ない」

戸隠はゼウスの断言の前に沈黙した。

彼は私をあざ笑っているのか？

背筋を伸ばし毅然と王座に腰かけたゼウスは、俗人を導く神のごとく振る舞っている。

……当時の私とよく似ている。

戸隠の口元に、不敵な笑みが浮かんだ。

「お手並み拝見といきましょう」

第一章

1

早朝の部屋に軽妙な音楽が鳴り響いた。『その男ゾルバ』だ。ブズーキの音色がメロディーを引き立てている。ギターによく似た楽器だが、だからといって、この曲をギターで演奏してしまうのは罪というものだ。

眠りを妨げられたカレンは震える携帯電話を見つめ、そんなことを思った。

手を伸ばし煙草を探し当てると、慣れた手つきで火をつけ深く吸いこむ。

煙草を始めたのはいつだったかしら。五年前？

覚えていない。以前は、煙草のにおいが大の苦手で、煙が充満する局長室に足を踏み入れると吐き気をもよおしたものだが、今ではそれが心地いい。

最後の煙を吐き出すと同時に曲も鳴りやんだが、携帯電話はまだ震えていた。

ようやく電話に出ると、局長の老いた声が聞こえた。

「着信音を変えろと言ったはずだ。どうせまた曲を聞きながら煙草を吸っていたんだろ」

カレンは横目で時計を確認した。

「まだ朝の五時じゃない。今日はオフなのに」

「飛行機の到着は六時だぞ」

「なんの話？」

「やはり忘れていたか……。目を覚ませ！　今日は出迎えの日だ」

「いけない！」

確かに今日だ。休みがつぶれる、と一応文句は言ったものの命令が覆らないことは百も承知だった。カレンは肩で携帯電話を挟み、着替えを始めた。

「今すぐ行くわ！　大丈夫よ、飛行機は遅れるものでしょ。それに墜落するかもしれないし」

「言いたいことは、色々あるだろうが……」

「いいえ、ないわ！」

慌ただしく電話を切ったカレンは、大急ぎで髪を整え階下に下りた。

すでに待機していた車から助手兼運転手が顔を出し、カレンの不機嫌そうな表情を見て肩をすくめた。

「ボス、これから会うアルゼンチン人に心から同情します」

「うるさい！」


上空から見るアテネ国際空港は、独創的な形をしている。先賢たちの美的センスに学んだのか、滑走路とアプローチの形状が体育競技場のトラックのようにも見える。中央に位置する薄いグレーのターミナルビルは八角形で、そこから四方に通路が延びている。

カレンはターミナルビルの内部を見回した。デザインも好きになれないが、何より動線がよくない。慌ただしく右往左往する人々を目の当たりにして、しばし途方に暮れた。

「ボス、ボードを出しましょうか？」

助手が、人のよさそうな顔で問いかけてくる。

「そんなもの、あるの？」

「ほら、見てください！」

リュックからタブレット端末を引っ張り出した助手は、ディスプレーにアルゼンチンの名探偵フリオの写真を表示させ、高々と掲げた。

「やるじゃない」

そう言って写真をまじまじと見ていたカレンは、端末に指を伸ばした。

「こうやってグレーを強くして……白黒にするの。いいわ、これでいい」

カレンは数歩下がって満足げにいたずらの成果を眺めた。ディスプレーに表示された口髭の男の表情は、暗く沈み不吉さを漂わせている。

「なるべく私から離れててくれる？」

カレンに追い払われた助手は、恨めしそうに移動した。

少し気が晴れたカレンは手すりに寄りかかり、フリオの情報を思い返した。

公平な目で見れば、そのアルゼンチン人の探偵は実力者といっても差し支えはない。数々の事件を解決に導いた手法は、どれもユニークで、思考も明快だ。とはいえ、技術革新が進み、組織間の情報交換が緊密に行えるようになったこの時代、探偵は淘汰されるべき職種だとカレンは思っていた。

ロマンチックなラテン民族だからこそ、探偵が愛されるのかもしれないが、カレンにとって「ロマンチック」と「でたらめ」は同義語なのだ。

そもそもなんで私が出迎えなきゃならないの？　第一、もてなし方が分からない。アルゼンチン人って何を食べるのかしら？　トカゲのローストとか？

そんなことを考えながら時間をつぶすものの、いつまで経っても待ち人は現れず、カレンをいらだたせた。

時計を見ると、すでに六時四十五分を指している。

「もう一時間も待ってる！　私はね、国家情報局の高級情報員なのよ！　まったく、何様のつもりよ」

「でもボス……。僕らも遅れたので、まだ二十分しか待ってないかと……」

「でも悪いのは向こうでしょ」

その時、アジア系の男が慌てた様子で近づいてきた。年齢は三十手前というところか。髪は短く、グレーのジャケットに濃いカーキのパンツを合わせている。無難なファッションだが、地下鉄の通路でギターを弾いている若者のような、どこか奔放な雰囲気を漂わせていた。

男は、助手が掲げている写真をまじまじと見つめ、自信なさげに尋ねた。

「あの、ギリシャ国家情報局の？」

あっけにとられたカレンが驚いて男に尋ねた。

「どうして分かったの？」

「よかった！」

男は笑顔で握手を求めてきた。

「フリオです」

「え？　誰？　今なんて言ったの？」

2

――二十四時間前。

高誠は、トイレに寄って顔を洗った。鏡に映る自分は相変わらず若々しく、時の流れを感じさせない。白いシャツに薄いブルーのスラックス。ただし、人懐っこい端正な顔は、以前より色白になっていた。

そして、トイレから戻った高が、部屋のドアを押した瞬間。

シュッ。

黄昏時の光の中から、金属バットが襲いかかってきた。予想外の『歓迎セレモニー』にも高は冷静だった。とっさに前にかがむと、背後でバットが空を切る音が聞こえた。すかさず反転し、相手の胸にパンチを食らわせる。バットの持ち主は、たくましい肉体の大男だったが、落ちくぼんだ目が楽観できない健康状態であることを物語っていた。

高は、男がよろめいた隙に部屋の中に入った。

「貴様ら、ついに来たか」

大男は荒い息の中でそう言うと、高を睨みつけた。

「貴様ら？」

高に問いただす暇も与えず、大男は雄叫びとともに突進してきた。専門的な戦闘訓練を受けたことがあるのだろう、動きが俊敏なうえに迷いがない。金属バットが不気味な唸り声とともに頭に迫ってくる。冷ややかな殺気に、高の額の産毛が逆立った。

脇に飛びのく。ドスンという音を立ててバットが壁を打ち砕き、埃が立ちこめた。とっさに男の腕をつかむが、すさまじい力で振り払われる。想像以上の怪力にうろたえていると、大男の膝頭が腹に食いこんだ。高がよろけると、大男は再びバットを振りかぶった。

「貴様らを、ぶっ殺す！」

バットがこめかみに向かってくる。角度以外は、さっきの攻撃と変わらない。こんなものか、と思った瞬間、急に体が重くなり動作が鈍くなった。まるで海の底で水圧に押しつぶされているようだ。その時、高の瞳の色が漆黒から冷たいグレーに変わった。

「重力変化。正常値の一・七三倍。パラメーター変更。計算開始……」

目に見えないデータが脳裏に流れこみ、瞬時に数千通りの方法とその成功率を算出する。その中から最適と思われる方法を選び出した高は、バランスを失ったマネキンのように前方に倒れこんだ。後頭部をかすめたバットの風が髪の毛を揺らす。

胸に高の頭突きを食らった大男は、一瞬呼吸を奪われた。

カランという音を立ててバットが床に転がる。大男は目を見開いたままふらふらと壁に寄りかかり、そのままゆっくりと床にへたりこんだ。

「死にたいのか」

高は冷静なまなざしで大男を見つめる。

大男は苦しそうに喘ぎながら高を睨みつけた。目には恐怖の色が浮かんでいる。

「これでお前を殺す理由ができた。方法はいくらでもある。苦しいやつから睡眠薬を飲むより穏やかなやつまでな。もし知っていることをすべて話すなら、楽に死なせてやる」

大男の体がガタガタ震え出したが、高は気にもかけず話を続ける。

「お前も天涯孤独ってわけじゃないだろ。お前は家族のためにカネが欲しくて詐欺を働いた。だが送金の方法がお粗末だ。宅配業者が客のプライバシーを守ると思うか？お前の家族を見つけ出すことなど朝飯前なんだよ」

「うっ……貴様！」

大男は大きく息を吸い、高に襲いかかろうともがく。しかしそれで最後の力を使い果たしたと見え、床にだらりと倒れこんだ。

驚いた高は大男の鼻の下に手を伸ばし、不思議そうな顔をした。

「死んだ？」

高が目をしばたたかせると残忍な表情が瞬時に消え去った。

「なんてこった」

もう一度確認すると、やはり息絶えていた。家族をネタに脅すなんて確かに褒められたことではないが、それで人が死ぬとは思えない。

もともと持病があったと考えるのが妥当だが、さっきの自分の冷酷な態度を思い出すと身震いがした。

こういう症状が出たのは初めてではない。

数年前、SNP研究所との死闘に仲間たちと勝利したことで平凡な生活は遠のき、前に進み続けることを余儀なくされた。そしてあの日を境に、高の能力にも変化が見られるようになった。もとはただ計算が速いだけだったが、一瞬のうちに起こり得る現象をすべて予測できるほどの計算ができるようになった。ただ、この能力を得たことで、感情が過度に理性的になったのも事実だ。最初にこの症状が現れたのはチェンマイだった。忘れもしない、敵のアジトに突っこんだ時、ピストルで冷淡に『点呼』をしてのけたのだ。まるで人命がただのデータであるかのように……。

苦い記憶だ。

高は深々と息を吸い、部屋の中を見回した。

中国の内陸部によくある安宿。狭い部屋は目を背けたくなるような衛生状態で、寝具には怪しいシミがこびりついている。おまけに洗面所の壊れた蛇口からは、水の滴る音が絶え間なく聞こえてくる。

見覚えがあるのに見知らぬ光景。この中海という街もそうだ。事実上の故郷だが、ほとんど記憶に残っていない。

いつ街を出たのかも思い出せない。高の記憶は、基地から始まっている。厳しい訓練に明け暮れ、空いたわずかな時間を仲間と励まし合いながら過ごした。

できることなら戻りたくなかったが、追跡していた人物が高をこの街へと導いた。

そう、今や冷たい屍となって足元に転がる大男を追いかけてきたのだ。

大男を発見したのは、新聞紙上だった。ちょうど上海に探偵事務所を開き、岡悟司《おかさとし》を探していた時だ。他の仲間も同じ目的のため世界各地に散っていたが、半年経っても悟司の消息はつかめなかった。戸隠と彼が率いるSNP研究所も、すっかりなりをひそめ、もとから存在していないのではと思えるほどだった。

そんなある日、新聞に掲載された事件が目に留まった。豫園《よえん》の近くの宝飾店に強盗が押し入ったが犯人につながる証拠は皆無だった、というありふれた内容だった。だが、それから数日のうちに同様の事件が数件起き、やはり手がかりは残されていなかったという。

上海を荒らし回った犯人が次に現れたのは鄭州《ていしゅう》で、今度は足跡が残されていた。そして鑑定の専門家が、犯人の身長は百八十センチで体重はわずか六キロという分析結果を出した。実にバカげた話だが、高はその点に注目し事件を追った。

鄭州の次が中海だった。最初は少しためらったが、高は思い切って現場へ行くことにした。そしてターゲットの潜伏先を探し当て、さっきの一幕を演じることになったのだ。

「いったいどうなってるんだ！」

高は頭をかきむしった。

こいつに死なれたら、手がかりがすべて消えてしまう。関連性は見つからなかったが、この大男が能力者というだけでも興味深い。まったく無関係に見える事柄でも、突き詰めれば意外な収穫が得られることもあるからだ。

それにしても惜しいことをした。

ひとつため息をつくと、階下から足音が聞こえてきた。急いで死体をベッドに運び毛布をかける。その時、ふと目の端に奇妙なものをとらえた。

「これは？」

大男の右腕に変わったタトゥーがあった。何本かの簡単な線で描かれた図案は、山のようにも見える。

「怪しいタトゥーだ」

そうつぶやいて部屋を出た高と、従業員がすれ違う。

二十分後、高は別のホテルに入った。ここが今夜のねぐらだ。

部屋に入り、スーツケースからノートパソコンを取り出すと慣れた手つきでブラウザにアドレスを打ちこむ。ほどなく、ディスプレーに湾曲した光線が現れた。すると光線は渦を巻きながらゆっくりと西洋人の顔を形作った。

赤毛に茶褐色の瞳。固く引き結んだ唇は、いかにも寡黙そうだ。

「君のシャツ……」

ディスプレーの人物に指摘された高が胸元を見ると、ボタンをかけ違えていた。

「ブルーノ、ドイツ人っていうのはみんなそうなのか？」

高は面倒くさそうに手を振った。

「じゃあ余計なことは言わないで聞くが、任務はどうだ」

ブルーノが核心を突いてきた。

「しくじった……」

高はしばらく黙りこんでいたが、意を決し、事の次第を説明した。

「そのタトゥーはどんな形だった？」

「山に似てたけど、抽象的すぎてうまく説明できない」

「見せてくれ」

「しまった、写真を撮り忘れた！」

ブルーノは口の端を引きつらせた。

「もう一回、行ってくるよ」

高はそう言って立ち上がったが、すぐ椅子に沈みこんだ。

「ダメだ。死体はもう発見されてるよ。今さら行ったところで……」

ディスプレー越しに、ブルーノの怒りが伝わってくる。

高が顔を上げることもできず沈黙していると、ブルーノが口を開いた。

「君には別の仕事をやってもらう」

「ダメだ、きっと失敗する」

「ギリシャに行ってくれ」

「なんだって？　ヨーロッパは君の管轄だろ？」

「キム・ジュンホウが消息を絶った。僕はデータの監視で手が離せないし」

「あいつ、なんでギリシャなんかに？」

「女と旅行さ」

「例の女か？」

「新しい女だ」

「くそっ、うまいことやってるよな」

うらやましいが、高には到底まねのできない芸当だ。

「連絡が途絶えて三日になる。行って調べてくれ」

「でも、なんで僕なの？」

「みんな忙しい」

「分かったよ……」

高は肩をすくめた。

「じゃあ観光ビザを用意してくれ」

「それよりいい方法がある。ちょうど、ギリシャの国家情報局が探偵を招聘してるんだ。紛失物の捜索のためだ。『金のリンゴ』というコードネームで呼ばれていて、なんでも人に不思議なパワーを与えるという代物らしい」

「金のリンゴ？」

高はギリシャ神話を連想した。三人の女神が金のリンゴを巡って争い、審判を任されたパリスは、最終的に金のリンゴを愛の女神アプロディテに与える。その結果、パリスはアプロディテの許しを得て最も美しい女性を妻にする。その名はヘレナ。のちに有名なトロイア戦争の引き金となった女性だ。

「でも、神話の中のあれじゃないよね？　だとしたら何？　もう調べがついてるんだよね？」

「いいや。高度機密データだから独立給電型のシステムで閉鎖的に管理されているんだ」

ブルーノは、物理的な配線を通じてコンピューターに侵入する能力を持っている。つまり対象のコンピューターがインターネットにつながっていなくても、電力さえ供給されていればハッキングができる。しかし、さすがのブルーノも独立給電型のシステムには手も足も出ない。

「変だよ。なんでわざわざ外国人を雇うのさ。一国の情報局だよ？」

「おそらく内部で何か問題が起きているんだろう。分かってると思うけど、僕たちは、あらゆる超常現象の情報を集めて調査しなきゃならない」

「つまり、僕のメインの任務は金のリンゴの調査で、ついでにキム・ジュンホウを探すってこと？」

「ああそうだ」

「まさか、朝食に何を食べたかも思い出せない僕に、マジで探偵に化けろって言ってる？　大丈夫かな……」

「身分の偽装工作は任せてくれ。ただ探偵のスキルについては……君を信じる」

「スキルね……」

「ところで、ギリシャの情報局は探偵の候補者をテストでふるいにかけたんだけど、問題を見たい？」

「好きにしろ」

うなずいたブルーノの姿が、突然、消えた。するとディスプレーに『マトリックス』のワンシーンを彷彿とさせるデータだらけの画像が現れ、数秒後、画面いっぱいに試験問題が表示された。

第一問：任意に設定した行動シーンの中の要素を抽出し、リーマン予想と相応させてください。

「くそっ、リーマン予想ってなんだよ」

最初の問題を一瞬見て悪態をついた。

視線を下に移す。第二問、第三問……全部で二十問あった。最後のほうはどれも数学とは関係のない内容だったが、読んでいるうちに自分の頭脳をこけにされているような気分になった。

「一問も分からないけど、難問だってことは分かったよ」

高は両手を上げて降参した。

「ブルーノ？」

問題が消え、再び姿を現したブルーノに向かって高は手を合わせた。

「頼むよ。こんなの二度とごめんだ」

「分かった」

「で、僕は具体的にどうすればいい」

「テストにパスした人物のデータを操作しておくから、君はそいつに成りすましてギリシャに行ってくれ」

「はいはい」

高は肩を落とした。

「行くよ、ギリシャでもどこでも」

3

——四時間前。

アルゼンチン、ブエノスアイレス国際空港。

フリオは、スーツケースを片手に搭乗を待っている。人々がひっきりなしに行き交う喧騒の中、フリオの頭はギリシャからの招聘状のことでいっぱいだった。

フリオは探偵だ。デビュー以来、数多くの難事件を解決してきた。天賦の才を持つ彼の目には、いわゆる知能犯と呼ばれる犯罪者でさえ滑稽に映る。

事実、フリオはその並外れた知性により、知能犯との勝負に勝ち続けていた。格下とはいえ、知恵と勇気を競う彼らとのゲームは嫌いではない――フリオにとって事件の解明は、ただのゲームにすぎないのだ。

今回、数多くの同業者を差し置いてギリシャ情報局に選ばれたことについても、フリオは特に興奮を覚えることはなく、むしろ当然とさえ思っていた。

ただ、ひとつ喜ぶとしたら、ギリシャで仕事ができるという点だ。おそらくギリシャ情報局で内部分裂が起きているのだろう。そうでなければ、外国人の自分が起用されるはずはないが、そんなことはどうでもいい。自分に必要なのは、手腕を発揮するチャンスだけだ。そして人々をあっと驚かせることができればそれでいい。

その点、アルゼンチンという舞台は、世界的な名声を得るには、あまりにも小さすぎた。しかし今、ついに大きなチャンスが巡ってきた。

「申し分のない舞台だ」

フリオは頬を緩めた。

搭乗を促すアナウンスが流れ、フリオは人の流れについて前に進む。安全検査の一歩手前まで来た時、向こうから一直線に近づいてくる二人組の警官の姿が目に入った。目の前で立ち止まった警官は、ぶしつけにフリオの容姿を観察した。

「ミラーさんですね？」

無視すると、警官はじわりと間を詰めてきた。

「ミラーさんですよね？」

フリオは警官に傲慢な視線を浴びせた。

「この国で私の名前を間違える人間は、そう多くない。どうやら君たちは新参者のようだね」

「申し訳ありません」

質問をした警官は皮肉な笑みを浮かべると逮捕状を示した。確かに自分の写真だが、名前はミラーとなっている。

「本当に警官なのか？」

フリオは疑いのまなざしを向けた。罠である可能性もある。すると、もうひとりの警官が身分証を差し出した。

「確かに本物だ。だが、私も本物だ。名探偵フリオ、有名人だと自負している」

そう言ってIDカードとパスポートを突きつけた。それらをかわるがわる確認した警官たちは顔を見合わせ、笑みを浮かべた。

「よくできていますね。本物そっくりですが、残念ながらこちらのデータベースと一致しません」

警官が、ため息交じりに言った。

「ご同行願います」

もうひとりがフリオを促した。

「どういうつもりだ！」

フリオは憤慨しながらも、まだ心のどこかで何かの冗談ではないかと思っていた。周囲の旅行客が皆、こっちを見ていた。少し離れたところでは大勢の野次馬が、口々に好き勝手なことを言い合っている。まるで自分がピエロになったような気分だった。

「どうかご協力願います。法律は熟知していますよね」

警官が逃亡を阻止するように体を寄せてくる。

くそっ！　なぜこんなことに！

一瞬、警官を殴り倒したい、という衝動に駆られた。

飛行機に飛び乗って機長を脅し、ギリシャまでフライトさせよう。もし抵抗されたら、首を締め上げて……。ギリシャに行くことさえできれば、こっちのものだ。大いに活躍して国際的な地位と名声を手にしたあかつきには、自分を陥れた人間を探し出し、いかに愚かな過ちを犯したのかを思い知らせてやる……。

もちろん、ただの妄想だった。

フリオは心中の怒りと混乱を抑え、必死で冷静を装った。あまり手がかりがなく、推測にすぎないが、ギリシャから招かれたことと無関係ではなさそうだ。

「行こう」

長いため息をつき、フリオは警官とともに空港をあとにした。

ちょうどその時、アテネ行きのボーイング機が北京を離陸した。客席では、高が黙々と資料を暗記していた。

「高誠だ。以前はフリオと名乗っていた」

4

「高誠だ。以前はフリオと名乗っていた。啓明探偵事務所の所長をしている」

高と名乗る男は握手を求めながら、大声であいさつをした。

一瞬、カレンは凍りついた。隣にいる助手が掲げる写真を確認し、再び高に視線を戻す。

「いい加減なことを言うと、命が危いわよ」

「冗談は言わないたちだ。そっちの資料が古いのでは？」

「そんなバカな……。ちょっと待って」

カレンは携帯電話を取り出した。ブラックベリーのキーを押す手に力が入る。

「会えたか？」

局長の声が聞こえた。

「ええ、会えたわ。だけど彼、先に韓国に寄って整形したみたいね。アジアのアイドルみたいなのが現れたわ。でも、さすがね。よくできてる。それより、彼を入国させるなんて、我が国のイミグレーションはどうなっているのかしら」

「要するに、君が出迎えたのはアジア人だった？」

「すごい……。よく分かったわね」

電話の向こうから局長の大笑いする声が聞こえ、カレンは眉をひそめた。

「思った通りだ。送っておいた新しい資料を見ていないようだな」

「新しい資料？」

そう言って助手に目をやると、知らないというように肩をすくめた。

「我々はずっと、彼は生粋のアルゼンチン人だと思っていた。もちろん、名前や容貌も含めてだ。だが、詳しい調査の結果……といっても昨夜のことだが、それがフェイクだったと判明した。本名は高誠。中国在住だ。アルゼンチンで活動するフリオは、彼の傀儡だ」

「なんのために？　頭おかしいの？」

カレンのぶしつけな視線に、高は笑顔で応えた。

「頭がおかしいのか敵がいるのかは分からないが、実力はお墨付きだ。とにかく、我々のオファーを受けてくれた。それだけでじゅうぶんじゃないか」

「分かったわ。でも私のことは巻きこまないで」

カレンは電話を切り、高をじっと見た。

「言っておくけど、あなたがフリオかどうかなんて、私にはどうでもいいの」

カレンは明瞭な発音でゆっくりと言った。

「私の任務はあなたを局長のところに送り届けることよ。あとのことは知らないから。分かった？」

「は？」

「とにかく、それまではおとなくしてててちょうだい！」

そう言うとカレンはきびすを返し、外に向かって歩き出した。だがすぐに振り返り呆然と立ち尽くす高を促した。

「ついて来て！」


三人は、黒塗りのボルボに乗りこんだ。運転するのは助手だ。カレンと並んで後部座席に座った高が笑顔で話しかける。

「僕のことが気にくわないのかと思ってたんだ。でもよかった。ひとり寂しく、後部座席に座らされなくて」

「あなたを見張るためよ」

カレンのブルーの瞳に高が映っている。

「目を放したら、何をするか分からないでしょ」

「勘弁してよ。僕は局長のゲストだよ」

「でも私のゲストじゃない」

会話が途切れ、車内に気まずい空気が流れた。車はひたすら前進している。高は憂うつな気分を振り払うように自分に言い聞かせる。

実はそう悪い状況でもないんじゃないか？　少なくとも飛行機を降りた途端に逮捕されるってことはなかった。それにこのカレンとかいう情報員……実に魅力的な女性だ。背が高い。一メートル七十はあるだろう。ぴったりと体に沿った白黒ストライプのスーツをセクシーに着こなしている。彫りの深い顔立ちは、女神の彫刻を彷彿とさせる。亜麻色のショートヘアは、完全に自分好みだ。もし、その瞳に不信感さえ漂わせていなければ完璧なのに。

しかし、さっき彼女が言った通りだ。局長に会ったらそれっきりじゃないか。

静かな時間は高を思い出に浸らせた。時々、自分が年を取ったと感じる。そうでなければ、こんなに昔を思ったりしないはずだ。最近よく頭に浮かぶのは東京での日々だ。素晴らしく平凡な時間だった。宮本瞬《みやもとしゅん》の仏頂面に、彼の妹——宮本杏《あん》の軽やかな姿。

瞬とは兄弟だと思っている。兄弟とは、生死をともにした友人以上の関係を意味する。二人は文字通り生死をともにし、固い絆で結ばれていた。東京ではわずか十数平米の狭い部屋に住み、ビール片手に将来を語り合った。

そう言えば、部屋の隅に積み上げてあったビールの空き缶でエッフェル塔を作ったっけ。

それから宮本杏が生活の中に舞いこんできた。彼女に気があったことは認めるが、見るからに繊細そうな少女を驚かせたくなくて、告白できなかった。というより杏はフワフワとしたとても遠い存在のような感じがして、自分の気持ちと同じでまったくつかみどころがなかった。

カレンは無意識に高を観察していた。

結構イケメン。いろんな経験をしてきたのね。で、今は物思いにふけってる……。でもそんなことは探偵業務には関係ないわ。今のところホストと変わりないもの。

高に対しては、第一印象からして不信感しかない。なにしろ南米人ではなくアジア人だったのだ。これは人種差別ではなく急な変更に不意打ちを食らったからで、素振りこそ見せなかったが実際はひどく焦っていた。

何か問題がひそんでいるという気がしたが、スパイとして直感で片付けるわけにはいかない。問題の証拠をつかむ必要がある。

空港からアテネ市内までは三十キロの道のりだ。車はかなりのスピードで走行し、わずか三十分で市内に入ったが、渋滞につかまりスピードを落とした。シンタグマ広場にさしかかるとクリーム色の国会議事堂が見えた。少し東側にはアマリアス大通りへと続く大理石の石段があり、小さなコーヒースタンドがいくつも点在する。

車の外が騒がしい。デモの行列と遭遇したのだ。思い出に浸っていた高は、興奮した群衆を目の当たりにして今日はいったいなんの日だったかと考えた。いずれにしても自由や政府への不満を訴えているのだろう。

二十分後、車はようやくシンタグマ広場を通り抜けた。遠くに十数本の巨大な柱が見える。柱の表面にはそれぞれ直線的な彫刻が施され、やや黄味がかった白い大理石の斑模様が悠久の時を感じさせる。屋根はなく、柱はかろうじて残っている数本の梁を支えている。壊れてはいるが堂々たるたたずまいは、今も神聖さを失っていない。

気まずい雰囲気をなんとかしようと思ったのか、ハンドルを握る助手が案内を買って出た。

「あれがゼウス神殿です。建設当時、柱は百四本ありましたが大火事で壊れてしまったんです」

「最近?」

「……二千年前ですけど」

「すまない、ぼんやりしてた」

あっという間にゼウス神殿の前を通り過ぎた車は、しばらく南下し、同じところを何周かしたあと北西に向かった。

「前方がアクロポリス遺跡です。で、あれがパルテノン神殿。みんなあれを見るためにアテネを訪れます」

「素晴らしい」

しばらくすると、前方に再びギリシャ様式の古代建築が現れた。高は少し混乱した。

見覚えのある風景だけど夢で見たのかな。それとも旅行のパンフレット？　いや、似て非なる記憶か。

時々自分が病気ではないかと思う。思い出に浸るだけならまだしも記憶にズレが生じることがある。

「ここはどこ？」

高の質問に車内が沈黙した。不思議そうに自分を見つめていたカレンの見栄えのよい眉がわずかに動いた。

「あなた、本当に探偵なの？」

「何か問題でも？」

「探偵に必要なのは、鋭い観察力よね」

「その通りだ」

「あれはゼウス神殿よ」

「なんだって？」

高は、ようやく気がついた。

「もしかして同じ道を回ってる？　なるほど、隠密行動ってやつか！」

「そうじゃなくて、なぜ気づかなかったのよ」

カレンに睨まれ『そりゃあこれが僕の本当の実力だからだ！』と開き直るわけにもいかず、なるべく自然な口調で切り返した。

「それが名探偵と普通の探偵の違いさ。僕には彼らにはないユーモアのセンスがある」

「そうなの？　アルツハイマーかと思ったわ」

「冗談だろ。僕はまだ若い」

「可能性はあるわ。病理学に奇跡はつきものよ」

もし言葉が爆弾なら、高は粉々に吹き飛んでいるところだ。平静を装ってはいたが、隣から容赦なく冷気が漂ってくる。

カレンは高から視線を外した。

こいつの尻尾はつかんだわ。なにが探偵よ？　ふざけないで。神経科にかかったほうがいいんじゃない？

高は内心ブルーノを呪っていた。

観光ビザのほうがマシだった。こんなまねさせるなんて、まともな神経じゃやもたないよ！

ふと見ると、カレンは無表情に前方を見据えている。

何を考えているのか分からないから、とにかくぼろが出ないようにしないと。具体的には無駄に発言しないことだけど、カレンのほうがよっぽど沈黙してる……。

車内の雰囲気が、さらに凍りついた。助手は深く息を吸い、ハンドルを握る手に力を入れた。しばらくすると交通量が減り周囲の建物もまばらになってきた。すでに車は市街地を抜け、山道にさしかかっていた。もう、五キロほど走っただろうか。道幅はそう広くない。左側は深さ数メートルの側溝で、砕けた岩が転がっている様は歯並びの悪い口が細長く開いているようだ。右側はむき出しの山肌で、褐色の岩はサイの皮のようにざらつき日陰には痣のような苔が生えている。

高は、美しいとは言いがたい風景から視線をそらし遠くを眺めた。深く澄み切った青空に雲の塊が低く浮かび、太陽の光が柔らかく降り注いでいる。徐々に気持ちがほぐれ、ギリシャも悪くない、と思い始めていた時、一台のコンテナ車が左側を追い越していった。すれ違う瞬間、いかにもヨーロッパのトラック運転手という風貌の太った男が、のんきにあくびをしているのが見えた。

高が手を振ると、善良そうな笑顔が返ってきた……。だが次の瞬間、高は我が目を疑った。

突然、方向転換したコンテナ車の巨大な車体が、猛スピードで突っこんできて、あっという間に視界が車体で埋め尽くされた。

「危ない！　イアン！」

高よりカレンのほうが一瞬早く声をあげた。イアンと呼ばれた若い助手は、猛然とハンドルを切り、車を左側に横滑りさせた。間一髪で衝突は避けたが、コンテナ車は、そのまま車体を寄せてきた。

「加速して、イアン！」

カレンは身を乗り出し、コンテナ車を睨みつけた。どう考えても事故ではない。

一方、まだ単なる事故と思っていた高は、運転手を注意しようと窓から顔を出した。すると頭上で恐るべき事態が発生していた。しっかり固定されていなかったのか、コンテナがゆらゆらと大きく揺れ、耳障りな轟音とともに崩れ落ちてきたのだ。見上げると、青空が鉄の塊で遮られていた。

「突っ切って！」

カレンが叫んだ。

イアンはギリシャ語で何かののしり、アクセルを思い切り踏みこんだ。強烈な加速度が発生し、高の体はレザーシートに押しつけられた。頭上のコンテナのせいで薄暗くなった車内に、悲鳴のようなエンジン音が響いている。隣に座っているカレンは、唇を真一文字に引き結び、前方に見える光を凝視していた。

ドカン！

落ちてきたコンテナが、ボルボのトランクを撃破した。そのはずみで前輪が大きく浮き上がり、車体が地面に打ちつけられたが、四つのタイヤは痛々しい摩擦音をあげ、なおも転がり続けた。

「これは暗殺よ！」

振り返り無残に破壊されたトランクを見たカレンは、助かったのはただの幸運だったと悟り恐怖を覚えた。コンテナ車はその場に停まり、急ブレーキによって発生した黒い煙に包まれている。

カレンは銃を握りしめた。冷たい感触が心強い。こういう時に頼りになるのは武器だけだ。すかさず、暗殺を企んだコンテナ車の運転手を撃とうとしたが、もはや姿は消えていた。

命拾いしたわね。そう思って前を向いた途端、黒い影が目の前に迫ってきた。高誠！ ついに本性を現したのね？

とっさに腕を上げたが、顔を思い切り座席に押しつけられた。皮膚がシートにこすれてひりひりと痛む。

バカ、何すんのよ……。

カレンが反撃を試みた瞬間、耳元で轟音がさく裂した。火花が飛び散り、車内に焦げたにおいが立ちこめる。顔を上げると背もたれの部分に黒く焦げた大きな穴が開いていた！

「狙撃銃だわ！」

思わず身震いがした。もし高がいなければ、今頃頭はスイカのように砕け散っていただろう。高はというと、じっと前方を注視していた。

錯覚かしら……。まるで別人だわ。

そのまま視線を前方に向けたカレンの顔から、血の気が引いた。

「イアン！」

フロントガラスに大きな穴が開き、それを中心に蜘蛛の巣のような亀裂が広がっていた。貫通した弾丸を受けたイアンはすでに息絶え、助手席に倒れた体からは鮮血がどくどくと流れていた。ボルボは車線を外れ、路肩の方向に進んでいる。

側溝よ！

このままのスピードで進めば死は免れない。だがもう間に合わない。車は、無情にも死の淵に向かって突き進んでいた。

「時速百四十キロ、傾斜角二十六度、摩擦係数……」

死を前にして脳裏にデータがひらめいた次の瞬間、後部座席から躍り出た高は、運転席に半身を滑りこませていた。そして車が溝に落ちる直前、間一髪でハンドルを逆側に切った。

ギギギーーーーッ！

急激な方向転換に車が悲鳴をあげた。タイヤにはもう地面をつかむ力は残っていない。ボルボは右側にひっくり返り、その勢いでイアンの体が外に投げ出された。

「イアン！」

叫んだところで、カレンにはどうすることもできない。天地が逆さまになり、必死で、取っ手にすがりついた。外を見ると、山肌が猛然と迫ってくる。しかし激突の直前、車体がさらに回転し、タイヤがうまく山肌と接触した。車が発する重苦しい音に、不安が募る。すると車体は、再び反対方向に回転した。

そうしてタイヤが地面をとらえると、ボルボは飛ぶように疾走した。

「待って！」

カレンは胃のむかつきをこらえながら振り返り、必死でイアンを探したが、その姿をとらえることはできなかった。ボルボはすでに角を曲がっていた。

「彼を置いていけない！」

「もう死んでいる。実に愚かしい」

壊れた窓から吹きこむ強風で、高の声がよく聞き取れなかった。

「なんて言ったの？」

「彼を死なせたのは君だ」

高が振り返った。

「走行経路の設定は最初から破綻していた。単なる君の自己満足だ」

「うるさい！」

カレンは、耐えきれなくなって感情的に叫んだ。

「そうよ、隠密行動なんて初めから命令になかった。あなたを試したくて、私の一存でやっただけ。これで満足？　でもこんなはずじゃなかった！」

「命を狙われていることに、気づいてなかったのか？　とすると君は想像以上に愚かだ」

カレンは、きつく唇をかんだ。耳の痛い指摘だが間違ってはいない。高に指摘され、これまでの経緯を思い返してみた。自分の行動を把握しているのは、内部の人間だけだ。性格上、大勢の人を怒らせてきたことも確かだ。一週間前にも、ティナの赤いスカートをけなした……。でもまともな人間なら、そんなことで殺し屋を寄こしたりしない。

つらつらと考えるうち、カレンは、二週間前の局長室での会話を思い出した。

5

天気のいい昼下がり。カレンはマルボロ・ブラック・メンソールを、いかにもうまそうに吸っている。その向かい側で、局長はカットした葉巻に火をつけ、ゆっくりと一口吸った。紫煙が立ち上り、二人の視界を遮る。

「私のオフィスは、いつから喫煙ルームになったんだ？」

「ここは自由に煙草が吸えるって以外に、いいことあるかしら？」

「まあそう言うな。知っての通り、私もストレスが多いからな」

「あなたは、まるで人が変わってしまったわ」

カレンは局長を見つめた。

「九年前、ギリシャの国家情報局をＣＩＡやＦＢＩと肩を並べる組織にしてみせると意気ごんでいたのは誰？　あの気概にあふれた人は、いったいどこへ行ったの？」

「すべて変わってしまった。もうあの頃とは違う。いいか、我々の敵はとてつもなく強大だ。お前は綱渡りをしたことなどないと思うが、そう、まさにそんな感じだ。一歩踏み出すたびに身震いがする」

「我々の敵じゃなくてあなたの敵でしょ。そもそも、なぜあなたはゼウス副局長をそこまで警戒するの？　まさか局長のポストを奪われるとでも？」

「あと二年で退職する私が、そんなことを心配すると思うか？　私に言わせれば、お前がゼウスを信頼していることのほうが理解できない。まあ、あんなことでもなければ、お前はとっくにゼウスについていたのかもしれないが……」

『あんなこと』の意味するところはよく分かっている。十六歳の時、カレンは人生を見失い、いわゆる不良少女に成り下がっていた。暴走族に入って冷たい夜の街をバイクで百万マイルは疾走した。そしてナイトクラブに入りびたり、煙草に酒、ケタミンにまで手を出した。後見人である叔母の援助が途絶えてからは友達に誘われアリストテレス通り――ギリシャの賢人の名を冠したこの通りは風俗街として知られている――に足を踏み入れた。

幸い、初日に警察に踏みこまれ娼婦たちとともに拘束された。叔母は保釈を拒み、関係の断絶を宣言した。釈放された日のことはよく覚えている。人々が行き交うアテネの街を亡霊のようにさまよった。人生の意義を見いだせず、夜になると頭を抱えて泣いた。

そんな時、『父』とも呼べる人物に出会い救われた。局長のアルベルトだ。アルベルトはカレンを導き、人生の道筋をはっきりと示してくれた。幼い頃に両親を亡くしていたカレンは、無意識にアルベルトを父親のように慕っていた。あえて口にしたことはないが、それはお互い暗黙の了解だった。

心の中ではアルベルトを心配しているのに、素直に口に出すことができない。もし実の父親が生きていたとしても、やはり同じような態度で接していただろう。時々、自分でも不思議に思うのだが、もうすぐ三十だというのに、まだ反抗期が続いているみたいだった。

カレンは、態度を少し軟化させてみることにした。

「アルベルト、考えすぎじゃない？　かりにゼウスがあなたの敵だったとして、だからどうだっていうの？　あなたが退職したら、私があなたを守るわ。そしたら彼だって……」

「いいや、お前は分かってない」

そう言って煙を吐き出した局長の顔が、より一層かすんで見えた。

「あの男は私の敵というだけではなく、ギリシャの、この国の敵なんだ。あるいは……」

カレンは、ぼんやりと局長の顔を見ながら、続きの言葉に耳を疑った。

「世界の敵かもしれない」

6

国や世界の敵という話はカレンの想像力をはるかに超えていたが、もし局長の言葉が本当なら、今回の暗殺事件はゼウスが関係しているとしか考えられない。

　でもなぜそんな必要が？　確かに、副局長は折に触れ私を自分の側に引きこもうとしていたけど、そのたびに、はっきりと断っていた。もしそれが暗殺の理由だとしたら、今頃情報局のメンバーは半分になっていてもおかしくないわよね？

　頭が混乱してきたところで、車が停止した。外は殺風景な平野で、背の低い木がまばらに数本生えているだけだった。高が運転席から降りてきて、後部座席のドアを開けた。

「僕は行き先を知らない」

　カレンは高を見上げた。さっき命を助けてもらった礼を言うべきかもしれないが、言葉が出なかった。局長に優しい言葉をかけられない自分が、ここにもいる。カレンは硬い表情でうなずくと、運転席に移動した。

　座席は血だらけだった。イアンの血だ。活発でいたずら好きの心優しい若者は、もう四年もカレンの『いじめ』を受けていた。怒りっぽいカレンとは正反対の性格だった。恋人を見かけたことがある。スターバックスで、イアンは彼女の口元を紙ナプキンでぬぐってやっていた。その優しいまなざしに彼女はメロメロだった。そして二人はもうすぐ結婚するはずだった。数か月後に……。

やるせない思いがこみ上げ、カレンはハンドルを握りしめた。イアンはもういない。結婚もなくなり幸せの積木がガラガラと崩れた。フィアンセにどう申し開きをすればいいのか分からない。

苦々しい思いから逃れるように、カレンはエンジンをふかし、思い切りアクセルを踏む。ガラスのない窓から風が舞いこみ、目じりの水分を吹き飛ばした。

二十分後、車は別荘の前で停まった。周囲は一面のオリーブ畑で他に建物は見当たらない。地中海風の別荘は二階建てで、平らな屋上にはデッキチェアーとたたまれたパラソルが見える。青と白に塗られた壁面を太陽の光がまぶしく照らし、そこにからまる蔦が年月の経過を物語っている。

面会場所は、情報局ではなく局長のこの秘密の別荘だと聞いた時、カレンは、その警戒ぶりをあざ笑った。しかし今となっては、理にかなっていたと思える。

別荘の中は、居心地のよさそうな淡い緑を基調としたしつらえで、壁には黒地に薄茶色の花が咲き乱れたペルシャ柄のタペストリーが掛かっている。その下に配置されたソファーにベージュのジャケットを着た男性が座り、小ぶりの鉢に植えられた観葉植物の葉を拭いていた。

五十がらみのいかにも上品そうなその男性は、二人の足音に気づいて顔を上げ会釈をした。

「アルベルト」

カレンが大きく息を吸った。

「イアンが死んだわ」

アルベルト――ギリシャ国家情報局局長――は大きく目を見開いた。長年の経験から、カレンと高の体についた血痕は彼らのものではないと判断できる。となるとイアンしかいない。アルベルトはイアンの風貌を思い浮かべた。

面白い奴だった……。

「いったい何があった?」

ゆっくりと立ち上がったアルベルトの右手は、関節が白くなるほど強く握りしめられている。

「暗殺よ」

カレンの脳裏に、猛然と側溝に突っこむ車の映像がよみがえった。

「もしかしたら、全員の命を狙ったのかも。最初は交通事故で、次に弾丸が撃ちこまれた……」

当時の状況を思い出し、感情が高ぶる。

「もしイアンがいなかったら、最初の事故で死んでたわ。彼は私たちの命を救ってくれたの。知ってる？　彼には四年付き合った恋人がいるのよ。今年、結婚するはずだった！　ねえ知ってる？」

アルベルトは沈黙した。心なしか体が小さくなったように見える。カレンはさらにまくしたてる。

「なぜこんなことに？　もともと危険な任務じゃなかったはずでしょ？　アルベルト、真実を話して」

「すまない。まさかこんなことになるとは……。私が悪かった」

カレンは何も言えなくなった。

アルベルトの責任？　いいえ、彼は私に注意を促してた。情報局内部の勢力争いや対立について……。ただ私が聞く耳を持たなかっただけ。争い事を嫌い、意識を他のことに集中させていた。でもそれは自分を欺いていただけのことだ。そのせいで、危険の接近を察知できなかった。悪いのは私だ。高の言っていた通り、イアンを死なせたのは私よ。

カレンは、手で額を押さえた。

「ごめんなさい。私、興奮しちゃって。あなたのせいじゃないのに」

「イアンは優秀な若者だった。我々は彼のために……」

あとが続かなかった。

補償、遺族救済、褒章、それとも別の何かを？　組織の規定上、当然すべて行われる。だが、死者にしてみれば、なんの意味もない。

「しばらくひとりにさせて」

カレンは、かすれた声でそう言い残すと、廊下を突っ切り出ていたった。

心配そうにカレンの後ろ姿を見送ったアルベルトが、高に視線を向けた。

「すまなかった」

そう言ってしばらく間を置き、再び詫びた。

「申し訳ない、まさか……こんなことになるとは」

アルベルトは、この件にゼウスがからんでいると確信していた。少し相手を刺激して反応をうかがい、隙があれば利用する。それが高を招いた本当の目的だった。しかし、相手がこれほど過剰に反応するとは予想外だった。

「驚くことか？　情報局で内部闘争やってるんだろ？　そういうのって、やるかやられるかだ」

高は、たまらず口を挟んだ。

映画でよくある筋書きじゃないか。

アルベルトの目がわずかに輝いた。

「単純で乱暴な考えだが、本質を突いている。私の人選は間違っていなかったようだ。よろしく。ギリシャ国家情報局局長のアルベルトだ」

そう言って高に向かって手を差し出す。

「高誠だ」

二人は握手をして、ソファーに腰を下ろした。高は、あらためてアルベルトを観察した。五十過ぎだと聞いていたが、実際にはもっと老けて見える。ただ、わずかに残る眼光の鋭さは、意気盛んだった若かりし頃を彷彿とさせた。高の観察が一通り終わったところでアルベルトが口を開いた。

「早速、本題に入ろう。君を招いたのは、ある調査のためだ。しかし、この通り状況は非常に厳しく危険を伴う。もし辞退すると言うならすぐ午後便を手配しよう。そして何もなかったことにしてもらいたい」

やった！

高は心の中でそう叫んだが、心とは裏腹の言葉を吐くしかなかった。

「危険など恐れない。僕は弾丸の雨を潜り抜けて成功をつかんだ。つまりこの種の仕事には常に危険が伴うということだ。そうそう、世界一危険な敵と戦った時は、そいつの家を爆破してやったよ。まあこれはたとえ話だと思ってくれていい。要するに、僕はここを離れない」

アルベルトは、ぼんやりと高を見つめている。

「あれ……大丈夫？」

高は、アルベルトの目の前で手を振った。

「ああ、すまない。にわかに信じられなくて」

アルベルトは、苦笑した。

「まさか初対面で、しかもこんな状況の中で仕事を引き受けてくれるとは思ってもみなかったからね。本当に嬉しいよ」

「この世の中には、変わり者もいる」

「そうか」

そう言って立ち上がったアルベルトは、鉢植えに触れないよう細心の注意を払っていた様子だったが、高はまったく気にも留めなかった。

アルベルトに呼ばれて姿を見せたカレンは、すでに着替えを済ませ少し顔色もよくなっていた。敵対心が和らいだのか、なんと向こうから頭を下げてきた。あまりの出来事に、高は戸惑いを隠せない。

「では出発の準備を。君も着替えるといい。部屋は向こうだ」

高が着替えに行くと、アルベルトはカレンに高の印象を小声で尋ねた。

「なんていうか、つかみどころのない人よ。ものすごく軟弱そうな時もあれば、殺し屋みたいに冷酷な時もある。腕は立つし、動きも敏捷だし、超人的っていうか……とにかく彼がいなければ、私は死んでた。もしあなたが、彼はゼウスを殺すために雇った殺し屋だと言うなら、私は信じる」

「どういう意味だ？」

「他の職業ならまだしも、探偵には見えないってこと。全然それっぽくない」

7

高は、車窓を眺めている。車が進むにつれ風景が荒涼としていく。路肩に生い茂る雑草は、旺盛な生命力を見せつけ、遠くに見える黒々とした森からは、今にも怪物が飛び出してきそうだ。

「行き先は?」

高が聞いた。

「三号研究所だ」

「遠い?」

「もうすぐだ」

高は前方を見つめた。走行時間から推測すると、アテネから五十キロ余りといったところか。しばらくして車は小道を曲がった。蛇行しながら森に分け入ると、陰気な雰囲気が迫ってきた。梢にいたリスが車に驚いている。遠くから、鳥のはばたきが聞こえてきた。

ひとつ角を曲がると、前方に広い空き地が現れた。周囲の樹木はすっかり切り倒され、伐採という暴力の爪痕が生々しい。空き地の外周には高さ三メートルの鉄条網が張り巡らされ、寒々しい光を放っている。その下を武装兵たちが銃口の向きを変えながら巡回している。

厳重な警備に守られた空き地の中央に、薄いグレーの二階建ての建物がある。車の中で高は三号研究所の建物を想像していたが、これほど平凡とは意外だった。

建物は直方体で、積木が地面に倒れているように見える。一階部分はとても高さがあり、この建物には似つかわしくない、銀色に輝く巨大な金属製のスライド式の門が目を引く。二階部分は普通のオフィスフロアと変わりなく、中で忙しく働く人の姿——数人の作業着を着た男性が熱心にパソコンを見つめている——が見える。

モーター音とともに門が開くと中は下り坂で、車で直接乗り入れることができる。坂を下り切るとそこは巨大な車庫だった。天井にずらりと取りつけられたライトがまぶしい。高は『ノーウェイ・アップ』というアクション映画を思い出した。主人公が地下駐車場で、六千ポンドのトラックを運転する犯人に追い回されるのだ。その不安感はエレベーターに乗って解消されたが、今度は『ダーク・フロアーズ』というホラー映画を思い出した。

もちろん、エレベーターにモンスターは現れない。不穏な想像を掻き立てるこの長い時間は、地下駐車場の広さを物語っている。なんの変哲もない二階建ての部分は海上に現れた氷山の一角にすぎず、肝心な部分はすべて地下に存在していたのだ。

エレベーターは直通ではなく、連絡通路を通って乗り換える。高の記憶では、これが三機目だった。不審者の侵入を簡単には許さない防犯上の対策だということは重々承知しているが、煩わしいとしか思えなかった。

数分後、エレベーターが停止した。

ドアがゆっくり開くと、強烈な光が射しこんできて高は思わず目を細めた。広いホールの輪郭がぼんやりと見える。天井にきらめく照明は、千の太陽が燃えているのではないかと錯覚するほどまぶしい。しばらくすると目が徐々に慣れてきた。

「なんてこった……」

目の前の物体を見て、高は思わず声をあげた。

ホールの中央に、人間の背丈ほどの球体が置いてある。表面は無数にカットされ、まるで巨大なダイヤモンドのようだ。どの面もわずかにくぼんでいる様は蜂の巣にも見える。どちらにせよ、それは透明に光り輝く多面体の結晶で、その無数の稜線に照明が当たり、まぶしい光を四方八方に振りまいている。

「これはなんだ?」

高は、額に手をかざしながら尋ねた。

「分からない。ここはもともとゼウスの管轄だった。情報局の副局長だ。ゼウスというのはコードネームで、かなり手強い人物と言える。ここで事件さえ起きなければ、私がこうして首を突っこむこともなかった。だが、ゼウスはわざと私に面倒を押しつけてきたのだと今になって思う」

話を聞きながら、高は巨大な透明の『蜂の巣』に近づいた。軽くたたくとガラスのような澄んだ音がした。

「ちょっと！」

カレンが制止しようとすると、局長は平気だというように首を振った。

蜂の巣の裏側に回ると、大きな亀裂があった。頭を突っこんで覗いてみると中は空洞で、表面は無数のひし形の突起で覆われていた。手を伸ばして感触を確かめる。

「どうだ？」

局長が尋ねてきた。

「ごつごつしてる」

そう言って結晶体から出てきた高は、今度は驚いた表情で床を指さした。

「それは？」

黄色いテープで縁取られた人型がある。そばには同様に処理された足跡もあった。

「殺人事件だ。これが君を招いた理由なんだが、その時、金のリンゴも一緒に消えた。私は、同一事件だと考えている」

「よく分からないな。金のリンゴっていったいなんなの？」

高の問いに、カレンが不思議そうな顔をした。何か間違いがあったのかと思い、『どうかした？』と聞いてみたが、カレンは何も言わず首を振った。

カレンは、『金のリンゴ』という言葉をさらりと受け止めた高の反応を見て、すでに高は、その存在を知っていたのではないかと思ったが、そのまま観察を続けることにした。

「金のリンゴというのはゼウスの研究プロジェクトで、神秘的なものらしい。我々が把握しているのは、そのコードネームだけだ。それ以外はよく分からない」

その程度の内容ならすでに知っている、そう思って高は眉根を寄せた。そして東京で保険の調査員をしていた時のことを思い出した。あの手この手で真実を隠そうとする輩が実に多かった。

なるほど、あの頃と同じ感じだ。

「情報は少ないけど……」

カレンが一歩前に進み出て微笑んだ。

「アルゼンチンの名探偵なら解明できるわよね？」

「らしくない、と言ってただろ」

「撤回するわ」

嫌な女だ。

高は瞳の前の黄色い人型に目を落とした。本物のフリオならお手上げだっただろうが、ここで能力を発揮すれば、この案件に深く入りこめるかもしれない。

『機械の心』、発動。

心の中でそう唱えた瞬間、高の目から感情が消え去り冷淡さが宿った。カレンは高の変化を察知し、わずかに眉を吊り上げた。

あの時と同じ？

カレンは車内での冷酷でとげとげしい会話を思い出し、深く息を吸った。

高は、悠然とホールを横切った。そして両目を高性能のビデオカメラのように動かし、あらゆる情景を記憶した。無数のデータが続々と脳裏に流れこみ、映像に変換される。

高には、空中を漂う金色の塵や、肉眼では見えない電灯のちらつきの変化までも見えていた。すると人型に縁どられた黄色いテープが、まるで床から人間が『生える』ように、じわじわと立体的になっていった。

『世界』の色彩が黄色くかすむ。古い映写機で数十年前のテープを見ているような感覚だ。すべてがゆっくりと巻き戻され、新たな映像が浮かんだ。

床に倒れた死者の姿が『見え』る。うつ伏せで両手を広げた左手のそばに書きかけの文字がある。すると今度は、一対の足跡から早送りで成長する木の苗のように、大柄の男が『生えて』くるのが『見え』た。顔がぼやけてよく見えないが、大男は死者をじっと見つめている。

そのまま両者は長い間対峙していた。

数分の出来事だが、高の『世界』では想像を絶するほどの長さだった。胸が苦しくなる。何か熱いものが血管の中から噴き出してくるように思えた。

限界だ。

淡々と能力を解除しようとした時、例の巨大な多面体が目に入り、無表情だった高の顔に少し驚きの色が浮かんだ。

意外にも結晶体はなんの情報も発していない。それどころか、理解しがたいほど空虚だった。

高は、能力を閉鎖した。過剰に能力を使うたび、ある錯覚に襲われる。自分が限りなく縮小し魂の奥の塵となって、抜け殻になった体が湧き上がってきた巨人に乗っ取られる様子をただ見上げているのだ。その巨人は万能の神、あるいは世界の森羅万象を計算できる大型のコンピューターであり、一方、塵になった自分は出力端子の脇でおとなしく計算結果を待つユーザーと成り果てる。どうせ計算の過程なんて理解できないのだから、結果だけ得られればいいのだが……。

「ここに二人の人物がいた」

と言い、高は指を二本立てた。

いくら待っても高はピースサインのまま動かない。

「それだけ？」

カレンが業を煮やして尋ねる。

「ちょっと待って……」

高は手を振った。

まさか、結論のデータが多すぎて忘れたなんて言えるわけがないだろ？

高の瞳が電圧の不安定な電球のように瞬いた。瞬間的に能力を発動し、忘れたデータをあらためて思い浮かべる。

「二人だ。被害者は身長一メートル七十八、体重七十六キロ。素手で胸を突かれて心臓が破裂し、内出血を起こしたことが死因だ。左利き。死ぬ前に左手で字を書いた。だが文字は三分の一しか完成していない。六割の確率でギリシャ文字の『A』だ。犯人は身長一メートル九十三、体重九十キロ。右手の力が強く、専門的な格闘訓練を受けている。少し解剖学の知識があるようだ。ろっ骨を避けて心臓を突いている」

ここまで早口でまくしたてると、高は、おぼれかけた自分を救い出すように必死で息を吸った。

目の前の二人は、あっけにとられていた。

「あなた……」

カレンは次の言葉が出ない。

「間違ってる？」

「いいえ……」

まるで実際に見てたようだわ！　なぜ分かったのかしら？　まさか優秀な探偵というのは本当なの？　いいえ、絶対に何か裏があるはずよ……。

高は満足していた。進歩したものだ。さっきの話なんか、前の俺だったら何度確認しても覚えられなかったのに！

局長が、軽く拍手をした。

「見事なものだ。寸分も間違っていない。なぜ分かった？」

悪いが僕にも分からない、と高は心の中でつぶやいた。

時々、いつこの能力が発動したのかと考えることがある。子供の頃は、超人的な計算力を持っていることから皆に『計算機』と呼ばれていた。もしコンテストに参加したら、世界中の暗算の名手を差し置いて二度と破られることのない世界記録を樹立しただろう。だがそれは能力の一部にすぎなかった。高は大量の情報を統合し、瞬間的にベストな結論とプランを導き出すことができるのだ。

高は、その頃の自分が一番好きだった。現在の強大な能力には遠く及ばないが、ともかく自分自身でいられた。頭の回転が速く、記憶力抜群の天才。今のように、能力を発動していない時は二言三言話しただけで、なんの取り得もないオタク扱いされることもなかった。

もしかしたら最初はＳＮＰ研究所との戦闘の時か。いいや、それは二度目だったか……。

はっきり覚えていない。どっちにしろ能力が変化してからの記憶が曖昧だった。新しい能力が強大になったことに自分自身なじめていない。この『機械の心』は、高から完全に独立した存在に思える。まるで切り離された大脳の一部が、自分でも計り知れないことをしているような感覚なのだ。

さっきの自分のように。

局長は、探るようにカレンに目を向けた。どうやらカレンにも異論はなさそうだと判断し、ポケットから写真を取り出した。彫の深い冷酷そうな顔立ちの白人男性が写っている。年齢は三十過ぎで、背が高い。

「これが、君が言っていた身長一メートル九十三で体重九十キロの男だ。名前はアレス」

写真が高に手渡される。

「彼は情報局の調査員で、三号研究所のセキュリティーを担当していたが、数日前、同僚を殺し金のリンゴを持って逃走した」

「監視カメラは？」

「あの日、高電磁波が発生しすべてのカメラが無力化された。この人物を探し出し、金のリンゴを取り戻してほしい。それが私の依頼だ」

「正体の分からないものを探せって、冗談きついな。アテネの道にも不案内だし、慣れるための時間が必要だ」

「いい助手がいる」

局長は自信ありげにうなずいた。

「カレン、この件は君に任せる」

「ノー！」

カレンと高が、同時に叫んだ。

8

ギリシャ情報局副局長室の壁に、『ゼウスとヘラ』と題された油絵が掛かっている。イタリアの画家カラッチの名作だ。銀髪のゼウスが熱いまなざしで女王ヘラを見つめている様子が美しい色彩で生き生きと描かれている。

非常に価値の高い絵だが、『ゼウス』のコードネームを持つ副局長は、この絵が好きではない。神話の中で神々の王者たるゼウスは、豊富すぎる情欲によって神界を混乱に陥れる。

この絵の唯一の効用は、情報局副局長の『ゼウス』は、二度とヘラを求めてはいけないという戒めになっていることだ。

絵を見つめながらゼウスはこれまでの人生を思い返した。十六歳で神々の王者のごとく雷電を操る能力が覚醒するまでは、平淡な人生だった。その後、ＳＮＰ研究所に引きこまれ、次第に重要人物へと成長していった。

二十七歳の時、ひとりの女性を愛した。ちょうど野心に燃えていた頃で、人の下で働くことを好まず大局の掌握を夢見ていた。純粋なギリシャの血統に誇りを抱いているという点では、局長のアルベルトと共通していた。

その女性はSNP研究所に非常に忠実で、のちにそれが苦境を作り出した。愛する女性と己の野心の間で揺れていたゼウスは、最終的にある事件に背中を押され、その女性を殺した。そして野心を胸に、一点の迷いもなく別の道へと歩み出したのだ。

そんなゼウスは、ありもしない未来を語ってSNP研究所を騙し、ギリシャ支部開設の権限を得た。以降、もうひとつの戦いが始まった。表向きはギリシャ情報局の真面目な精鋭を演じ、裏でメンバーを集め基盤を固めた。

明暗が交錯する二つの道を行き来する感覚にゼウスは魅了された。こうしてゼウスは大きな成功を収め、すべての望みが実現しようとしていた。長い年月を経て、本名も忘れそうになっている。今は自ら名付けたコードネーム——ゼウス——だけで不足はなかった。

ギリシャ神話の壮大な美しさを好んだゼウスは、自分だけでなく部下のコードネームにまで神々の名を使った。それらのコードネームは、やがて地下から表舞台に伝わり、ギリシャ情報局で『ゼウス』という呼称は、なかば公称として定着した。

ゼウスは、そういう感覚が気に入っていた。地下基地であの王座に座り、命令を下すことにも喜びを覚える。自分と部下の名を何度も唱えるうち、本当にギリシャの神になったような気分になれるのだ。だが、これはゴールではなく始まりにすぎないということもよく分かっていた。

ところが戸隠の来訪により、すべてが一変した。あの日以来、ゼウスは一度も王座に座っていない。戸隠は王座にひそむ針のように、ゼウスを不安に駆りたてる。表面的には、自信満々に大局を操っていたが、ひとりになると焦燥感に襲われる。

針を取り除ければいいが、手に刺さる恐れがあった。とはいえ金のリンゴ事件は、あるヒントをゼウスに与えた。もし『能力者』たちを手中に収めれば、絶好の道具になり得る。金槌、レンチ、ペンチ……。それがなんであれ針を取り除くにはもってこいの道具だ。

ゼウスは窓の外を見た。向かいは情報局庁舎のA棟で、局長アルベルトの執務室がある。窓にはブルーのカーテンが掛けられ中の様子はうかがえないが、だいたいは在室している。どうせあのお気に入りの鉢植えの世話でもしているのだろう。

彼が鉢植えに興味を持ち出したのはいつだったか？　何か特別なものなのか？

ゼウスにも分からない。ただ分かっているのは、今、あの部屋には誰もいないということだけだ。アルベルトはもう三号研究所に到着しているだろう。ゼウスは、カレンと高の動きもすべて把握している。だが……。

誰かがドアをノックした。金髪の巻き毛につややかな肌を持つ童顔の小柄な青年が部屋に入ってきた。まるでキューピッドがそのまま大きくなったような容貌だ。明らかに場違いと思われる派手なオレンジ色のスーツを着ているが、意外によく似合っている。

「狙撃計画は失敗しました」

青年が、小声で報告した。

「気にするな。アポロン」

ゼウスは微笑んだ。

「成功したらラッキーだった。失敗したところで、まだ時間はある」

「では……」

「監視を続けろ。軽々しい行動は慎むように。アルベルトは、高に金のリンゴを探させるだろう。それは我々も望むところだ。我々は人件費を使わず、欲しいものを手に入れる。これほど割のいいビジネスが他にあると思うか？」

ゼウスの冗談で、アポロンの気持ちは軽くなった。

「ティナがまだ戻っていませんね。彼女をサポートしましょうか？」

「その仕事は、君には向かない」

ゼウスは首を振る。

「ティナは最適な人材のもとへ送りこんだ。彼女はプロだ。私を失望させることはないだろう」

アポロンはうなずき、オフィスをあとにした。ドアが閉まるとゼウスの表情が沈んだ。

「ティナ……。どうか私を失望させないでくれ」

9

一時間後。アテネ市街のシンタグマ広場。

高が車の行き交う道路の端に立ち、あたりを見回している。すでに陽は沈み、遠くの古めかしい巨大な建築物の姿は闇に沈み始めていた。なんとか東西南北を識別しようと試みたが、あえなく失敗した。

カレンは少し離れたところに立ち、煙草をくわえ傍観を決めこんでいた。

「ひとつ聞いてもいいか」

高は手を上げた。

カレンは近づいてこようともせず、聞こえているというように煙草を持つ手を振った。

「今夜の僕の宿泊場所は？」

高はカレンに歩み寄った。

「このあたりはホテルだらけよ」

「自分で探せと？」

「情報局は至るところに監視の目があるのよ。もし私たちが手配したら、夜中に銃を持った暴漢に押し入られるかもしれないでしょ」

そう言ってカレンは肩をすくめた。

「いいえ、もしかしたら夜中を待たず入浴中かもしれない」

「理屈は通っているようだけど……」

反論が思いつかない。というかカレンの嫌がらせじゃないのか？　そう思うと、別の疑問が湧いてきた。

「カネは誰が払う？」

「立て替えておいて。いいでしょ？」

「どうやら、僕は中国とギリシャの共通点を見つけたようだ……」

高は苦笑した。

「もし僕が死んだら？」

高を見つめるカレンの口元に、笑みが浮かんだ。

「頑張って生きていて」

そう言うと、数歩後ろに下がり大声で叫んだ。

「よろしくね、相棒！」

カレンは『用があったら電話して』というジェスチャーを残し、まっすぐ歩いていった。その後ろ姿は、間もなく路上を行き交う人々の影の中に消えた。

今すぐ用があるよ！　どうすりゃいいのか、まったく分からない！

そう思って携帯電話を取り出し、カレンが残していった番号を見た。


だが結局、高がかけたのは別の番号だった。

「ブルーノ、高だけど」

「どんな状況だ？」

「収穫なしだ。こんなのまともな人間のやることじゃない！　僕が偽物だってことを別にしても、マジでどうにもならないよ。この際、ギリシャ国家情報局は改名したほうがいい。そうだな、『なぞなぞ協会』っていうのはどうだ」

「……僕にも分かるように話してくれ」

「分かったよ」

高は、ため息をついた。

五分後、ホテルの前まで来た時には今日一日の出来事をすべて語り終えていた。電話の向こうでブルーノは黙りこんでいる。

「悪いが力になれない。これは直感だが、この件は引き続き掘り下げる価値がありそうだ」

「直感？　君は本当にドイツ人なの？」

「あとは任せるよ」

「ダメだってば！　頼りになる奴を寄こしてくれ！　瞬くんは何してる？」

「日本にいるが、忙しい」

「妹を連れて金魚を見に行く以外に、忙しいことなんてあるのか？」

「とても重要なことだ」

「分かったよ……」

降参した高は、大股でホテルに入った。

「とりあえずホテルを押さえて、そうだな……。まずはキムを探すよ！」

第二章

10

ちかちか瞬くライトが回転し、耳をつんざくような音楽が鳴り響いている。アルコールのにおいの充満したダンスフロアでは、人々が体をくねらせている……。

ここはどこだ？

キム・ジュンホウはテーブルから顔を上げ、ぼんやりとあたりを見回した。明滅する光が目の前をちらつき、暗闇の中で人影が踊り狂っている。しばらくはそういう光景しか見えなかったが、だんだんと目が慣れてきた。

ここはクラブだ。

顔をしかめ、キムは記憶をたぐりよせた。

確かガールフレンドとアテネ旅行に来ていた。その彼女は熱狂的な追っかけで、旅行の最大の目的は韓国の有名なアイドルユニット、ＸＢＯＹの世界公演を観ることだった。

旅行の手配はすべてキムが行い、公演の数日前に二人そろってアテネに着いた。宿泊先のホテルで、二人は情熱の炎を燃やし甘美な夜を過ごした。

それから……。そうだ、熱狂から覚めると急に煙草が欲しくなり、葉巻を買いに下に下りた。その時、大柄な男が前から来て……それから……。

記憶がそこで途切れていて、その先がどうしても思い出せない。ていうか、なぜ僕はクラブにいるんだ？

人影が揺れ、香水の香りが漂ってきた。目の前に流行りのファッションに身を包んだ女が座り、微笑みかけてくる。

「ここ座っていい？」

目を見れば、望みが分かる。いつもなら、あっさり情事に持ちこむところだ。それはキムの生活に不可欠な栄養剤なのだ。

だが、今はまったく気が乗らない。

「なぜ黙ってるの？」

女は小首を傾げ、前のめりの姿勢で暗に誘ってくる。

「あなたイケメンよね。韓国のアイドルグループのメンバーに少し似てる」

確かにキムは美形だ。彫の深い西洋的な美形とは異なり、目鼻立ちがソフトで東洋人特有の神秘的なムードがある。特に少し吊り上がった涼やかな目元には女性を惹きつける男性的な色気が漂っている。

「韓国のアイドルグループを知ってるの？」

「もちろんよ。そっち方面には詳しいの」

女はウインクをした。

「明日、ＸＢＯＹのギリシャ公演があるの。一緒に行く？」

ＸＢＯＹは明日なのか……。

「そしたら今日は……金曜？」

なんとか唾をのみこみ、恐る恐る尋ねた。

「当然でしょ」

くそっ、やられた！

キムは慌てて立ち上がると、驚く女を尻目に、よろけながらクラブを飛び出した。

爽やかな夜風で我に返る。

突然、キムは何かを思い出したように携帯電話を取り出した。

間違いない。もう三日は経っている。それなのに、この三日間の記憶がまったくない。

なんとか落ち着いて、番号を押す。

電話は一瞬でつながった。

「キムか？」

ブルーノの驚いた声が聞こえてきた。

「聞いてよ！　怪奇現象だ！　いや、誰かに薬をもられたのかも！　三日は眠らされてた。それで今、なぜかクラブにいたんだ！　信じられる？」

二秒後、ブルーノが口を開いた。

「現在地は？」

「さあな、分かるわけないだろ！」

そう言ってキムはあたりを見回したが、ネオンに縁どられた建物が立ち並ぶ夜の景色は、どこも同じようなものだ。

「そっちで分かるでしょ？　ケータイの電波で！」

「今やってる。君がアテネにいることは確認できた。具体的な位置の確定には十秒ほどかかる。君がいる地域の防犯カメラは……」

ガチャ！

突然、キムは携帯電話をひねりつぶすと注意深く頭上を一瞥し、早足で夜の闇に消えていった。キムが姿を消すと同時に、街灯の上の情報カメラが向きを変え、あたりを撮影し始めたが、もう何も映らなかった。

11

ホテルの部屋でベッドに腰を下ろした高は、この時やっと荷物をあの別荘に置いてきたことに気がついた。

「まあいい、幸いこれがある」

ポケットからクレジットカードを出し、ほっと息をついた瞬間、携帯電話が鳴った。

「もしもし？」

「ブルーノだけど、さっきキムが現れた」

「え？」

一瞬ぼんやりしたが、すぐに喜びを爆発させた。

「じゃあ僕は用なしってことだね！　やった！　これで帰国できる。あの『なぞなぞ協会』の謎解きなんか知ったことか！」

「だけど彼はすぐに連絡を絶った」

「意味が分からない。どういうことだ？」

ブルーノは、さっきの出来事を一通り説明した。

「誰かにつかまったんじゃないかと思うんだ」

「そんな短時間で？　確かにあいつは弱い。だけど数秒で打ち負かされるってことはないよね」

「相手が普通の人間だったらな」

「確かに……。待てよ、ってことは？」

「ＳＮＰ研究所だ。きっとＳＮＰ研究所の仕業だよ」

「それはないだろ」

高は、思わず立ち上がった。

「だけど本当にそうなら、僕には無理だ！　早くみんなを呼んでくれ。特に瞬くんだ！　あのバカ、遊んでる場合じゃないぞ！」

「まず、瞬は任務の最中だ。次に、他のみんなを呼ぶことは可能だ。今から連絡を取って明日のフライトを予約……。もしもし？　聞いているのか？」

数秒後、声が聞こえてきた。

「ちょっと待て」

高の声が冷淡になっている。

「どうした？」

「お前にはなんのプランもないのか。ただあいつの話をうのみにして、全員をアテネに来させるだと？　おとりとか、偽装とかもなしにか？　まったく愚かだな」

ブルーノはしばらく黙りこみ、いぶかしげに聞いた。

「『機械の心』か？」

「僕に許された時間は二分だ。今から僕の計画を言うから、お前はその通りに実行しろ。いいか、今は僕が作戦を決める」

ブルーノは再び沈黙した。時々、『機械の心』は単なる能力ではなく、高から独立した特殊な相棒なのではないかと錯覚することがある。仲間から絶大な信頼を得ている『彼』が決めた作戦は、万に一つの失敗もないが、同時にそら恐ろしくもある。

以前キムが言っていた。いつか『機械の心』を引きずり出してボコボコにしてやると。ブルーノはその気持ちがよく分かる。『機械の心』はキムに同性愛者を装って百キロ級の巨漢を誘惑させたうえに、素っ裸になるよう要求したことがあった。

とにかく作戦を決めるのは『機械の心』、これは仲間内における不文律なのだ。

「……分かった」

二分後、我に返った高は必死で電話に向かって叫んだ。

「待ってよ！　その計画は絶対に――」

返ってきたのは、ツーツーという電話の切断音だけだった。

高は呆然と立ち尽くす。『機械の心』を発動し、情報分析を行ったことを激しく後悔していた。自分で自分を苦境に陥れて楽しいか？

ベッドに倒れこみ、暗い未来を想像した。


どれくらいの時間が過ぎたのだろう。高は、何かの音で目が覚めた。目を開けると、窓から月の光が射しこんでいる。ナイトテーブルの上のデジタル時計が、青い光を放ち時間を知らせている。午前二時。喉の渇きを覚え、水を飲もうとした時、またあの音が聞こえた。

ドンドンドン。

ドアをノックする音だ。煩わしいと思いながらもドアを開けると、青白い月の光を浴びたキムが戸口に立ち、じっとこっちを見つめている。

キム！

高は大きく口を開いたが声が出ない。まるで声帯がのりで貼りつけられたか、あるいはその機能を忘れてしまったかのようだった。奇妙な笑顔で高に笑いかけたキムは、ぎこちなく体を反転させると外へ歩いていった。

あとを追うと外は一面の荒地だった。草木がすべて薄いグレーなのは、月の光の反射のせいだと思ったが、すぐに気がついた。

いいや、違う！

高は、自分がホテルの二階で眠っていたことを思い出した。もしドアを開けて荒野が見えたら、誰かが夜中に街を爆破したということだ。何より、外はシンタグマ広場のはずだ。

そう気づいた時、膨らみかけていた恐怖が消え去り事態を把握した。

これは夢だ。

とはいえ、もう十年以上夢は見ていない。幼い頃に厳しい訓練を受けたからかもしれないし、能力の覚醒のせいかもしれないが、どちらにしても夢とは早々に縁を切っていた。

だが不思議なことに、最後に見た夢だけは鮮明に覚えていた。十二歳くらいの時だった。訓練が終わったあと、瞬が高に怪談を聞かせてくれた。だが高があまりに無反応で瞬はがっかりしていた。実際、高は面白いとも怖いとも思わなかったのだが、あとになってその物語を夢で見たことを瞬は知らない。夢に恐れおののいた高は、本当の恐怖というものを思い知った。恐怖というのは尾てい骨から体内に潜りこみ頭がい骨まで突き抜ける。まるで氷の塊に全身を貫かれるような感覚だ。そして産毛が逆立ち、自分自身を誰からも見られない場所に隠したくなるのだ。

それ以来、もう夢は見ていない。

高はキムの後ろを歩いている。キムの歩き方はぎこちなく、水中を歩く時のようにすり足で進んでいる。『硬直』しているのだ。錆びた機械を必死に動かしているかのように、全身がこわばっている。

高の呼吸が荒くなってきた。これは恐怖ではなく緊張だ、と自分に言い聞かせる。また、この夢を早く終わらせないとコントロール不可能な境地に至ってしまうこともよく分かっていた。高はどうにかベッドから起き上がろうとした。

いいや、何がなんでも起き上がるんだ！

しかし高は、まだキムのあとを追っている。

荒野は永遠に続くかと思われた。どれくらい歩いたのか、前方に起伏が現れた。最初はただの土の山だと思ったが違った。もっと丸みがあり表面を雑草が覆っている。その上に、かすかに字の跡が残る石碑が建っていた。

墓だ。高の心臓が早鐘を打った。『逃げよう』という考えは、誰かに脳内から削除されたように思い浮かばなかった。高は墓の前にたたずむキムをただじっと見ていた。するとキムが振り返り、ぎこちなく微笑んだ。

「見ろよ。誰の墓かな？」

キムの声は、まるで石をこすり合わせているみたいに異常にかすれていた。

よく見えない……。そうじゃなくて、見たくない！

高は心の中で叫んだが、気持ちとは裏腹に両方の目は墓碑を見つめていた。やはり字はかすれていて判読できない。

「もう一度見て。僕は誰なの？」

キム！　お前はキム・ジュンホウだ！

高は、心の中で絶叫した。

高を見つめるキムの眼光が鬼火のように揺れている。突然、キムが笑い出した。笑いながら爪で自分の顔をひっかいている。赤い短冊のような血の滴る筋状の皮膚が、一本、また一本と顎までめくられていく。

血だらけの顔に笑顔を浮かべながら、キムはなお問い続けた。

「僕は誰？　僕は誰？」

恐怖が尾てい骨から潜りこみ頭がい骨まで突き抜けた。高は完全に体のコントロールを失い、恐怖は煙のように全身に染み渡った。もはや人間とは呼べない顔がどんどん近づいてくる。死臭が鼻についた。

必死で顔を背けた高はバランスを崩して後ろに倒れた。地面が見えない。底なしの深い淵に落ちていく。悲鳴をあげ腕を伸ばす。だが空があの血だらけの顔に変わり、しつこく問い続けてくる。

「僕は誰？　僕は誰？」

大声をあげベッドから飛び起きた高は、口を大きく開けて喘いた。パジャマが冷や汗で濡れ、じっとりと湿った体が冷え切っている。高はグラスに水を注ぎ一気に飲み干すと、明かりをつけて呆けたように枕元に座りこんだ。

ようやく悪夢の恐怖から解放され、その意味を考えてみたがまったく糸口がつかめなかった。ただ、キムの身を案じる思いと、自分の運命に対する悲観が見させた夢だとしか思えなかった。

カーテンを開けると朝日が射しこみ、気持ちが少し軽くなった。高はいつも以上に時間をかけて入浴を済ませると、ホテルをあとにした。

12

副局長室にいるゼウスのもとに待ち人が現れた。ただしティナひとりだけだ。ティナは驚くべき美貌の持ち主だ。柔らかに波打つ金髪を長く垂らし、完璧な輪郭の中には、潤んだ瞳とすっきりと高い鼻が絶妙なバランスで配置されている。そして淡いピンクの長袖のブラウス越しに見え隠れする体のラインは、メリハリを感じさせる。

古来、絶世の美女というのは、自ら望まなくとも多くの男が命がけで手に入れたいと願う存在となり、トロイア戦争に代表されるように戦争の原因にもなり得た。それは情報社会の現代といえども変わりはない。

だがティナは、おびえたようにゼウスを見つめている。美しい顔は恐怖に青ざめ、今にも気を失いそうにも見える。

ゼウスは、気にも留めない。

「キムは見つからなかった、そう言いに来たのか？」

ゼウスはデスクをトントンと軽くたたいた。ティナは、まるで自分の心臓をたたかれたような気がして思わず胸を押さえた。

「私にその手は通じない！」

ゼウスは、冷たく言い放った。

「私は君が誘惑すべき相手ではない！　そういう技はキムの前で使うべきだろう。まあ彼も引っかからないだろうが」

「私は力を尽くしました！　本当です！」

ティナは必死で弁解した。

「彼は私を信じ切っていました！　あなたも私の能力をご存じのはずです！　最初は順調だったのですが、まさか彼が煙草を買いに行ってこんなことに……。いいえ、私はミスを犯していません。きっと何かが起きたのです！」

「君は彼から目を離すべきではなかった」

「そんなことは不可能です」

「黙れ！」

ティナは思わずあとずさる。かつてゼウスは理想の恋人だった。だが、そのうち美貌を武器にした仕事をさせられるようになった。ゼウスの要求を拒みその運命から逃れようと必死でもがいたこともあったが、もがけばもがくほど深みにはまり、後戻りできなくなってしまった。

「ティナ、いいんだ」

ゼウスは、怒りが度を過ぎたと反省していた。この女にはまだ利用価値があるのだからと思い直し、できるだけ優しい声を出した。

「君にプレッシャーをかけすぎたようだ。だが分かるだろ？　我々の敵は非常に手強く、少しの油断も許されないんだ」

「次は戸隠を操ります！」

ゼウスの優しい言葉がティナに再び希望を与えた。そして以前のように、彼の力になりたいとさえ思わせた。

「危険すぎる。戸隠の強さは君の想像を超えている。もし失敗したら……」

ゼウスは首を振った。

「やはりキムのもとに戻れ。彼は失踪したとはいえ必ず仲間に連絡するはずだ」

「失踪は想定外でした」

ティナは、小さくつぶやいた。

「ああ、きっと何かが起きた……。君は引き続きキムを探せ。私は高誠に見張りをつける。とにかく二人を会わせてはならない。たとえどんな逆境に立たされても我々には切り札がある。そうだろ？」

ティナはうなずいた。ゼウスはもう自分から目をそらしている。話は終わったというサインだ。このオフィスを出たら、嫌なことが待っている……。

ゼウスは窓の外を眺めた。今日は局長室のブルーのカーテンが開いていて、仕事をするアルベルトの気取った姿が見える。窓辺に置かれた鉢植えが、生き生きと緑色に輝いている。ゼウスは、にやりと笑った。アルベルトなど敵ではない。手綱は私のこの手が握っている。

ゼウスが窓に背を向けると、なんとティナがまだそこに立っていた。

ティナが唇をかんだ。

「今夜……」

「我々には休んでいる暇などない。少なくともこの件が片付くまでは」

ゼウスが厳しく言った。

ティナは表情を曇らせ、足早に部屋を出ていった。

13

高は、キムの私生活を思い出していた。

キムは服を着替えるように恋人を変えていた。バーに行かなくても、バーへ行く路上でさえ、とにかく外に出れば理想の女をゲットできるのだ。高はそんなキムをいつもうらやんでいた。

だが今回は、そのキムが女でしくじったようだ。

高は看板を見上げた。『ヘレネダンスホール』の文字が、高々と掲げられている。ネオンの光がない昼間の看板のせいか、陰気な感じがした。大きなドアを開けて中に入ると洞窟のように真っ暗だった。そしてそこに灯る非常灯の明かりが、バーカウンターでひとり酒を飲む女の影を映し出している。暗闇の中を注意深く歩いていた高が何かに足を取られた。ようやく慣れてきた目に映ったのは乱雑に床を這い回る配線だった。

つまずく音に気づいたのか、女が振り向いた。

「今はダンスもお酒もなしよ。六時になったら……」

「人を探してる」

「私以外、誰もいないけど?」

女は楽しそうに高を眺め回した。

「この男を知ってる？」

そう言ってキムの写真を見せると、女は急にとげとげしくなった。

「知らないわ」

「本当に？」

「何よその言い方。それで答えが変わると思ってるの？」

「変わるの？」

「本当に知らないってば。今日聞かれても、明日聞かれても答えは同じよ」

そう言った女の動きが止まった。高の指の間に挟まっている緑色の紙幣に気づいたようだ。百ドル札。ブルーノの助言に従い、事前にクレジットカードで現金を引き出しておいたのだ。女は紙幣を抜き取った。

「いいわ、話す。実は彼に会ったことがある。ご覧の通り私はここでホステスをやってるんだけど、昨日、彼は向こうのテーブルに座ってた。ものすごく酔ってたけど、イケメンだしおしゃれだから、最初はお金を少し巻き上げてベッドに誘うつもりだった……。いい男なんだから当然でしょ？　でもまさか彼が私を振り払って、気でも狂ったみたいに逃げるなんて思ってもみなかった。そのことでみんなにずいぶんバカにされたわ。『あのイケメン、あなたを見て恐竜に遭遇したと思ったのね』なんて言われたのよ！」

「彼はどこへ行ったんだい？」

「そんなの分かると思う？」

そうは言ったが百ドル札の効用なのか、女はしばらく考えていた。

「たぶん北に行ったんじゃない？　出ていくところを見てたから」

高は続けていくつか質問をしたが、それ以上の収穫は得られず、ダンスホールをあとにした。

外に出た時、道路のはす向かいに停まっていた黒い乗用車から監視されていることに、高は気づいていなかった。

高を監視していたジョージはギリシャ国家情報局の実働部隊のメンバーで、ゼウス側の人間だ。ゼウスは情報局内部で彼のような部下を数多く育ててきたが、誰ひとりとして聖山組織に加入させた者はなく、単なる外部の補助要員という扱いだった。

高の行動を見張りながら、ジョージはハンバーガーにかぶりついた。近くの店で買ったのだが、野菜の風味がささやかな肉の味を完全に消していた。一口頬張るごとに考えずにはいられない。本当は今頃、自宅でおいしいランチにありついているはずだった。

このバカげた任務のせいで、こんなくそまずいハンバーガーを食べる羽目になるとは……。

監視対象が歩き出す。ジョージが慌ただしく残りのハンバーガーを口に押しこみエンジンをかけようとした時、誰かが車のルーフをたたいた。

「くそっ、なんだよ……」

顔を上げると、窓の外でカレンが無表情に自分を見つめていた。

「上官！」

喉を詰まらせたジョージは激しく咳きこんだ。コーラをがぶ飲みしてなんとか事なきを得たものの、カレンに窓ガラスをノックされ、しぶしぶ窓を開けた。

「上官、窒息寸前でしたよ」

「任務中なの？」

「あの……申し訳ありませんが言えません」

「尾行でしょ？」

カレンは皮肉たっぷりに言った。

「あなたレベルの尾行を許すのは、あのバカくらいのものよ。ほんと、どっちもどっちだわ。それで成果はあったの？　どうせ午前中は、あのバカに振り回されたんでしょ？」

好きで振り回されたわけじゃないのに、と思うとジョージは情けなくなった。

「ゼウスは何を心配してるの？」

ジョージは驚いた。正直、この件に首を突っこみたくはなかったが、内部闘争とはこういうものだ。日和見主義を決めこむ者には破滅が待っている。ジョージはカレンという上司が好きだ。颯爽とした美人だし、有能で正直者だ。だが彼女とともに局長の側についたからといって、雇用が保障されるわけではない。まだローンはたんまり残っていて、妻子を養わなければならないのだ。ギリシャの混乱した経済状況を考えると、もはや選択の余地などなかった。

情報局内には、局長のアルベルトについても無駄だという共通認識がある。能力の問題ではなく、ただ年齢的にもうすぐ退職するからだった。今は副局長のゼウスを抑えているが、二年後に彼が退職すれば彼の支持者は苦境に立たされることになる。カレンを初めとした長年の腹心を除いて、ほとんどの局員はどっちを選択すべきかよく分かっているのだ。

だがそれはあくまでも暗黙の了解の範疇だった。だからカレンの敵対的な質問は、やや行きすぎと言わざるを得ない。ジョージは答えあぐねていたが、どうやらカレンの独り言だったらしい。

そのとき、道路の反対側にいる高が、携帯電話を取り出した。誰かと会話をしているようだが、突然どこかへ走り去った。

14

ダンスホールを出た高は途方に暮れていた。かつて観た探偵映画を必死で思い出してみる。映画なら主人公が写真を見せて聞きこみをしたあと街を歩いていると、手がかりが向こうからやって来るよな？　だが現実はこうも違うのか？

再び『機械の心』を発動しようと思ったが、昨夜の嫌な後味を思い出し踏み切れなかった。

結局、電話を取り出す。

「もしもし、ブルーノ！」

「いい知らせか？」

「まだ詐欺師として逮捕されてない、っていうのはどう？　もうマジで限界だ。最初からそう言ってたよね！　僕は推理小説の結末を教えられても理解できないレベルなんだよ！　なのになぜ僕にこんなことをさせるの？　キムをどうやって探せばいいのか、まったく分からない！」

「『彼』を試したらどうだ？」

「なぜ『彼』なんだ？」

自分がなぜ怒っているのかも分からず、高は怒鳴り散らした。

「そうさ。『彼』は僕より優秀だ。何もかも僕より優れてるよ。だから『彼』こそがお前たちの仲間なんだろ！　僕は消えたほうがいいか？」

少しの沈黙がありブルーノが口を開いた。

「ごめん。だけど『彼』は君自身だろ？」

「分からない。少し気が立ってるんだ。自分に嫉妬するなんて……どうかしてるよね？　だけど僕はいつも……」

話の途中でブルーノの側からブーブーという音が聞こえた。

「キムから電話だ！　出るぞ！」

高の電話にもキムの慌てた声が聞こえてきた。

「攻撃された！　早く助けに来て！」

「どこにいる？」

「ケンピンス通りの五、違う、六番地……」

「もしもし？」

ツーツーという『話し中』の信号音しか聞こえない。

「早く行け！」

ブルーノが叫んだ。

「そこの監視カメラが見つからない、君に任せる！」

高は電話を切り、慌てて走り出したが、すぐに立ち止まった。

「ケンピンス通りってどこだ、くそっ！」

あたりを見回したが、ほとんど車は通らない。たまに通ると猛スピードで走り去っていく。反対車線に停まっている黒い車が目に留まり、猛然と駆け寄った。

「すまないがケンピンス通り六番地まで乗せてくれ！　これで頼む！」

高が、色とりどりの紙幣を振りながら大声で言った。

「申し訳ないが、あなたは……」

「助けると思って！　頼む！」

運転手は思わず反対側を見た。そこで初めて高は、車のそばに人がいることに気がついた。

「なぜ君が？」

高は不思議そうにカレンを見つめた。

「協力が必要？」

「ああ、ケンピンス通り六番地に行きたい。今すぐ！」

高は運転手に向かって叫んだ。

「頼む！　このカネは……」

「乗って」

そう言ってカレンはドアを開けた。

「困ります……」

「私は国家情報局の情報員よ。この車を徴用するわ」

そう言ってカレンは身分証を出した。

運転手は困惑したが、黙ってエンジンをかけた。もはや誰も口を開かなかった。

高は自分がバカなことをしたと思っていた。カレンを巻きこむべきではないのだ。

キムの件は誰にも知られるわけにはいかない。

だがこの状況では……。

もし時間が巻き戻ったとしても、別の方法は思いつかなかった。とりあえず人命救助が第一だ。

わずか五分で車はケンピンス通り六番地の、ガラス張りの白い大きな建物の前に到着した。高が見上げると、二階の窓辺で二人の人物がもみ合っている。ひとりはキムだ。

「ありがとう！」

高は紙幣を運転手の手に押しこみ、車から飛び降りた。


紙幣を受け取ったジョージは少し気まずそうに、それをアームレストのボックスに放りこむと電話を取り上げた。だがカレンの視線に気づき震え上がった。

「上官、私には報告の義務があります」

ジョージの声が聞こえなかったのか、カレンは煙草に火をつけると悠々と吸い始めた。車内に煙が充満する。激しく咳きこんだジョージは必死で窓を開け、おぼれた人が空気を求めるように頭を突き出した。その瞬間、ジョージの顔に驚愕の色が浮かんだ！

「まずい！」

ジョージも、二階の人物の正体に気がついた。

バン、と足でドアを蹴り開けたカレンは、その部屋に向かって走り出した。

15

高が二階に駆けつけた時、キムは追いつめられていた。敵は白人で、身長が一メートル九十はあろうかという大男だ。ボロボロに汚れたスーツのほころびから、たくましい筋肉が見えている。彫の深い四角い顔にはまったく表情がない。

対するキムは女性のように小柄に見える。だがそれが劣勢の原因ではない。敵は格闘技に精通しているらしく動きが敏捷で、何より物騒な鉄パイプを手にしているのだ。

ガシャンという音とともに、鉄パイプは透明な白鳥を粉々に砕いた。破片が粉雪のように舞い散る。どうやら二階はガラス工芸品のギャラリーのようだ。水晶かもしれないが、いずれにせよ部屋中がキラキラ光る物質であふれていた。大男は絶叫しながら次々と作品を砕き、キムはサルのように飛び跳ね逃げ回っている。

高は不思議に思った。

キムは何をしてる？　なぜ能力を発動しないんだ？　それにあの大男、確かに見覚えがあるのに思い出せない。

とにかくキムを援護しようと、高は手近にあった高さ五十センチほどの自由の女神を投げつけた。すると大男は一発でそれを砕き、破片が飛び散る中を数歩後退した。

「よく来てくれたね！」

部屋の向こう側でキムが胸をなで下ろす。

「今度いい子を紹介するよ！　足長でウエストが細いんだ。絶対に気に入るぞ！」

高は、先に大男と手を組みキムを倒すべきではないかと真剣に考えた。

一対二になっても大男は逃げなかった。注意深く高とキムの位置を確認し、攻撃のチャンスをうかがっている。その時、慌ただしい足音とともにカレンが階下から駆け上がってきた。

カレンが現れると、大男は幽霊でも見たかのように悲鳴をあげ、鉄パイプを放り出して逃げていった。大男の後ろ姿は、あっという間に屋敷の反対側の階段の方向に消えた。

「アレス！」

カレンが叫びながら追いかけていった。

高は額に手を当てた。

そう、アレスだ！　同僚を殺して金のリンゴを持ち去った男だ！　局長に写真を見せられたのに、すっかり忘れていた！

追いかけようか少し迷ったが、一刻も早く事情を把握するためにキムを優先すべきだと思い直した。

「ここ数日、驚くことばかりだ。来てくれてありがとう、兄弟」

そう言いながらキムが近づいてきた。

キムが顔を寄せてくる。あとずさる高を見てキムは不思議そうな顔をした。

「どうしたの？　僕は伝染病じゃないよ。そんなことより話を聞いてよ」

「いったい何があった？」

「僕が知りたいくらいさ！　僕が彼女とギリシャに来たことはブルーノから聞いてるだろ？」

「それに記憶を失ったって」

「ああ。一度ブルーノに電話をして、それからどうなったのか分からない。いつの間にか目が覚めて、肩が死ぬほど痛かった。さっきのあいつに背後から襲われたんだ。

幸い頭には当たらなかったけど……。それから手荒く拘束されて、そいつと下水溝でのた打ち回ってた……」

「下水溝？」

「怖いだろ？　見てよ、僕の服！」

高は、そう言われてやっと気づいた。キムのスーツはしわだらけで、全体的に黒い汚泥がこびりついている。キムは乱暴に泥を払いながら話を続けた。

「たぶん僕はネズミに取りつかれたんだ。じゃなきゃなんで下水溝なんかに？　あの大男にずっと追われてたけど衰弱してて能力が使えなかったんだ。それで逃げてる途中でケータイを奪ってブルーに助けを求めた」

「少しは回復したのか？」

「最初よりマシだ。あと数時間で完全に回復すると思う。ちくしょう、回復したら真っ裸にして街を走り回らせてやる！」

キムは悔しがった。

「あの野郎、絶対に怪しい！　最初に記憶を失った時……煙草を買いに下りた時だけど、そこで遭遇したのもあいつだ！」

そんなバカな！

高は考えこんだ。

キムの記憶喪失の原因はアレスなのか？　だけど無関係の二人がなぜ接触した？　しかもアレスは同僚を殺し、金のリンゴを盗んで逃走中のはずなのに、なぜ遠くに逃げずアテネをうろついていた？

突然、銃声が高の思考を遮断した。とっさに窓辺に駆け寄って外を見たが、誰もいない。するとまた数回、銃声が聞こえた。さっきより近づいている。駆けこんできたカレンの背後から撃ちこまれた弾丸は、その脇を抜けてキムの後方のガラスの花瓶を砕いた。

キムは叫び声をあげ、展示台の後ろに転がりこんだ。砕け散ったガラスの粉を頭からかぶったキムは、まるでサンタクロースのようだった。カレンも展示台を飛び越えキムのそばに身を隠した。カレンが銃を抜き、素早く撃って身をひそめると銃声がやんだ。

「どうなってる？」

高も滑りこみ三人は身を寄せ合った。正面に見える階段を駆け上がってきた十数人の覆面姿の武装兵が、いきなり自動小銃で一斉掃射を始めた。頭上のガラス製品がことごとく砕け、三人の体に雪のように降り積もる。

「私にも分からない！　とにかく最悪の状況よ！」

カレンは身を乗り出し撃ち返そうとしたが、ただちに雨のような弾丸に襲われ、引き下がった。三人は肩を寄せ息を泊めた。金属の展示台は弾丸の猛攻によってガタガタと揺れ動き、沈没寸前の船のように頼りない。

「狙いは君だろ？」

キムが言った。

「あなた誰？」

カレンは、キムを睨んだ。

「助かった。僕たちはお互い見ず知らずだよね！」

キムは、ゆっくりと展示台の後ろから身を乗り出して叫んだ。

「聞こえただろ！　僕とこの女性は無関係だ！　だから僕を攻撃する理由はない、そうだろ？　僕たちは……」

銃声が響きキムは慌てて身を隠した。

「どうやら手を組んだほうがよさそうだ！　一緒に、あのくそったれどもを倒そう！」

カレンは黙ってキムを見ている。高はあきれ返った。

なんて節操がないんだ……。もちろん、この男にそんなものがあったためしはないけど。

「アレスを追いかけていったんじゃないのか？」

高がカレンに聞いた。

「邪魔が入った！　あと一息のところで、あの武装集団が現れて発砲してきた。アレスにも発砲してたわ。私たちをまとめて殺そうとしてるみたいだった。それでバラバラに逃げたの。武装集団の半数はアレスを追っていった」

何かの冗談か、と高は思った。二人の情報員が自国の首都で武装集団に襲われるなんてあり得ない。この件から手を引くことができれば笑って済ませられるが、さっきのキムの様子を見ると、それも難しそうだ。

「それでどうする？」

「もちろん、あいつらを始末するわ！」

カレンはすっと立ち上がり、銃を構えて発砲した。銃声とともに武装兵のひとりが倒れた。その途端、他のメンバーがカレンに向かって一斉掃射を始めた。弾丸がカレンの額をかすり、痛々しい傷跡を残した。カレンは展示台に寄りかかり、頭上を通り過ぎる無数の弾丸を眺めた。大半のガラス製品が粉々に砕け散り、雪のように降り注いできた。

「敵の武力が強烈すぎる！　銃を手に入れないと！」

キムが叫んだ。

キムも高も能力者ではあるが、戦闘型ではない。武器がなければこのまま隠れているしかない。そしてカレンの弾丸が尽きた時には、間違いなく蜂の巣にされる。

「あいつら、すごく用心深いわ」

身を隠す瞬間、武装兵が被弾した仲間を運び出し、床に落ちた武器も持ち帰っている様子を見たカレンは、その情報を二人に告げ怒りを爆発させた。

「頭に来た！　私たちをなんだと思ってるの？　超人か何か？」

カレンの言葉を聞いて、キムの表情が変わった。キムは高に小声で話しかける。

「ここから逃げ出さなきゃ！」

そろそろ潮時だ。

今、手を打てるのは自分だけだと高には分かっていた。高は深く息を吸いカレンに告げた。

「銃を貸してくれ」

「なんの冗談よ！」

「寄こせ！」

高が睨んでいる。両方の瞳がいつの間にかグレーに変わっていた。

どういうこと？　カラーコンタクト？

カレンが、自分にはまだそんなことを考える余裕があったのかと不思議に思っていると、すでに銃は奪われていた。

「それは情報局の高級情報員専用の銃よ！　ちょっとあなた……」

話が終わらないうちに、高は正面を向いて三度発砲した。だがその方向にはガラスの瓦礫があるだけで、敵がいるのは後方だ。気でも狂った？　カレンがそう思った瞬間、背後から三人分の悲鳴が聞こえた！

信じられない！

カレンは目を見張った。部屋の鋼鉄の梁に黒く焦げた銃痕が三つ残っていた。跳弾だ！　彼は狙ったのね。いいえ、計算したのよ！　高は跳ね返りの軌道を正確に計算し、ビリヤードの名手ばりに球を袋に沈めたんだわ！

私、どうかしちゃった？

カレンは目をこすった。専門的な訓練を受けたカレンだからこそ分かる。

こんなことができる人間は、この世にはいない！　もしただの偶然だとしたら、高がエベレストほどの高さのある犬の糞を踏むに等しい確率だわ。

カレンがあれこれ考えていると、すでに高は立ち上がり敵に向かって発砲していた。

カレンはあっけにとられた。高が弾丸を軽々とかわしている。まるで弾丸に目がついていて、あえて彼を避けているかのようだった。高が無表情のまま一発、二発、三発と引き金を引くと、敵が次々と倒れた。

ヨーロッパの伝説によると、フクロウは死神の使いとして、死者の人数を数えるという。一人、二人、三人……。フクロウが数え、死神はそれらの人間をひとりずつ連れていく。カレンはその話を思い出し、武装兵も同じような運命なのだと思った。誰かが悲鳴をあげ、一目散に逃げ出した。それに続き、他のメンバーも任務を放棄し階段に押しかけた。目の前には死体だけが取り残されている。まるで夢でも見ているようだった。

「信じられない！　いったいどうやったの？」

「黙れ！　時間がない」

高が冷たく言い放った。

「私に言ったの？」

カレンの顔が怒りで紅潮した。まるで壊れたボイラーの内部で怒りが膨張しているかのようだった。爆発の寸前、キムが叫んだ。

「敵だ！　さっきより多い！」

カレンは窓辺に駆け寄った。窓ガラスは被弾して吹き飛んでいたが、わずかに残ったガラスが犬の牙のように突き出ていた。隙間から下を覗くと、何台も連なった車から覆面姿の集団が湧き出してくるのが見えた。全員、自動小銃を持っている……。

まったく！　アテネ警察は何をしてるの？　実働部隊は？　ほんと、無駄飯食らいのろくでなしばかりね！

高はキムに何やら指図をしていたが、キムの表情は冴えない。

「よく分からないけど、その作戦は過激すぎる。もし読みが間違ってたら、全員死ぬんだよ」

「僕が読み間違い？」

「女をくどくのと同じだ。第一印象が真の姿とは限らない。だから食事に誘い甘い言葉で語りかけ、さらに何度かベッドをともにする。そしたら相手の本質が見える。知っての通り僕はその方面のプロだ」

「だがこれは、その方面じゃない！」

高はキムを見据えた。

「言う通りにしろ。簡単なことだ」

「分かったよ」

キムは迫力に気おされ承諾した。

「分かれて逃げるぞ！」

高は振り向きカレンにそう言うと、もうひとつの階段で下に降りた。

「美人さん、僕の幸運を祈ってて！」

キムはカレンに肩をすくめてみせ、飛び出していった。

バカな二人！

そう思ったが、カレンも逃げるべきだと分かっていた。

階段はダメ。二階から飛び降りてあの路地に入れば、複雑な地形を利用して武装集団の追跡を振り切れる。

作戦を決めたカレンは、ついでに殺し屋の顔を見てやろうと思い目の前の死体の覆面を剥いだ。

「ウソでしょ！」

カレンは目を見開き死体を見つめた。

16

わけが分からない！

ケンピンス通り六番地を立ち去ったあと、カレンは死体の顔のことばかり考えていた。ジョージだった。さっきまで自分を『上官』と呼び、自分のために車を運転していたのに、瞬く間に暗殺者と化し武装集団とともに襲ってきた。

そして命を落とした。

ジョージを射殺したのが自分なのか、高なのかは定かでない。ただ高が殺したと思いたかった。小心者だったジョージは結婚三年目で、大きな家を買いローンを返済していた。お金にうるさい妻と生まれたばかりの娘の三人家族だった。

まったくもう、この世界は狂ってる！

カレンの心の中で何かが爆発し、すぐさま局長に電話をかけた。

「ちょうど電話をしようと思っていたところだ！」

局長の声は焦っていた。

「ケンピンス通りで銃撃戦があったそうじゃないか？」

「そこに私もいた。アレスを見かけたの。そしたら覆面姿の集団がやって来て、狂ったみたいに発砲してきた。市街地なのよ。信じられる？　アフガニスタンかと思ったわ！」

「ケガは？」

「ないわ、大丈夫。でも高誠がいなければ……。彼に命を救われた。あの武装集団はどこの所属なの？」

「ゼウスの手の者か？」

「どうやら私だけが蚊帳の外みたいね。あなた全然、意外そうじゃないもの。大勢死んだわ。ジョージを覚えてる？　彼も死んだ。奥さんと娘さんのことを思うと……」

局長は、しばらく沈黙した。

「お前に発砲したなら、ジョージは敵だ」

「私が敵に情けをかけないことは、よく分かってるでしょ。死んで当然だもの。でも本来、彼らは敵なんかじゃない！　みんなギリシャ人で、情報局の精鋭なんだから！なぜ仲間同士で血を流し合うの？」

「それはゼウスに聞くべきだ。私が言ったことを覚えているか？」

「彼はギリシャの敵……」

カレンはつぶやいた。

「今ならその言葉が信じられる。でもなぜ上に報告しないの？　もしかして部長なら……」

「試したが、ゼウスの尻尾はつかめなかった。しかも……」

局長は急に笑い出したが、その声は少しも楽しそうではない。

「噂では、ゼウスは部長にピカソの絵を送ったそうだ。なんともうらやましい話じゃないか」

カレンは全身の力が抜けて、何も言えなくなった。

電話を切ってからも、ゼウスのことが頭から離れなかった。これ以上ギリシャ人の血を無駄に流したくない。できるなら単独でゼウスのオフィスに乗りこみ、命を賭して悪行を終わらせたいところだが、協力者を探し遠まわしに進めるのが、賢いやり方だということも分かっていた。

この時、カレンはやっと局長の苦悩を理解した。明らかに、国家情報局は制御を失っている。もはや局長の力では、国家存亡の岐路で暴れる馬車を押さえつけることはできない。しかも御者は彼自身ではないのだから。

外部の力を借りるべきだわ！　すぐに高が思い浮かんだ。接触するたび謎は深まるばかりだが、高の強さに疑いの余地はない。それにあの相棒もなかなかのものだ。

二人とも秘密組織のメンバーなの？

そんなことはどうでもいい。今は選り好みをしている場合ではない。

少なくとも、私たちには共通の敵がいる。ゼウスが送りこんだ暗殺者は、私だけでなく高誠とその相棒も狙っていた。彼らを仲間に加えることができれば……。

突然、カレンは立ち止まった。これは運命なのか。銃撃戦のあとに見失った高が、カレンのすぐ目の前を通り過ぎた。


高は電話を切ったところだった。銃撃戦の中で彼――正確には『彼』――は、重要な発見をしていた。死んだ武装兵の手に山のような形のタトゥーがあったのだ。高はそれを携帯電話で写し、ブルーノに送信した。

するとブルーノは電話で、『情報がまったくない。つまり表舞台に現れない、秘密組織ってことだ。だが君は二度も同じものに遭遇した。ということは誰かが僕たちを罠にはめようとしていると考えるべきだ』と言ってきた。

「罠なら飛び越えるまでだ！」

『機械の心』がそう応じた。

ブルーノは異議を唱えなかった。仲間たちは皆、『彼』を信頼していたが、高は複雑だった。自分が二つの人格に分裂し、本当の自分の存在感がどんどん薄れているような気がしていた。ある日、目覚めたら自分が消えているかもしれないとさえ思う。高は苦笑した。頭を振ってその考えを追い払うと、アレスが見つかることを願い捜索を開始した。

間違いない。

銃撃戦で『機械の心』を発動した高は、自分を見つめる誰かの視線を敏感に感じ、それがアレスだと気づいた。アレスがどうやって追っ手を振り切ったのかは分からない。ただアレスに見られていたのはほんの短い間だった。おそらく高の能力に恐れをなしたのだろう。だが手がかりは残されていた。どんな些細なことも『機械の心』の観察眼からは逃れられないのだ。

あの時、高は慌ただしく現場を離れアレスの痕跡を追い、隙を見てブルーノに電話をかけた。しかしその後、限界が来て能力を解除してしまった。その途端、『彼』がつかんでいたあの明確な手がかりは消失した。あるいはまだ存在していたのに、高の目には見えなくなったのかもしれない。

どんな能力にも限界はある。例えば瞬が自身の持つ強大な力を爆発させれば、小規模の軍隊にも対抗できる。だがそれは理論上の話で、実際は能力を長時間持続させることは不可能なのだ。瞬に比べると高はまだ能力を持続できるほうだが、頻繁に使うと体がダメージを受ける。初期症状は鼻血だが、それが続けば脳出血に発展する恐れがあった。

いずれにせよ、高はアレスを見失った。どう探せばいいのか見当もつかない。

「ちょっと考えよう」

高は足を止めて発生した事柄をひとつひとつ思い起こした。突然、キムの言葉が頭に浮かんだ。

『たぶん僕はネズミに取りつかれたんだ。じゃなきゃ、なんで下水溝なんかに？』

高の目が輝いた。

下水溝だ！　あそこは暗くて汚くて臭い。誰も入りたがらないけど、隠れるにはこの上なく安全な場所じゃないか？　おかしな発想だけど、他に思いつかないなら、それに賭けるしかないよな？

あたりをぐるりと見渡すと、マンホールが目に入った。腰を折り曲げ力をこめて持ち上げようとしたが、鉄の塊はびくともしない。高はハアハアと息を弾ませた。その時、通りすがりの若者たちが不思議そうな顔をして立ち止まった。

「あの、何してるんですか？」

ひとりの青年が聞いてきた。

「中で問題が発生して、修理が必要なのです」

息を弾ませそう答えると、高は引き続き鉄の蓋を持ち上げにかかった。

「こいつめ！　ううっ……重い！　くそっ！」

「配管工の方ですか？」

青年は目を丸くする。この人は作業服に着替える暇もないほど急いでいるのだと思ったのか、彼は後ろの仲間に提案した。

「手伝ってやろうよ」

「いいとも！」

そう言って、すぐに全員が動いた。そうして長方形の蓋が取り外されると、真っ暗な穴が現れた。

「どうもありがとう！　みんな本当に親切だね！」

高は壁伝いに下へ下りながらそう言うと、暗い穴の中へと消えていった。

下水溝に潜った男を見送った若者たちは、ある問題にぶつかった。

「蓋を戻したほうがいいかな？」

「そしたら彼が出てこられない」

「でもこのままじゃ危なくないか？　誰かが落っこちるかもしれない」

「じゃあ……」

全員が顔を見合わせた。そうして彼らは、男が出てくるまで見張る、という苦しい決断を下した。だがその『配管工』はいつ仕事を終えて出てくるのか、誰にも分からなかった。へたをすると今日の予定を棒に振るかもしれない。

善人になるのは大変だ、と彼らは思った。


穴の下では、高が暗い通路を進んでいた。かすかに水の滴る音は聞こえる。だが、真っ暗で何も見ることができない。それでも、明かりはつけられない。アレスがどこに隠れているかも分からないだけでなく、今まさに鉄パイプを構えて待ち受けているかもしれないのだ。

高は一歩ずつ慎重に歩いた。くるぶし程度の深さの汚水が悪臭を放っているが、嗅覚の抗議を無視し必死で耐えた。しばらくすると、においも気にならなくなった。ショックのあまり鼻が麻痺したのだろう。高はどんどん前に進んでいった。

歩いているうちに、高は急に自分が滑稽に思えてきた。

僕は推測だけで下水溝に来たのか？　存在してるのは汚水とネズミだけじゃないか！

そう考えると自分の決定に疑問が湧いてきた。

このまま海に流されるかもしれない……。

いっそ引き返そうと一度はきびすを返したが、なんとかその欲望を抑えた。確かに僕はバカだ。だけど、ここで放棄したら中途半端なバカに成り下がる！

突然、右方向から音が聞こえてきた。高は壁伝いに角を右に曲がった。壁というより土管の形に壁が湾曲しているだけだが、確かに分岐していた。しばらく進むと壁が途切れ、空をつかんだ。

どうやら通路を抜け、巨大な空間に出たようだが、相変わらず目の前は漆黒の闇だった。高は立ち止まり耳をそばだてた。さっきの音は消え完全に目標を失った。

少し迷って携帯電話を光らせた。白い光の筋が暗闇を突き刺す。光に照らし出された湿った壁は、うっすらと緑色の苔に覆われていた。

高は四方を一通り照らし、そこがだだっ広いホールだと気づいた。携帯電話の弱々しい光は端まで届かないが、少なくとも千立方メートル以上の空間であることは分かった。

一瞬、地下に眠る遺跡を発見したかと思ったが、すぐに洪水に備えた貯水池であると悟った。ただし今は水がない。

高は携帯電話の光を頼りに歩いたが、とてつもなく広い。そのとき突然、隅で丸く縮こまる人影が目に入った。

あいつだ！


地上では、カレンが高を待ち続けていた。高が中に入る様子を陰から見張っていたのだ。高の意図はまったく読めなかったが、何か発見があったからこその行動だと信じていた。

ちょっと待って！　確かアレスの体には黒い汚れがついていた。キムの体にも。だとしたら……。

カレンは目を輝かせ、マンホールに近づいていった。

「あのちょっと！」

若者のひとりが注意を促す。

「足元、気をつけて！」

「ありがとう！　実は私、市のインフラ会社から派遣された配管工なの」

そう言った時には、カレンはすでにマンホールを下り始めていた。

「あなたも配管工ですか？」

若者たちは驚きを隠せない。ミニスカートのスーツ姿の美女が配管工？

ひとりの若者が、たまらず尋ねる。

「あのすみません、会社の制服、変わったんですか？」

「企業秘密よ」

微笑みながら、カレンは下水溝の中に消えた。

通路を道なりに進むカレンの足取りは、高よりも速かった。しかし、あの分岐を右には曲がらず、高とは別の道を進んでしまった。


貯水池内部。

高は携帯電話の明かりで、隅にいる人物を照らした。

間違いなくアレスだ。あろうことか、身長百九十センチの大男が小娘のように頭を抱えて嗚咽している。高が近寄るとさっと身をかわし、おびえた目で見つめてきた。

これはどういう状況だ？　さっきはあんなに凶暴だったのに。鉄パイプ一本で二人の能力者に対抗し、なかなかの実力を発揮してただろ？　まったく納得できない。

高はひとつ咳払いをして話しかけてみた。

「アレスか？」

ぼんやりとした視線が返ってきた。高の言っていることが理解できていないようだった。

「何か力になれることはあるか？　アレス」

高を見つめていたアレスが突然ブツブツ言い始めた。

「アレス？　違う。僕はアレスじゃない。違う」

「じゃあ誰なんだ？」

「僕は誰？　僕は誰？」

アレスは頭をたたきながら、同じ言葉を繰り返した。

「僕は誰？　僕は誰？」

突然、アレスは顔を上げ血走った目で高に問いかけた。

「僕は誰？」

高は驚き、心の底から恐怖が湧き上がり、全身に鳥肌が立った。深く息を吸って恐怖を抑えつけ、自分に言い聞かせる。

だが漆黒の闇に心が押しつぶされそうになる。携帯電話の光は白く弱々しい。ああ、この暗闇がいまいましい！

突然、明かりが射しこみ太陽のように貯水池を端まで照らした。一筋、また一筋とまぶしい光が闇を駆逐し昼間のように明るくなった。無意識にかざした手の指の隙間から大勢の人影が見えた。

明かりの源はスポットライトだった。スポットが当たった部分にそれぞれマスク姿の武装兵がいる。リュックを背負いダークな迷彩服に身を包んだ彼らは全員、高に銃口を向けていた。

明かりにさらされ、高は逃げ場を失った。

「もう、効き目があったのか？」

たった今、暗闇を呪った高は思わずうめいた。その瞬間、相手の銃口が火を噴いた！

17

十分前のマンホール前。

若者たちは賭けをしていた。市のインフラ会社はさらに社員を派遣してくるか否か、そして、その社員はどんな制服なのかと話に花を咲かせている。

「軍隊が来て、下水溝のモンスターと戦うんじゃないか？」

ひとりの若者が冗談を飛ばすと、皆が大声で笑った。

突然、誰かが全員の首を絞めたみたいに笑い声が消えた。驚きの表情を浮かべる若者たちの目の前に車が数台停まったかと思うと、中から次々に現れた武装兵がマンホールに入っていった。

「マジかよ。俺、さっきなんて言った？」

若者は自分自身をつねってみた。ものすごく痛い。そこで、下に下りようとしていた武装兵の最後のひとりを捕まえ、すがるように尋ねた。

「あの！　下で何が起きたのか教えてもらえませんか？　モンスターですか？　気になって仕方がないんです！」

若者のほうを向いた武装兵の覆面の下からこもった声が聞こえてきた。

「そうだ。だから君たちは離れていなさい。善良な市民がこんなところで命を落としてはいけない」

そう言って武装兵は若者を押しのけ、下に下りていった。

戸惑った若者たちは、互いに顔を見合わせた。中のひとりが不安げに聞いた。

「俺たち……まだここにいるのか?」

「いるべきだよ!」

さっき武装兵に質問した若者は、目を輝かせて力説した。

「世界を救う現場に居合わせてるんだぞ。俺たちも英雄になれるかもしれない!」

英雄!

若者たちはこの言葉に色めきたった。


この世界には英雄はいない。高はずっとそう思ってきた。これまで誰かを救おうと思ったことはないし、ただ自分と友達が平穏に暮らせればそれでよかった。

まったく平凡な願いだけど、それを実現するのは難しい運命みたいだ。

銃口が火を噴いた瞬間、高はそう思った。その後、冷やかな感情が大脳を支配し、無数のデータが押し寄せてきた。

『機械の心』、発動。

瞳の色の変化に伴い、もはや高の目に見えない事象はなくなった。銃口の角度、人体の筋肉の変化、弾丸の軌道、すべて計算しデータとして把握する。そして脳内でそれらのデータが再構成され、立体の情景として目に浮かんでくるのだ。

遅い。遅すぎる。すべてが緩慢だ。

高は自分の体をのろのろと移動させる。思考は火花のように速いのに、肉体がそのスピードに伴わない。

もし首から下を瞬と交換したら世界最強になれるのに。瞬……。予定通り飛行機に乗ってこっちに向かっただろうか？　キムは無事、瞬と会えるのか？　頼むから捕まらないでくれ……。

頭の中を無数の考えが駆け巡る。これはあり余った計算力が行き場を失った証拠だ。この愚鈍な肉体の操縦は、そんなに頭を使わなくても事足りる——たとえそれが弾丸の中のダンスであっても。

だが武装兵から見ると、高の動きは恐ろしく速い。踏み出す一歩とそれに伴う筋肉のわずかな振動、そして体さばきや跳躍など、一連の動作がまるで長年訓練を積み重ねたダンサーのように美しく非の打ちどころがなかった。

弾丸の雨の中、高はひたすら前へ進んだ。武装兵たちは、高の凍りつくような眼光に気おされ、呼吸さえままならない。恐怖に震えながら狂ったような怒号をあげて最後の力を振り絞ってくる。

弾丸の数が増した。脅威の計算力を持つ高でも、無傷で潜り抜ける可能性を探し出せない。そこで、弾丸にかすりながら進む選択をした。一発一発、弾丸はナイフのように皮膚を切り裂き血の跡を残した！

「傷を負わせた！」

誰かが嬉しそうに叫んだ。

化け物でも負傷する！

その情報に武装集団は奮起した。だがそれも束の間の喜びだった。その叫び声と同時に、高は武装集団の中に突っこんでいた。そして、叫んだために発砲を忘れた武装兵の喉仏に曲げた指の関節を押し当てると、胡桃が砕けるような音がした。武装兵は信じられないというような表情を浮かべ、へなへなと倒れた。

高は地面に落ちていた自動小銃を拾い、集団に向かって掃射を始めた。鮮血が飛び散り、武装兵は刈り取られた麦のようにバタバタと倒れた。高の体は自分と敵の血で真っ赤に染まっていた。吐き気をもよおすほどの生臭い血のにおいを気にする様子もなく、高はただ、弾丸をかわしながら敵の命を奪った。

高にとって目の前の生命はデータでしかなく、少なければ少ないほど好都合なのだ。四人、三人、二人……。高は最後のひとりを見つめた。その男は膝から崩れ落ち、わけの分からない言葉をつぶやいている。

歩み寄り、男の後頭部に銃を押し当てた。

突然、高の瞳が瞬き出した。瞳の色がグレーと黒の間でめまぐるしく変化する。本来の人格が自分を阻止しているのだと、『機械の心』は悟った。しばらく抵抗するが、結局、『機械の心』は姿を消した。そして、自我を取り戻した高の目の前には死体があふれていた。

「なんてこった……」

高は思わず息をのんだ。

見渡す限りの血の海に、吐き気がする。恐怖で全身があわだつ。

勘弁してくれ、僕はいったい何をやらかした……。あいつらは敵で、僕の命を狙ったんだ！

心の奥底で自分に言い訳をしたが、どうしても納得できなかった。結局、武装集団を殲滅してしまった。しかし、その気になれば一部を逃がすこともできたはずだ。

そしたら、こんなに多くの死人を出さずに済んだ……。

それでも幸い、最後のひとりが残っている。

「行けよ」

声がかすれた。

「もう二度と来るな。お前の背後にいる人間に言っておけ。もし……」

突然、男は顔を上げ、猛然と高に突進してきた！

こいつは正気を失っているから無理もない。

そう思った瞬間、間違いに気づいた。

速い！

とにかく速かった。男の残像だけが目に焼きつき、その姿は跡形もなく消えていた。

特殊能力だ！

高は目を見張った。

あいつは能力者だったのか！　瞬と同じスピード型だ！　瞬ほどではないが人間離れしていることは確かだ！

ここで思考が途切れる。突然胸に激痛を感じ、目の前が真っ暗になった。息ができない。ペンチのような手が首を締め上げてくる。必死で手を外そうとしたが、相手も力を緩めない。

しばらく、二人はせめぎ合っていたが、高の力が徐々に衰えてきた。目の前に星がちらつき肺は燃えるように熱い。だんだん世界が遠のいていく。高の衰弱を察知した男は鼻孔を猛牛のごとく広げ、首を絞め続けてくる。

そのとき突然、男は眼球が飛び出さんばかりに目を見開いた。激痛に顔をゆがめ、短いうめき声とともに足をそろえたまま後ろに倒れた。

高は最後の力を振り絞って男を蹴り飛ばし、そのまま地面に寝転がり大きく口を開けて喘いだ。人生で初めて、自由に息が吸える喜びを実感する。それから五分ほどして、ようやく力が戻ってきた。

高はゆっくりと起き上がり、男の様子を見に行った。すでに息絶えていた男の股間が血に染まり、ズボンの裾からもゆっくりと血が流れ出している——金的膝蹴りのダメージだ。高が男の袖をめくって見ると、やはり腕に山のような形状のタトゥーがあった。

ふと思い立ち、他の死体の腕も確認した。思った通り、タトゥーは見つかったが、ひとりだけだった。

そうか……。

高の目が輝いた。

このタトゥーの意味が分かった！　簡単な推論だ。中海で出会った重力を操る大男、そしてこの超高速の能力を持つ男。彼らのどちらにもタトゥーがあった。とするとタトゥーがある奴は、皆特殊能力者なのかもしれない。もしそうならここの二人はまったく存在感を発揮せず、戦闘で命を落としたということだ。そんな弱くて能力者と言えるか？

高は彼ら低レベルの能力者に相当な不信感を抱いた。そして最後にもう一度死体の山を見渡した。ため息をつき通路に向かって歩き始めたが、すぐに引き返してきた。

「このクソ頭！」

高は頭をぽかぽかたたいた。アレスのことをすっかり忘れていたのだ。あの弾丸の雨の中で生きていてくれればと思い、拾ったヘッドライトをかざして貯水池の中を照らしたが、アレスは消えていた。

「逃げたのか？」

高は、呆然とした。

突然、背中に硬いものが当たり低い声が聞こえた。

「動くな！」

高が両手を上げてゆっくり振り返ると、血だらけの自動小銃を手にアレスが立っていた。高を睨みつける目には、冷たい光が宿っている。

「アレス？」

「向こうを向け！　いつでも撃つ用意はある」

高は仕方なく後ろを向いた。目の前には、暗闇が広がっている。

「彼らを殺したのはお前か？　たいしたものだ。仲間はどこだ？」

「なぜ、あいつを探してる？　分からないな。もし僕が君なら、最初の時点で逃亡していたはずだ。アメリカとかアフリカとか、できるだけ遠くに。なのに君はなぜアテネに残った？」

高は腰に激痛を感じた。

「事情を知ってるのか？　お前は、彼らが放った追っ手なのか？　そうなんだな？」

アレスが叫んだ。

「少し落ち着けよ、相棒」

そう言って高は肩をすくめた。

「僕は探偵だ。情報局に招かれた。彼らは金のリンゴとかいう代物がなくなったと言ってる。笑われそうだが、実は僕、いまだにそれが何か分かってないんだ」

「誰に招かれた？　ゼウスか、それともアルベルトか？」

「後者だ」

「ハハハ。アルベルト、あのバカめ」

アレスは神経質そうに笑った。

「自分が誰と戦っているかも分からないくせに、ゼウスと張り合うとはな！」

「だけど君も同じようなものだろ？　彼のものを盗んだ」

「私は盗んでない！　私は何も知らない。無実なんだ！　二度とそれを口にするな！」

そうわめくとアレスは再び高の腰を銃口で突いた。『うわっ』と声をあげた高は右手に持っていたヘッドライトを落とした。ヘッドライトの白い光が転がりながらアレスの顔を照らす。アレスは思わず目を閉じた。

今だ！

高は銃身に沿って体を回転させ、アレスに体当たりを食らわせる。はずみでアレスが引き金を引き、向かいの壁で火花が散った。すかさず高がアレスの腕をつかみ思い切りひねり上げると、自動小銃がガシャンと地面に落ちた。アレスは痛みに耐えながら高の胸倉をつかんだ。そして高を高々と持ち上げ、地面にたたきつけた！

空中で高の両足がアレスの首にからみつく。アレスは高の体重を支えきれず、したたかに地面に打ちつけられた。高はアレスを押さえつけ、手刀で首を打った。普通の人間なら気を失うほどの衝撃だが、アレスのたくましい筋肉には効き目がない。アレスは少しふらつきながらも高の首につかみかかってきた。

高が腕を上げて防御すると、その腕をペンチのようにたくましい手でつかまれた。骨が砕けたのではと思えるほどの激痛が走る。そのまま投げ飛ばされそうになった高には、もはや相手の生死を気にする余裕はなかった。とっさに指を曲げ、その関節でアレスのこめかみを思い切り打った。

その瞬間、アレスの力は緩んだが勝利の喜びを味わう暇はなかった。アレスの体から恐ろしいほどのエネルギーが湧き出し、自分の中に入りこんでくる。高が意識を保っていられたのはわずか三秒で、そのまま無限の暗闇に引きずりこまれた……。

『高誠』はゆっくり立ち上がり、注意深くあたりを見回した。安全なところに逃げようという意識が働いたようだ。だが次の瞬間、全身が震え出しグレーの光が瞳の中に見え隠れする。本来の人格が抑えこまれ、『機械の心』が抵抗を始めていた。

「お前は誰だ？」

『高誠』は喉の奥から声を絞り出した。

「お前こそ誰だ？」

『機械の心』が応じた。

「分からない！　僕は誰……僕は誰……」

「お前が誰であろうと、もう逃げられない」

「いいや、僕は逃げる……危険だ……逃げないと……」

二つの意思がひとつの体の中で争っている。全身がぶるぶる震え、半分に分かれてしまいそうだった。右足は前に進もうとし、左足は後ろに下がろうとして筋肉が捻じ曲がる。だが実際は体内の感覚でしかない。ついに二筋の鮮血が鼻孔から流れ出す。

高は意識を失い倒れた。


しばらく時間が過ぎたのち、水たまりを歩く足音とともに屈折したスポットライトのような光が汚水を照らし、カレンの美しい影を映し出した。目の前の地獄のような光景を目にして、カレンは青ざめた。

来るのが少し遅かった。分岐点で道を誤り、ずっと遠くまで行ってしまったのだ。銃声を聞き、やっと間違いに気づいて引き返した。しかし通路が迷路のように複雑で、駆けつけた時にはすべてが終わっていた。

地面には高とアレスが倒れていたが、幸い二人とも意識を失っているだけだった。カレンは、二人を隅に引きずって湿っぽい壁に寄りかからせると、アレスに手錠をかけた。

一連の作業を終え一息ついたが、すぐ自分に言い聞かせた。ほっとするにはまだ早い。ここは安全とは言い難く、一刻も早く脱出すべきなのだ。

だがひとりで彼らを運ぶことはできない。特にアレスはこの体格だ。そこで電話でアルベルトに助けを求めることにした。ところが番号を押した途端、誰かが水の中を歩いてくる。

ザブザブ、ザブザブ。音がだんだん近づいてくる。

「誰かそこにいるの？」

カレンは銃を抜いた。

徐々に、男が姿を現した。ギリシャ彫刻のような完璧な体型、黄金色に光る髪、顔の造形にも欠点が見当たらず、アルマーニのダークスーツがよく似合っている。ここが下水溝ではなく、スターが集う慈善晩餐会の会場だと思ってしまいそうなほどだ。

「ゼウス！」

カレンの瞳孔が一気に収縮した。

「カレン。その二人を渡してもらおう」

ゼウスは笑顔で言った。

「おあいにく様！」

カレンは銃口をゼウスに向けた。

「この極悪人！　周りを見なさいよ。全部ギリシャ人の血よ！　あなたが殺したのよ！」

「私が発砲したとでも？　しっかりしろ、彼らは高誠に殺されたのだ。見ろ、私の手は汚れていない。一度だってギリシャ人の血に染まったことはない」

そう言って、ゼウスは両手を広げた。

「本当に吐き気がするわ！　そうよ、あなたはただ書類にサインをし、電話をかけ、命令を下しただけ……。そして彼らを死に追いやった！　権力者というのは殺人犯より始末が悪いのね！」

「それは能力の問題だ。本来、彼らは死ななくてもよかった。もっと強ければの話だ。結局、この世は強者に支配されている。例えば君は彼らよりよほど役に立つ。どうやら私は間違いを犯したようだ。この件を最初から君に任せるべきだった」

「何を言っているのか分からない！」

カレンは引き金にかけた指先に、わずかに力を入れた。

引き金を引くのよ！

カレンは心の中で叫んだ。この男を殺せばすべては元通りになる。この世界には、野心に燃えた権力者も、残酷な殺人者も必要ない。

「言ったはずだ。君は永遠に私を阻む存在にはなり得ないのだ。月の女神」

ゼウスが微笑んだ。

急にカレンの指先から力が抜けた。全身が硬直し、冷や汗が止まらない。記憶の底から悪夢がよみがえった。牙をむいた獰猛な怪物がこっちを向いて狡猾な笑顔を浮かべている。

神よ！　この呼び名……。この感覚……。私まるで……。

必死で現状から抜け出そうとしたが、どうにもできない。何年もかけて作り出された強靭な殻の下から、地中深く埋められた種が土を突き破って芽を出した。そして怖い童話の中の木の怪物のように成長し、無数にゆらゆらと伸びる手で、空を引き下ろそうとする。

真っ暗な空に押しつぶされそうになるが、どうすることもできない。ダメよ、私は絶対に……。絶対に……。これが思考の最後のあがきとなった。まるで燃え尽きる直前の炭火のようだった。

わずかに輝き、そして沈黙した。

カレンは銃を下ろし、空虚な目でゼウスを見つめている。

「よくぞ戻った。神の座に」

そう言ってゼウスは軽くお辞儀をした。

「月の女神、アルミテス」

カレンも同じようにわずかに腰を曲げ、古式ゆかしい礼を返した。

第三章

18

アテネ国際空港。

到着ロビーの椅子に、キムが少し焦った表情で座っている。時刻は十一時二十分。瞬の到着まであと一時間もある。

「きっと大丈夫」

キムは自分に言い聞かせた。

空港に来る途中で追っ手を振り切り、尾行されていないか何度も確認してから中に入った。今はただ待っていればいい。瞬があの通路から現れたらすべてうまくいく。

それなのに、なぜか不安が募る。携帯電話を取り出し高にかけてみたが、一向につながらない。ますます不安になり、ひとまず身を隠そうと立ち上がった。

「ダーリン、どこへ行くの？」

背後から甘ったるい声が聞こえた。

ゆっくり振り向くと、美しい女が立っていた。髪を高々と結い上げ、満面の笑みをたたえている。その背後には黒いスーツにサングラス姿の男が六人。まるで映画に出てくるボディーガードのように殺気を漂わせている。

彼らの腰のあたりが膨れ上がっているところを見ると、武器を携帯していることは明らかだった。

「ティナ？」

キムが目を丸くする。

「ギリシャを離れるつもりじゃないわよね？」

ティナが悲しそうに言った。

「私のどこが気に入らないの？　ダーリンお願い。行かないで！　私たちのバカンスはまだ終わってないのよ！　一緒に帰りましょ。ねえいいでしょ？」

キムは、魂を奪われたようにうなずいた。

「やっぱり私のお願いは聞いてくれるのね！」

ティナは幸せそうな笑みを浮かべ、甘えたようにキムの腕にぶら下がる。

そして二人は空港の外へと歩き出した。その後ろには六人のボディーガードがつき従っていた。

19

高は自分が夢を見ていると分かっていた。

耳元でさらさらと水の流れる音がする。前方は果てしない暗闇だ。高は暗闇から暗闇へと歩いた。

歩きながら小さい頃を思い出していた。基地では訓練で失敗すると、教官に監禁された。自分の鼓動しか聞こえない、光のない狭い部屋だ。おそらく数時間程度のことだが、一生のように長く感じられたものだ。

もしあの時、こっそり駆けつけたメイがドアの隙間から歌を聞かせてくれなければ、発狂していたかもしれない。今でもそのメロディーは覚えている。タイの歌だった。だが曲名を調べたことはない。他人が歌うバージョンを聞きたくなかったからだ。ただ記憶にとどめ、心の中で静かに口ずさむほうがよかった。

高は歌を口ずさんでみた。だんだん暗闇に対する恐怖と孤独感が薄れていく。このままいくらでも歩いていられる気がした。その時、前方に突然光が現れた。

それは鏡だった。鏡の前に立った高の目に、ぼんやりと気の抜けたような顔が映った。

これが僕？　自分の顔に納得がいかず口角を上げてみる。高は驚いて鏡に見入る――鏡の中の顔はピクリとも動いていなかった。

「前とは違う。ほら、僕は口が利ける」

「お前は自分が誰だか知っているのか？」

鏡の中の高も口を利いた。

「僕は高誠だ」

「じゃあ僕は誰？」

「お前は夢の中の怪物で、悪夢はいつもこうだ。驚くようなことが起きる」

「違う」

鏡の中の高が謎めいた笑みを浮かべた。

「お前は高誠じゃない。高誠は僕だ」

不意に何か熱いものが顔の上を流れているような気がした。手でぬぐってみると血だった。違う、血だけじゃない。顔に皮膚がなく、血だらけの肉がむき出しになっているじゃないか！

　僕の顔が！

　やけどのような激痛が今になって襲ってきた。顔が醜くゆがんでいる！　高は悲鳴をあげて目を見開いた。

　天井が燃えているような気がした。しばらくして目が慣れると、それは巨大な壁画だった。壮大な景色が円天井いっぱいに描かれている。中央には鮮やかな金赤色で描かれたギリシャ神話の主神ゼウスの厳めしい宮殿が見える。

　手を動かすと、じゃらじゃらという音がした。その時ようやく鎖で廊下の柱にくくりつけられていることに気づいた。力ずくでもがいたが動くことができない。

「くそっ！　ここはどこだ」

「神々の神殿だ」

　誰かの声が答えた。

　声の方向に目を向けると、神殿の中央にそびえる荘厳な王座に金髪の男が座っていた。

　男は壁画の中のゼウスと同じような紫色のローブを身にまとっている。

「ゼウス？」

「初めまして」

ゼウスは王座を降りてきた。そばには白いローブの従者が何人もいる。白いローブには、山のバッジがついていた。推測が正しければ彼らは全員、能力者ということだ。

多いな……。ざっと二十人以上はいる。彼らの能力が自分より劣っていたとしても、結束すれば見過ごせないパワーになる。

これは尋常な数ではない。かつて、この分野の研究をしていた高にはよく分かる。データ上、ゼウスがこれほど多くの能力者を探し出すのは不可能なことだった。たまらず目の前にやって来たゼウスに尋ねた。

「彼らは全員、特殊能力者なのか？」

「あり得ない人数だと思っているのだろ。君がこの分野の研究をしていたことは知っている」

「僕のことを調べたのか。だけど僕は、いまだにあんたの立ち位置がよく分からない。あんたはSNP研究所の人間なのか？」

「SNP研究所であり、SNP研究所の人間でもあり、聖山組織でもある。要は君がどうとらえるかだ」

「どういうことだ」

「もし君が私を敵とみなすなら、ここはSNP研究所の支部だ。そしてもし友人と思ってくれるならここは聖山組織ということになる。高誠、賢い人間に回りくどい言い方は必要ないはずだ」

「だけど僕は筋金入りのバカだ」

本当のことを言ったつもりだったが、ゼウスはそれを拒絶ととらえ、わずかに眉をひそめた。

「君の友人はすでに加入を決めた。彼の意見を聞いたらどうだ」

「誰のことだ」

キムがそこにいた。

しかもひとりではない。そばに女がまとわりついている。

高は思わず目を見張った。美しい輪郭、長くカールしたまつ毛に潤んだ瞳。柔らかな唇は桜の花びらのように可憐で、見る者をうっとりさせる。肩に垂らした長い金髪は、まるで太陽の光が流れているようだった。

なんて美しい。高は感嘆した。今までキムのガールフレンドは何人も見てきたが、今回が一番の美人であることは間違いない。しかもスターばりにイケメンのキムと並ぶと、カップルとして非の打ちどころがない。

ひとつ難点をあげるなら、二人の背後に黒スーツのボディーガード六人が無表情で控えていることだ。

「お前がなんでここにいる？　世の中何が起きるか分からない」

そう言って高は苦笑した。

「お前、加入するのか？　あの……なんだっけ？」

「聖山」

「そう、それだ。だけどなんで？　あまりに突然すぎるだろ」

「彼女さえいればいい」

キムがティナに視線を送ると、ティナは甘ったるい笑顔を返した。

「さすがキム・ジュンホウだ」

高はため息をつき、ゼウスに目を向けた。

「こんな美人なら仙人でも心を動かされる。だが僕には何をくれる？　同じような女か？」

「ティナの美しさは唯一無二だ。しかし、もし君が望むなら神をひとり与えよう」

ゼウスはそう言って手をたたいた。

すると古代ギリシャの裾の長いローブをまとった女が現れた。裸足で頭にはオリーブの枝で編んだ冠が載っている。その女を見て、高が不思議そうな顔をした。

カレンだ！　そんなまさか！

カレンの顔をよく見ると、その目は夢の中を浮遊しているように焦点が定まっていない。

「彼女に何をした！」

「迷える娘を神の座に戻らせただけだ。我らが月の女神、アルテミスだ」

高は声をあげて笑った。

「まったくバカげてる！　昨日まで情報局のスパイだった彼女を、今は神だと言われて誰が信じる？」

「王座を有する者は、すべて神だ」

ゼウスは大広間に並んだ椅子を手で示した。

「見ろ。どれも空席のまま主を待っている。君さえ同意すれば、あの中のひとつは君のものになる。そして神となった君は、この上もない権力を手に入れ、世の人々はみな我々のしもべとなるのだ」

「どうかしてるよ」

ゼウスは顔をこわばらせる。

「やはり加わらないと言うのだな？」

「そんな話に誰が乗るか。あんたが集めたあの腐れ能力者どもに頼って世界を征服しようっていうのか？　正直、奴らが束になっても僕の片手にも及ばない」

「もし千人、いや一万人いたら？」

こいつ、マジでいかれてるのか？　高はあきれてゼウスを見つめた。

自分が何を言ってるのか分かってんのか？　全世界の能力者をかき集めても、そんな人数にならないだろ！　……いや待てよ……。


「金のリンゴ？」

「加入すれば、おのずとその秘密も明らかになる」

高は息をのみ、この壮大な秘密を理解しようとした。金のリンゴは能力者を大量に作り出せるのか？　いいや、そんなに早くできるわけない。じゃなきゃゼウスのもとには、もっと大勢の能力者がいるはずだ。

「もし拒絶したら、僕を殺す？」

「まさか。そんな惜しいことはしない」

ゼウスは残忍な笑みを浮かべた。

「君たちは『能力者』だ。だが知っているか？　私はＤＮＡのリバースエンジニアリング技術を手に入れた。つまり君たちを操れるんだ。もちろん、それなりの後遺症はある。例えば、頭がぼんやりするとか……」

ゼウスが話し終わる前に、黒いローブの男が慌てて近づいてきた。

「ハデス、何事だ？」

「アレスがいません！」

ハデスは真っ青な顔で訴えた。だがゼウスは言葉の意味を理解していないらしく、いぶかしげにハデスを一瞥した。

「アレスが逃げたと言っているのか？　あの鉄の檻から？」

ハデスはうなずいた。

「内通者がいたのか？」

「そうかもしれません」

ハデスが声をひそめた。

「どうやら、あんたの組織はたいしたことなさそうだ」

突然、高の声が響いた。

「命が惜しくないのか？」

ゼウスが燃えるような目で高を睨みつける。

「茶番は終わりだ！」

高の言葉をきっかけに、キムはティナの手を振りほどきゼウスに突進した！　驚いたゼウスがティナに目を向けると、ティナは微笑んだままその場に立っている。突然、ゼウスが目を見開いた。キムが首元で印を結んでいた。

「それは！」

『キム』は瞬時にその場から消えた。その瞬間、ゼウスの体が後ろに飛んだ。空中を飛びながら、ゼウスの目は自分に密着した『キム』の姿をとらえていた。『キム』が両手でしっかりと握っている脇差が半分以上、ゼウスの胸に突き刺さっていた。

ゼウスが怒号をあげ体から白い稲妻を発すると、『キム』は電流に弾き飛ばされ反対方向に転がった。

二人は、ほぼ同時に倒れた。『キム』は強力な電流に感電し痙攣しながらも、なんとか立ち上がった。一方ゼウスは重傷だった。胸から鮮血がどくどく湧き出している。ゼウスは不思議そうな顔をして『キム』を見つめた。

「お前……お前は宮本瞬！」

ゼウスは喘いだ。

『キム』がマスクを剥ぎ取ると、別人の顔が露になった。キムとはまた違うシャープな美しさがある。やや面長で目鼻立ちがはっきりしている。唇は薄くいかにも冷酷そうな顔には表情というものがない。

「ティナ！」

ゼウスは歯ぎしりをしながらティナを睨みつけた。

突然、ティナの後ろにいたボディーガードのひとりが一歩進み出て、ティナの首を手刀で打った。力が抜け倒れそうになったティナを、そのボディーガードは軽々と支え静かに地面に横たわらせた。

そのボディーガードがサングラスを外し、口髭を取る。

そこに現れたのは、先ほどゼウスを刺したキムの顔だった。

「もうヘトヘトだよ！」

本物のキムは息を弾ませている。

「こんな長時間、他人を操ったのは初めてだからさ！」

あっという間の出来事だった。他の五人のボディーガードは、なんとか反応し、恐怖に震えながらも素早く銃を抜いた。その五人の目の前を人影が横切る。次の瞬間、五人はほぼ同時に地面に倒れた。

瞬は悠然と残心の姿勢をとった。

20

二時間前、高と分かれたキムはアテネ国際空港に逃げこんだ。

キムは基本通りに追っ手をまいた。そんなことをしても無意味だと分かっていたが、それが高の計画の要点だったのだ。空港に入ると、焦っているように見せかけ男性トイレの個室に駆けこんだ。瞬とはそこで落ち合った。瞬が搭乗したのは一便前の飛行機だった。ブルーノが空港のシステムに侵入し、瞬の名前と次の便の誰かの名前を入れ替えておいたのだ。これはもともと予定していた安全対策だったが、高がそこをうまく利用した。

「会えてよかった。実は僕、美女とデートする時よりドキドキしてるんだ！」

そう言ってキムは瞬を抱きしめようとした。

瞬は、興奮するキムの胸に指を当てて抱擁を制止した。

まさに違和感としか言いようがない。男性トイレの個室で、二人の男が激しく抱き合う……。考えただけでも吐き気がする。

その時、キムの切迫した声が聞こえた。

「脱いで！」

瞬は本当に吐きそうになり口を押さえた。

「高誠に会ったら、ぶん殴ってやる」

瞬は恨みがましく言った。

「もちろんだ！　これは全部あいつが考えたクソな計画だ」

そう言いながら、キムは素早く服を脱ぎ裸になった。

瞬は驚いた。自分が能力を使ったとしても、たぶんこんなに早くは脱げないだろう。ふと見ると、恐ろしいことにキムはパンツまで脱ごうとしていた。

「待て！」

瞬は喉の奥から声を絞り出した。

「バカ！　何してる？」

「ごめんごめん、つい習慣で……」

こうして服を交換し、瞬はキムに変装した。この技は戸隠から習った。なんでも忍術の一種らしい。瞬は戸隠のことを思い出した。

トイレを出て瞬は到着ロビーに向かった。基本的に自分の任務はこれで終わりだ。

あとはキムにかかっている。

約十分後、キムも出てきた。ついさっき飛行機を降りたようなふりをして、ゆったりと空港の入り口までやって来た。ほどなく六人のボディーガードを引き連れて近づいてくるティナが目に入った。キムは落ち着いていた。自分の変装に自信があった。韓国のメイクテクは最高だ！

思った通り、ティナはまったく気づいていない。彼らとすれ違う瞬間、キムはこっそり最後尾のひとりの体をたたいた。するとそのボディーガードの体が約〇・五秒間硬直した。そして一瞬で我に返ったボディーガードがティナに言った。

「すみません、ちょっとトイレに」

ティナは厳しい目をしたが、早く行ってきなさいという仕草をした。あとはシナリオ通りだった。キムがそのボディーガードに成りすまし、本物のほうはトイレの個室で丸裸のまま気を失っていた。

もしティナが、注意深く観察していれば、わずかな痕跡に気づいたかもしれない。だが彼女の意識はキムだけに向いていて、周囲の変化にまで気が回っていなかった。こうして入れ替わった『ボディーガード』はティナの後ろにつき従い、いつでも手出しできる準備を整えた。

十分後、ティナは到着ロビーで『キム』を見つけた。

「ダーリン、どこへ行くの？」

その瞬間、後ろにいた『ボディーガード』が軽くティナをたたいた。束の間ぼんやりしていたティナは、かわいらしい笑顔を取り戻した。

「ギリシャを離れるつもりじゃないわよね？」

ティナが悲しそうに言った。

「私のどこが気に入らないの？　ダーリンお願い。行かないで！　私たちのバカンスはまだ終わってないのよ！　一緒に帰りましょ。ねえいいでしょ？」

キムは、魂を奪われたようにうなずいた。

「やっぱり私のお願いは聞いてくれるのね！」

ティナは幸せそうな笑みを浮かべ、甘えたようにキムの腕にぶら下がる。

実はこの時、瞬は危うく尻尾を出しかけた。ティナの態度に虫唾が走っていたのだ。ティナはすでにキムの操り人形になっていて、その言葉や振る舞いは、すべてキムの演技によるものだったからだ。

耐えるんだ！

瞬は自分に言い聞かせた。

そして二人は空港の外へと歩き出した。その後ろには六人のボディーガードがつき従っていた。

21

ゼウスは胸を押さえていたが、鮮血はとめどなくあふれ出し命が尽きようとしていた。

なぜ私がこんなところで死ななければならない！

ゼウスは心の中で絶叫した。

自分は何を間違えたのか、どうしても納得がいかない。すべてを掌握できていたことは明らかだった。

それなのになぜ、突然こんなことに？　部下はどうだ。アポロンが裏切り、ティナが裏切り、他に誰がいる？

ふと見るとハデスが無表情のままあとずさっている。その瞬間、すべてが分かった。

「お前たち全員で私を裏切っていたのか！」

ゼウスは怒鳴った。

戸隠だ！　戸隠にしてやられた！

ゼウスは、己のうかつさを思い知った。表舞台に登場せず成り行きを見守っていた戸隠の態度に、判断を誤らされた。傍観者を決めこんでいる戸隠は、自分と『能力者』たちが相打ちになった時に、漁夫の利を得ようとしているものと思いこんでいた。


「こいつらを殺せ！」

ゼウスは吼えた。

白いローブの能力者たちは直ちに命令に従う。一番手はスピード型で、その男は残像を残しながら、肉眼では確認できない速さで突進した。標的は、いましがたボスを刺したアジア人、宮本瞬だ。

突進する男に対して瞬はまったく無反応だった。男は冷たい笑みを浮かべると短刀を抜き、瞬の胸めがけて思い切り突き出した。

しかし、短刀は空を切る。

男は目を見開いた。

次の瞬間、男の頭が転がり落ち、瞬は短刀についた血を振り払った。

「バカめ！」

冷たく鼻で笑った瞬は、首元で印を結んだ！

しばらくすると大広間全体に瞬の人影があふれた。ひとりの体が、幾人にも分裂して見える。剣を振り下ろす者、刺す者、ひじ打ちをする者、蹴りを繰り出す者……。

次の瞬間、それらの人影はすべて消えてなくなり、瞬ひとりが大広間の中央に立っていた。

ビシュッ。

血が噴き上がり、十数人の白いローブの能力者が同時に倒れた。それぞれ体が捻じ曲がり、目にはなお殺気が残っている。すでに自分が死んでいると誰も気づいていないようだった。

「前より速くなってるね！」

キムが驚きの声をあげた。

大広間は、すべてが終わったかのようにしんと静まり返った。そのとき突然、カレン——今は月の女神アルミテスだが——が短剣を抜き、高の心臓めがけて突き出してきた！

高はぼんやりとカレンの動きを見ていた。もうすぐ切っ先が胸に到達するが、瞬は他の能力者と戦っている。もはや自分を救える者は誰もいない。カレンの空虚なまなざしを見ながら高は考えた。

カレンは回復できるのか？　あの活力と攻撃性に満ちた情報局の有能な女スパイに戻れるのだろうか？　こんなうつろな彼女より、生意気で嫌味な彼女のほうがよほど魅力的だ。もし回復したとして、自分の手で僕を殺したと知ったらどんな気持ちになるのだろう？

なんて運命だ！

高は深いため息をついた。

短剣の先が皮膚を刺し激痛に襲われた。すると突然、体にパワーがみなぎるような感覚に襲われた。

思い出したぞ！　このパワーはアレスの体から出て自分の体内に吸収されたものだ。高の命の危機を察した今、そのパワーが逃げ場を求めている。近くにはカレンしかいない！

そのパワーは高の胸から飛び出し、短剣をつたってカレンの体内に入りこんだ。全身を震わせ、カレンは悲鳴をあげながら宮殿の奥に向かって走っていった。短剣は高の胸に傷跡を残し、音を立てて地面に落ちた。

「カレン！」

高は大声で呼んだが、カレンはそのまま暗闇の中へと消えていった。

ガシャン！　瞬が短剣で鎖を断ち切り、高は自由を取り戻した。胸を触ってみると幸い傷口は浅かった。瞬はキムに手当てをされている高に目を向けた。

「運がよかったな」

どうやら高を許す気になったようだ。

瞬は視線をゼウスに移した。瀕死のゼウスは、這って大広間の中央まで移動していた。そして血だらけの手を伸ばして必死で体を支え王座に座った。依然として流れ続けている血が、赤い椅子をますます鮮やかに濡らしている。

「我々は全員、はめられたのだ。戸隠はすべてを掌握している。私は敗れた。次はお前たちが……」

「金のリンゴとは、いったいなんだ？」

瞬が尋ねた。

「私にも分からない。笑えるだろ。ううっ……あれは結晶体の中に存在し、普通の人間を能力者にすることができる……だがのちに退化してしまう……」

王座の上であおむけになりぐったりしているゼウスの声が、だんだん小さくなっていく。

「私は夢を見た……無数の能力者を擁し……私は世界を統治する……私は神となる……」

「待て！」

高が叫んだ。

「カレンは？　カレンはどうすれば元に戻る？　教えてくれ！」

だがゼウスが再び息を吹き返すことはなかった。

「くそっ！」

高は言葉を続けようとしたが、突然、地面が揺れた。

地震？

三人は同時に顔を上げた。見ると、円天井の壁画に巨大な裂け目ができていた。裂け目は急速に拡大し、砂と小石がバラバラと降ってくる。その時、どこか遠くでくぐもった爆発音がした。

「爆薬だ！」

キムが叫んだ。

「戸隠！」

瞬の眼が冷ややかに光った。

しまった！

高は、さっき奥へ逃げこんだカレンの身を案じたが、もう間に合わない。そばにいる仲間を助けるべきか、高は選択を迫られた……。

「僕についてこい！」

大声をあげた高の瞳が急速にグレーに変わった。応力、構造、爆破反応、地震波伝導……あらゆるデータが次々と押し寄せてくる。一時的に安全と思われる経路を即座に算出した。

「こっちだ」

『彼』が言った。

瞬がぴったりとあとに続く。キムはやや遅れながらもティナを背負い必死で追いかけてくる。高は振り返り冷たく言い放った。

「彼女を下ろせ！」

「自分の女を見捨てるわけにはいかない！」

「その女は毒蛇だ。お前の女は、みんなただのお飾りだが、そいつはお前の命を狙ったんだぞ！」

「その通りだけど、これが僕のやり方だ」

高は、それ以上何も言わなかった。爆発、崩壊、落石など、計算を必要とするデータで脳内がパンク寸前だった。『機械の心』は決して全知全能の神ではない。弾道の計算とは違い、こういう天災に似た現象は能力の限界を超えている。

鼻血が出てきた。あと五秒もしたら毛細血管が破裂する。だが気にせず仲間が生き残るチャンスを探し求めた。逃走ルートは高にしか見えない。だから何がなんでも持ちこたえなければならなかった。

背後で轟音がとどろいた。大広間は崩れ落ち、十二脚の神の椅子とゼウスの体は落下してきた無数の大きな石で埋まった。もうもうと巻き上がった土煙が、通路をつたって高たちを覆いつくし、視界を奪った。

「走り続けろ！」

高が仲間に呼びかけた。

キムは足をガクガクさせ、激しく喘いでいた。生死をかけた疾走は、ただでさえ体力を奪うというのに、さらに人間をひとり背負っているのだ。キムはそろそろ限界だった。背中のティナは岩のように重く何度も落としそうになったが、必死で押さえつけた。

突然、人の頭ほどの大きさの石が崩れ落ちてきた。力を振り絞り飛び上がったキムは、硬い地面に倒れこんでしまった。その拍子にごつごつした砂利で腕をすりむき血が滴った。必死で起き上がり後ろを見ると、ティナの頭からも血が流れていた。

「やばい！」

慌ててティナの傷を確かめると、幸い骨は折れていない。服を切り裂き丁寧にティナの頭の傷に巻いた。

そして再びティナを背負ったが、足元が定まらずその場にひざまずいてしまった。何度も立ち上がろうとしたが、どうしても立ち上がれない。

「下ろして」

ティナが消え入りそうな声で言った。

「気がついたの？」

キムは嬉しそうに振り返った。

ティナは少し前に目覚めていたが、今やっと何が起きているのか理解した。キムはずっと自分を背負って逃げていたのだ。

なぜなの？

キムがそんなことをする理由が分からなかった。

これまで大勢の人と出会った。子供の頃から並外れた容姿でちやほやされていたが、何も分からずただそれを楽しんでいた。クレタ島の高校に通っていた時はよく男の子に告白された。バレンタインデーにはプレゼントやカードで学校の机の引き出しがいっぱいになった。

当時のティナは学業よりもデートに夢中だった。生まれ持った社交性を発揮し、欲しいものはなんの苦労もせず簡単に手に入れることができた。大学に進学してもそういう状況が続き、むしろエスカレートしていった。同時に数人の男と付き合うことさえあった。だが最終的に、絶大な権力を持つ男の怒りを買った。その時になってティナは、それまで自慢にしていた男を誘惑するテクニックなど、なんの意味もないことにやっと気づいた。

結局、ティナはその男の愛人となることを余儀なくされた。あの夜、ベッドに押し倒された屈辱と悲しみは今も忘れられない。以来、その男のおもちゃに成り下がった。そればかりかその男が人を抱きこむための駒となり、ひとり、またひとりと見知らぬ男の相手をさせられた。まさに暗澹たる日々としか言いようがなかった。

逆らったこともある。逃げ出したこともあるが、当然のごとく連れ戻された。その男は直接ティナには手を下さず、両親を標的にした。彼女の母親は失業し、父親はマフィアに両足を切断された。ティナは再び屈辱に耐えるしかなかった。

あるいは神の恵みなのか、ついにティナの能力が覚醒した。疑似恋愛によって相手をコントロールし、自分の奴隷にできることに気がついたのだ。

ティナは能力を使って復讐を始めた。これまで自分をもてあそんだ人間をすべて殺すことにしたのだ。例の男をコントロールし、マフィアのボスであれ政治家であれ、ひとりたりとも見逃すつもりはなかった。最初はとても順調だったが、結局危機に遭遇した。

そんな生死の瀬戸際で救ってくれたのがゼウスだった。ティナにとってゼウスは完璧な男性だった。救世主であり、英雄であり、すべてをささげられると思っていた。こうしてゼウス中心の生活が始まり、ティナは自分が生まれ変わったような気になっていた。だが実際は地獄だったのだ。ある日ゼウスは、ティナに能力を利用し、ある対象者を誘惑するよう求めてきた。そのためにはベッドをともにすることだとにおわせてきた時、ティナの幻想は崩壊した。ティナは受け入れた。ゼウスは今まで出会ったどの男よりも強かったからだ。そして自暴自棄になったティナは、世界中の男は皆同じだと思うようになった。

だがキムは違った。

軽薄そうに見えるこの男は、死の危険に直面しても決して自分を捨てなかった。石が落ちてきた時はさすがに死を覚悟したが、キムは必死で守ろうとしてくれた。

「ここで下ろして」

ティナはきっぱりと言った。頭が激しく痛み、もう一歩も歩けないが、この男に迷惑をかけたくなかった。

「ダメだ」

キムは喘ぎながら拒否した。

「君は頭をケガしてるんだぞ。軽い脳しんとうだと思うけど、歩くのは無理だ」

「ここは、もうすぐ崩れ落ちるわ！」

ティナは泣きそうになった。

「私のことなんかほっといて！」

「黙れ！」

キムは、喉の奥から言葉を絞り出した。

「あんなことが……あんなことさえなければ！　とにかく僕は絶対に自分の女を見捨てない！」

自分の言葉に励まされたのか、キムはティナをしっかりと背負い直し、ものすごい勢いで走り始めた。徐々に土煙が晴れ、前方に三角形の回廊が見えた。回廊に駆けこんだキムは、地面にへたりこんだまま動けなくなった。

「お前のようなバカがよく生き残れたな。まったく不思議なこともあるものだ」

目の前に足が見えた。顔を上げるとグレーの瞳の高がこっちを見下ろしていた。

「バ、バカ言え！　僕が死んだら……世界中の女が嘆き悲しむ……だろ」

キムは力なく反論した。

高はしゃがんでティナを見つめた。

「あんたは歩けるはずだ」

「そ、そうね！」

高の眼光に気おされ、ティナはキムの背中から降りた。最初の数歩はふらついたが、その後はしっかり立つことができた。

「この回廊の構造なら、しばらくは安全だ。まだ動けるか？」

天井を見上げていた高がキムに確認した。

「愚問だね！　一晩に七回やれる俺の体力をなめるなよ！」

そう言いながら必死で立ち上がったキムが、ふと疑問を口にする。

「瞬くんは？」

その瞬間、目の前を人影がかすめ瞬が現れた。

「前方は、行き止まりだ」

「やっぱりか。ここの特殊な構造以外は、すべて崩れ落ちたってことか」

「ちょっとこっちへ来て見てくれ」

三角形の回廊はそれほど距離がなく、数十歩歩いたところで瞬は足を止めた。壁際に死人が倒れている。ティナは口を押さえて驚愕の声をあげた。

「アレス！」

死人は確かにアレスだった。かなりの巨漢だったが、一回り小さくなったように見える。四肢は曲がり、何かを訴えているかのようにわずかに口が開いていた。

高は、そばにしゃがんで注意深く観察した。

「かなり苦しみながら死んだようだ。見ろ、ろっ骨が三本折れている。それにここ、皮膚がはがされている」

次に高は死体のまぶたをめくった。

「目が充血している。死因は窒息だ」

「ゼウスがやったのか？」

キムが尋ねた。

「バカだな。そんなチャンスがあったのは戸隠だけだ。あいつはここに来て、彼から情報を聞き出し殺したんだ」

「戸隠も金のリンゴを狙ってると？」

今度は瞬が尋ねた。

「たぶん、もっと多くのものを狙ってる。少なくとも僕たちの命も……」

突然、高が顔を上げて言った。

「限界だ」

高の両方の鼻孔から血が流れ出した。グレーの瞳が一瞬きらめき黒に戻った。足元がふらつき、瞬の支えなしには立っていられない。全身から力が抜け、頭は今にも爆発しそうだった。

高は頭をかかえ小声で尋ねた。

「今回はどれくらい持ちこたえた？」

瞬が時計を見た。

「二十三分だ。能力がパワーアップしてるな」

「そんないいもんじゃない……あとは任せたぞ」

高は壁にもたれて腰を下ろすと、目を閉じた。


「これからどうする？」

キムが瞬に聞いた。

「俺に任せろ」

そう言って瞬は周囲を見回した。この三角形の回廊は、一辺五十センチの立方体の大理石が積み上げられた構造になっている。それぞれの表面に縦の溝が彫られている典型的なギリシャ様式だ。それらの石が、両側面から天井まで互いに押し合いながら少しずつ重なっている。

大理石というのは、建築に最も適した石材で、しかも三角形の構造は受けた力を分散することができる。高の言う通り、構造的にも材質的にも完璧な避難場所だ。崩落の音も徐々に収まってきた。どうやら待っているだけで生き延びられそうだ。

だが戸隠は抜け目のない男だ。師匠としても敵としても、戸隠のことはよく分かっている。だからこの先も、何か危険なことが待ち受けていることは容易に想像できる。そう思って瞬は刀を抜き回廊を見回した。

キムは腰を下ろした。もうくたくただった。『一晩七回男』と豪語したが、命がけの逃走で体力を使い果たしていたのだ。ふと気づくと、力の抜けた体が自分に寄りかかっている。ティナだ。美しい顔が肩に乗っている。

「さっき、昔のことを言ってたでしょ」

「どんな？」

「『あんなこと』って言ってたから、何かなと思って」

「ちょっとあってね。だけど……」

「話したくない？」

「忘れた」

キムは、じっとティナを見つめた。

「記憶が消えたんだ。まるで抜き取られたみたいに頭の中に空洞ができた。すごく大事なことだったような気がするんだ。ある女の子の姿、それがものすごく重大な……

転機だったのかな？　やっぱりよく分からない……とにかく忘れてしまった」

「どうして？」

「よく記憶をなくす。運任せだけど、ほぼたいしたことない記憶だ。でも時々……」

「私のことも忘れる？」

「絶対忘れない」

そうは言ったが、最近も何かひとつ忘れたような気がした。前の彼女の名前、なんだっけ？　名前も顔も服装も……全部忘れてイメージしか残っていない。

ティナは、嬉しそうににっこり笑った。


瞬が二人の横を通り過ぎた。手に持った日本刀が寒々しい光を放っている。それはさっきゼウスの胸を刺した脇差とは別の細長い太刀だ。瞬は常にそういった武器を携帯しているが、普段は誰もその隠し場所を知らない。いざという時、手品のように出してくる。

それは特殊能力ではなく、日本の忍者の古い技だ。

時間が経つにつれ、瞬は危機感を募らせていた。何かが起こりそうな予感がする。戸隠が自分たちをみすみす逃がすわけがない。それはこっちも同じだ。ひとたび勝機を見いだせば、お互い容赦なく致命的な攻撃を仕掛けるだろう。

しかし今は……。

突然、瞬は地面のわずかな動きを感じた。次に雷鳴のようなくぐもった音が遅れて聞こえてきた。大量の砂埃に混じり小石が落ちてくる。天井に亀裂が走り、ひびが急速に広がっていく。

「二度目の爆発だ！」

瞬の瞳孔が収縮した。

轟音とともに天から光が射した。だが喜んでいる場合ではない。それに続いて、卓球台ほどの大きさの石板が降ってきたのだ！　まっすぐ落ちてくる石板を瞬ならかわせるかもしれないが、高やキムは間違いなく逃げ遅れる！

二十倍速！

より複雑な印を結び心の中でそう唱えた瞬は、石板に向かって高々と跳躍し持っていた太刀を思い切り振った。

真っ暗な回廊に、突然まぶしい光が現れた。まるで無数の稲妻が縦横無尽にきらめいているようだった。巨大な石板は完全に姿を消し、瞬の着地と同時に大量の砂利が雨のように降ってきた。

歯を食いしばり、地面に突き立てた刀に寄りかかる瞬の顔色は驚くほど蒼白だった。急に咳をした瞬の口から鮮血が流れ出た。

「瞬くん！」

驚いたキムが叫んだ。

瞬が返事をする暇もなく、さらに石が降ってきた。さっきより小さいが、当たれば確実に致命傷になる。瞬は刀を構えて仲間の前に立ちはだかり、落ちてくる石を次々と打ち砕いた。決して大柄ではないが、こうして黙って確実に守ってくれている姿は山よりも雄々しい。

瞬は、こういう役回りに慣れている。これはある種の信念であり、信念がパワーの源でもある。

だが、信念が極限を超えられたとしても、力は否応なく衰える。瞬の刀さばきは徐々に鈍り、もはや石を砕けなくなっていた。飛んできた石が眉の上部に当たり、たちまち流血したが、まったく意に介することなく刀を振るい続けた。

カンという金属音がして、ついに太刀が砕けた。頑丈なはずの太刀が極度の負荷に屈したのだ。瞬には一連の流れがスローモーションとして見えた。鏡面のような刃が四方に飛び散り、すべての破片に血だらけの顔が映っていた。刀の跡が深々と刻まれた巨石が、空中をゆっくりと漂っている。だがたたき切るすべがない。

武器を失った。さすがに短い脇差は使い物にならない。それでも逃げるという考えは浮かばなかった。瞬は太刀の柄を投げ捨て、両手を高々と上げた！

「高誠を連れて逃げろ！」

瞬が低くうめいた。

「むかつく奴だ。僕を甘く見るなよ！」

キムは、ひとり犠牲になろうとしている瞬の考えを悟り、怒鳴りながら飛び起き、巨石に両手を伸ばした。

「お前たちは逃げろ！　ティナを頼む！」

だがティナもキムの横で両手を上に上げていた。ティナは目に涙を浮かべながらも笑顔でキムを見つめた。ついに巨石が落ちてきた。

最後の瞬間、瞬は高を見た。ちょうど意識を取り戻した高はまだ衰弱していたが、力強く両手を高々と上げていた。

頭上に暗闇が迫り、全員の手に硬くごつごつした感触が伝わった。巨石が重くのしかかり皆の体が少し縮む。抵抗はただの徒労に終わるかもしれないが、力を振り絞った。体に残るほんのわずかな力を爆発させ、上へ、上へと押し上げる……。

ふいに重力が消え、暗闇の中で互いに顔を見合わせた。信じられないことだが、重力に勝ったのだ！　なんということだろう。数トンにも及ぶ大理石だというのに！

「これは奇跡だ」

高は乾き切った唇をなめた。

「信念の力はこんなにも強いのか。それが能力の根源かもしれない。自分を信じさえすれば……」

高が言い終わらないうちに、上の方からかわいらしい声が聞こえてきた。

「みんな、どいて！」

「メイ？」

驚いた高は思わず手を放したが、巨石は微動だにしない。続いて四人全員が手を放した。やはり巨石は奇跡のように浮いている。

「ワオ！　これが信念の力だ！」

キムが肩をすくめ、高はバツの悪そうな顔をした。

巨石がゆっくりと上昇する。ある程度の高さまで来た時、赤いレオタードを着た小柄な少女が体操選手のように跳び降りてきた。

「こんにちは！」

少女が手を振る。皮膚が浅黒く、ひと目で東南アジア系と分かる美しい少女だ。二重まぶたの大きな目と目の間隔はやや狭い。皆に手を振りながら、もう一方の手で巨石を頭上に掲げている。

「メイ、グッドタイミングだ。いざとなったらお前は絶対に駆けつけてくれると信じてた。ほら、これこそ信念の力だ」

高が苦しい言い訳をするとメイは爆笑した。

そしてメイが軽く手を払うと、巨石はドスンという音を立てて地面に落ちた。太陽の光が全員を照らす。ティナが目を丸くしている。まだ石は絶え間なく落ちてくるが、メイがいれば安心だった。メイはテーブルの上の埃でも払うように、淡々と石を押しのけていく。しばらくすると崩落は収まり、頭上に深く澄み切った青空が現れた。

結局、天井に開いた穴が唯一の脱出口となったが、高さが十数メートルはあり簡単には登れない。幸い積み上がった瓦礫の山は、なんとかよじ登れそうな傾斜ではある。高は試しに登ることにした。

「ちょっと待て」

瞬が高を制止し、メイに尋ねた。

「他のみんなは？」

「ブルーノのことは分からない。エマは来てるけど、どこに隠れているのか」

「そうか」

瞬はうなずいた。戸隠がここであきらめるわけがない。必ず次の手を打ってくる。そう思って高に告げた。

「俺が一番手だ」

瞬はサルのように身軽だった。瞬は能力を使わず軽々と登り切った。そして脇差をしっかり握りしめ、注意深く穴から頭を出した。

どうやらここは、採石場の廃墟のようだ。錆びた採石用の機械がいくつか見える。それらは沈没船のように崩落した深い穴に斜めに突き刺さっている。あとは白い四角い石ばかりだ。石材としてここに積まれているもの以外は、すべて露出してしまった地下宮殿の梁だった。その多くは、天に牙をむくように地面から斜めに突き出ていた。周囲は見渡す限りの荒野で、かすかに山と林が見える。

どうやら安全そうだ、と瞬は判断した。狙撃があったとしても、これらが盾になるだろう。もう一度確認してから下に向かって叫んだ。

「大丈夫だ」

二人目は高だ。頭は相変わらず痛むようだが、体力はかなり回復していた。瞬には劣るものの簡単に登り切った。ところがキムの番となったとき、アクシデントが起きた。

自称『一晩七回男』のキムは口ほどでもなく――おそらく二つの運動は必要とする体力が別物なのだろう――結局、四メートルほど登ったところで力尽き墜落しそうになった。踏み外した岩や土砂がバラバラと落下し、メイが素早く払いのけた。

「手伝おうか？」

メイが上に向かって叫んだ。

「ぜんぜん大丈夫！」

キムは喘ぎながら言った。

「ティナを頼む。ケガをしてるんだ！」

キムは危なっかしい足取りで、最後にまた足を滑らせ瞬に引き上げられながらもなんとか登り切った。しばらく地面に寝そべり思い切り新鮮な空気をむさぼっていたが、すぐに穴の入り口まで這って行き下を覗いた。

メイは飛ぶように登ってきた。速いというより軽やかなのだ。両足で交互に岩を踏み、雲のように浮き上がってくる。ティナを背負っているが、まったくそれを感じさせない。

メイの特殊能力は超人的な怪力ではなく重力のコントロールだ。

メイは岩を発泡スチロールのように軽くしたり、自分とその周囲の人間も軽くしたりできる。必要があれば重くもできる。

メイは穴から飛び出しティナを地面に下ろすと、おどけたようにキムに向かってウインクをした。

「今回は本気なの？」

僕はいつだって本気だ、とキムは思った。だがいつも忘れてしまう。能力が原因なのか、覚えておきたいと思えば思うほど、簡単に忘れてしまう。そう言い訳しておきたいが、ティナは受け入れられないだろう。

「なんてこと言うんだ」

キムはそう答えるのが精いっぱいだった。

メイが笑って何かを言おうとした時、誰かに後ろから突き飛ばされたように体のバランスを崩して前に吹っ飛んだ。メイの体から血が噴き出し、キムの顔を濡らした。

メイの右脇腹に恐ろしいほどの傷が口を開けていた。そこから内臓まで見えている。

「メイ！」

キムは叫びながら駆け寄った。高と瞬も呆然としている。

キムの胸に倒れこんだメイの傷口から、どくどくと血が流れ出しキムの服を真っ赤に染めた。

うろたえたキムは、血の気の引いたメイの顔に手を添え叫んだ。

「メイ！　なんでだよ？」

「止血しろ！　包帯だ！」

高の叫び声でキムは我に返ったが、包帯など持っていない。そこで上着を細長く裂いて、メイの脇腹にきつく巻いた。高は血が止まるよう祈りながら動脈を圧迫した。だが無情にも血があふれ出してくる。こういう応急処置で助かるかどうかは、まさに運任せなのだ。

瞬はすでに警戒に当たっていた。刀を構え、弾丸の飛んできた方向を睨みつけている。キムが立ち上がり、逃げ道はないものかと反対方向を確かめる。

「そう長くはもたない。なんとかしないと……」

突然、キムは背後から誰かに突き飛ばされた。地面の石に当たったら命はない。倒れながら必死で振り返るとティナがいた。

なぜだ？　なぜこんなこと……。

頭に疑問が湧いた途端、ティナの体が妙な角度に折れ曲がった。その直後、ティナの胸から鮮血が噴き出し、キムの世界を真っ赤に染めた。

「ティナ！」

地面に倒れこんだキムは、石にぶつかり切り傷ができていた。痛みはまったく感じない。ただ火傷を負ったように全身が熱くなった。怒鳴りながら地面を転げ、ひじと両膝が傷だらけになった。

ティナが血の海の中に倒れている。弾丸が貫通した胸には無残に穴が開いている。

「おい！　ティナ！　ダメだ……」

狂ったようにティナを抱き起こし必死で傷口を押さえたが、血が止まることはなかった。

ティナは血の気のない真っ青な顔をしていたが、目は驚くほど輝いていた。キムをしっかりと見つめながら唇をわずかに震わせ、消え入りそうな声で言った。

「どうか……お願い……」

キムはガタガタ震えながら、耳をティナの口元に寄せた。

「私を……忘れないで……」

「忘れない！　忘れるもんか！　大丈夫だ。君は助かる！　君は……」

夢中で叫んだが、ティナの息がだんだん薄れていく。

「逝くな！」

ティナは本当に助からないのだとキムにも分かった。美しい目と、命の最後の瞬間に放たれたまばゆい光を見つめながらキムは涙にむせんだ。

「永遠に忘れない！」

ティナの耳元で力いっぱい叫んだ。

「聞こえるか？　僕は永遠に君を忘れない！」

ティナは、とても安らかだった。

キムは呆然とティナの顔を見た。

前にも同じようなことを言った気がする。僕は絶対に忘れない……。ダメだ、そう思うことが、ダメなんだ！　キムはうろたえた。覚えておきたいことほど、簡単に忘れてしまうのだから……。

「まったく！　なんでだよ！　誰か僕を助けてくれ！」

キムは頭を抱えて、悲痛な叫び声をあげた。

高は目を疑った。いったい誰の仕業だ？　三発目は来るのか？　まったく分からない。

だが、ここで敵から身を隠すことができないことは、明らかだった。

「伏せろ！　みんな伏せるんだ！」

高がキムに飛びかかり押し倒した。生気のない目をしたキムは、されるがままだ。隣に伏せた高はキムの頭を押さえつけた。だが、しばらく待っても弾丸は飛んでこなかった。

高はキムの背中を軽くたたいた。

聞こえているのかいないのか、キムは長い間ぼんやりしていたが、突然口を開いた。

「忘れるかな？」

「何？」

「忘れるかな？　ティナのこと、前みたいに」

高には答えることができなかった。

「……メイには輸血が必要だ。病院へ運ぼう」

「そうだね……。その通りだ。メイの容態は？」

「幸い、ろっ骨が二本折れただけで内臓の損傷はない。でも出血量がひどくて……早く病院に運ばないと！」

高が起き上がると、瞬は相変わらず背筋を伸ばして立っていた。弾丸から身を守るという発想はないらしい。

瞬は自責の念に駆られていた。

うかつだった！

ここが安全だと思いこんでいた。少なくとも狙撃されるという発想はなかった。だが……だんだん衰弱していくメイを見ていると、申し訳なさと恥ずかしさで心が爆発しそうだった。この責任を取らない限り心の炎は収まらない。

「戸隠！　必ずお前を殺す！」

瞬は心の中で誓った。以前もこの言葉を口にしたかもしれない。だがその時は今回ほど明確な殺意はなかった。

「メイを病院に運ぼう。一分も無駄にできない」

高が言った。

すると瞬は深く息を吸い刀を抜いた。

「俺が道を切り開く！」

「だけどスナイパーは？」

「エマが戦ってる」

瞬は北西の方角を見た。かすかに銃声が聞こえる。それは二丁の狙撃銃が撃ち合う音だった。

22

バレットＭ９９、全長一二八〇ミリ、銃身八三八ミリ、口径．四一六。

このタイプの銃は、もっぱらカリフォルニアで開発されている。カリフォルニアの法律は、一般市民が五十口径以上の自動小銃を所有することを禁じているのだ。かつてエマには思い通りの銃を入手するための特別なルートがなく、当時、手に入る銃の中で最も威力の大きかったのがバレットＭ９９だった。

のちに最大口径の銃を手に入れるだけの能力と人脈を手に入れたが、結局、最初に選んだこのタイプに落ち着いた。スナイパーは、威力ではなく手になじむかどうかを重視する。今では、長年慣れ親しんだこのオーダーメイドの狙撃銃を、体の一部のように意のままに操れるようになった。

バレットＭ９９には別名がある――狩りの女王だ。エマはそれを天意だと思っている。射撃というカテゴリーにおいて、エマはその名に恥じない女王なのだ。

今、その女王が挑発された。

目の前でメイが撃たれて重傷を負い、ティナは死んだ。エマは銃声が聞こえるまで敵の位置に気づかなかった。

でも、あり得ない。あそこは明らかに死角だったわ！

「許さない！」

エマは関節が白くなるほど狙撃銃を握りしめた。もしメイが死んだら……。それ以上考えたくなかった。もしそんなことになったら永遠に自分を許さない。そして移動を始めた。飛ぶように林を抜け、岩を飛び越え、障害物のない角度を見つけた。

「見えた！」

エマは遠くを睨んだ。バレットには、あえて照準器をつけていない。必要ないからだ。血液が湧き上がり強大なパワーが全身にみなぎる。はるか遠くの風景が視界の中でどんどん近づいてくる！　目がついにその人物の姿をとらえた！

金髪が太陽の光のようにまぶしい若い男だ。大木の後ろにしゃがみ、照準器を見ながら三発目の引き金を引こうとしていた。そこまでよ！　エマはバレットM99を構え若者の頭を狙った。

『パン』という音とともにエマが引き金を引くと、恨みの炎に燃えた弾丸が銃身から飛び出した。何事もなければ弾丸は〇・八秒後にその若者に命中し、同時に復讐が完了する。

その瞬間、若者の狙撃銃も火を噴いた！

やられた！

エマは驚いて目を見張った。

私が遅れをとったの？　あいつの標的は誰？　高誠？　キム？　それとも宮本瞬？　様々な考えが頭の中をよぎり、まるで危機の接近を知らせているかのように血が騒いだ。

間一髪、エマが後ろに転がると、今までエマがいた岩に弾丸が当たり大きな穴が開いた。

「シット！」

思わずエマは悪態をついた。騙された！　あいつの標的は私だ！　激しい銃撃戦で培った直感が働かなければ、狩りの女王はこの瞬間から伝説になっていただろう。

いまいましい奴！　でも何か変だ。発砲した時、金髪の若者の銃口は私を狙っていなかった。弾丸が力学を無視して弓なりの弾道を描かない限り、あり得ない事態だ……。そうか！

エマは、ひらめいた。

あれは特殊能力よ。弓なりの弾道はあいつの能力のせいだわ。もしかしたら弾丸自体が自動的に相手を追跡するの？　だからメイは被弾したのね！

エマは銃を構え直し注意深く身を隠した。さあ、かかってきなさいよ。誰が真の王者か見せてやる。エマの目は怒りに燃えていた。

23

二人の一流スナイパーが人知れず対決している頃、瞬も敵に遭遇していた。

採石場を離れて間もなく、前方に黒塗りの乗用車が十数台現れ、急ごしらえの砦を築いた。その後方には覆面姿の武装兵が大勢いて、車の上に真っ黒な銃口を並べ瞬らの行く手を遮った。

武装兵の中にいる暗い顔をした中年男がこっちを見つめている。瞬は、それがハデスだと気がついた。あの戦いの中で混乱に乗じて逃げたハデスと、まさかこんなところで再会するとは思ってもみなかった。

「戸隠は？」

瞬が尋ねた。

「宮本瞬、お前たちにもう望みはない。仲間を死なせたくなければさっさと降参しろ！」

瞬はさっと敵を見渡したが、全員覆面姿で誰が戸隠なのか判別できない。ハデスの言葉などはなから聞き流している。

瞬は振り向いて高を促す。

「行くぞ」

もはや他に選択肢がないことは高にも分かっていた。背負っているメイの寿命が刻一刻と縮まっている。

「戸隠に気をつけろ。いないとは限らない」

高は小声で忠告した。

「あいつは絶対にいる」

瞬は冷たい笑みを浮かべた。

ハデスは、瞬と高が話し合っていることに気づいた。内容は聞こえないが降参の相談ではないことは明らかだった。何か仕掛けてくるに違いない。ハデスは叫んだ。

「撃て！　さっさと撃て！」

たちまち数十丁の自動小銃が火を噴いた。弾丸が死の暴雨となり一気に襲いかかる。だがそれらはすべて瞬の後方に落ちた。瞬は武装兵が引き金を引いた時にはもう百メートル前進し、ハデスに斬りかかっていたのだ。

瞬は短刀をハデスの胸をめがけて突き出した。しかし突然、瞬は自分の動きが遅くなったような気がした。ＤＮＡに組みこまれたプログラムが停止し、どんなに呼びかけても反応しないような感覚だった。

そしていきなり、きらめく刀が左脇に斬りかかってきた。

瞬はとっさに、短刀を横に振った。刀と刀がぶつかり火花が散る。高く澄んだ音が響き、瞬は一歩後退した。目の前の武装兵がゆっくりと覆面を取ると、よく知った顔が現れた。

「戸隠、だまし討ちとは卑怯だぞ」

「笑止千万ですね、宮本瞬。先ほどゼウスを欺いて殺したのはどこのどなたですか？」

「……黙れ！」

瞬は、怒りに燃え戸隠に突進した。

二人は刀を交えながら見事な足さばきで円を描くように移動し、体の位置を入れ替えた。能力を使わずとも二人の動きは稲妻のように速い。長い太刀と短刀が、雪のように白い光を放ちながら交差し、二つの人影も一定の間合いを保っている。


一方、大勢の武装兵が高とキムをけん制している。最初の攻撃の時、二人は石の後ろに身を隠した。そこはまだ採石場の敷地内だったため、身を隠せる石はふんだんにあった。しかし弾丸が頭上を次々と通り過ぎ、頭を上げることさえできない。

もしメイが重傷でなければ、もっと簡単な選択肢もあったはずだが、今は一分一秒を争う。高はキムにジェスチャーで『銃はあるか？』と聞いた。

するとキムが拳銃を投げて寄こした。高はそれを掌に乗せ重さを確かめる。ないよりはマシ、という代物だ。たかが百メートルの距離だが拳銃では到底、敵は倒せない。高はメイを安全な場所に寝かせるとキムに言った。

「援護を頼む！」

同じ拳銃をもう一丁持っていたキムは、隠れていた石の影から顔を出し、一発撃ってすぐにひっこんだ。次の瞬間、キムが身を隠していた石が砕けんばかりの集中砲火を浴び、その隙に高が勢いよく転がり出た。

前方には遮るものがまったくない。能力が使えない高にとって、まさに自殺行為だった。まだ五メートルも進まないうちに無数の弾丸が襲いかかる。高は地面に這いつくばり素早く転がった。弾丸が高のあとを追いかけるように地面に突き刺さり、土煙を上げた。

それでも再び跳び起き、さらに数メートルの距離を稼いだ。流れ弾が肩をかすめて血がにじんだが、それを気にする暇も与えず、おびただしい数の弾丸が飛んでくる。しかも高い集中力を保っているせいで、頭痛はひどくなる一方だった。

その時、キムが大声をあげながら石の影から飛び出した。敵の半数がキムに意識を奪われたおかげで高に対するプレッシャーは激減したが、まだ拳銃が使える距離には程遠い。

多数の武装兵の中に、ひとりだけ他の兵と違う銃を持っている者がいる。発砲する素振りも見せず高とキムの行動をただ観察している。特別な理由があるのだろうか、その態度は周囲から黙認されていた。だが高がさらに距離を縮めようと　跳び上がった時、その男は突然銃を構えた。

危ない！

高は、にわかに緊張した。これは細胞の奥深くに刷りこまれた本能だ。

高は空中でなんとか腰をよじり、相手の予測を裏切る動きをした。するとハンマーで打ち砕かれたかと思えるほどの衝撃が大腿部を襲い、束の間、足の感覚が消えた。次の瞬間、激痛に襲われ全身の筋肉が痙攣し、倒れこんだ地面が血に染まった。

「正確な射撃の特殊能力だ。エマと同類か……」

それが分かったところで、もう遅い。激痛でまったく動けないというのに、再び銃を構えたその能力者が今度は頭を狙っている。

もしお前に自我があるなら、助けてくれよ！

心の中でそう叫んでみたが反応はない。高の勘違いだったのかもしれない。いわゆる第二の人格は特殊能力の陰でしかなかったようだ。それならこれまで抱き続けた不安はただの杞憂であり、今や高の命は風前の灯だということになる。

能力者の指が引き金にかかった。少し力を入れれば高の頭は吹き飛ぶ。瞬は依然として全精力を戸隠との戦いに注いでおり、キムは弾丸の雨の中で転げ回っていて、もはや高を救える者はいない。

突然、能力者の頭が後ろにのけぞり赤や白の塊が飛び散った。頭を失った死体が倒れ、周囲の武装兵を驚かせた。くぐもった銃声がはるか遠くから聞こえてきた。

「エマ!」

九死に一生を得た高は、ほっと息をついた。

エマはもう自分の敵を倒したのだろうか?

すると、また遠くからくぐもった銃声が聞こえた。同様に狙撃銃の音だが、前回とは明らかに方向が違う。だがすぐに何事もなかったように静まり返った。

高は暗い気持ちになった。二発目はエマではなく、もうひとりのほうだ。一流のスナイパー同士の戦いはまだ続いていたのに、エマは自分を助けるために気をそらし、まさか……。

「くそっ!」

高は己の無力さを痛感し、拳で力いっぱい地面をたたいた。

高には分かっていた。自分——正確には『機械の心』——にはまだひとつ切り札が残っている。だがそれは、なんの慰めにもならない。今、求められているのは戦える戦士なのだと高は自分に言い聞かせ、足を引きずりながら匍匐前進を始めた。

高が通ったあとには、帯のような血痕が残っていた。

24

五十分前、ギリシャ情報局局長のアルベルトは一本の電話を受けた。葉巻を箱から取り出しシルバーのカッターを使っている最中に、ブラックベリーの携帯電話が鳴り出したのだ。

最初は携帯電話の故障かと思った。なぜなら、その音楽はドイツ歌劇『ニーベルングの指輪』の序曲——「ラインの黄金」だったからだ。音楽のたしなみがあるアルベルトは曲名を知っていたが問題はそこではない。

その曲はおろか歌劇の曲を着信音に設定した覚えはなかった。カレンのように『その男ゾルバ』を聞きながら煙草を吸うという趣味もない。ゆえに携帯電話の着信音は最初からあの耳ざわりな『リーン、リーン』という典型的な音のままで、それを変えるつもりは毛頭なかった。

もう五年は歌劇を聞いていない。アルベルトは携帯電話を睨みながらそんなことを思ったが、結局、手に取った。

「アルベルトさん？」

知らない声だった。

「ドイツ人か？」

「『ニーベルングの指輪』だから？」

「なまりもある」

「自分ではドイツなまりはないと思っていました……。ありがとうございます。自分のルーツを思い出しました。まず、自己紹介をします。私はブルーノ、高誠の友人です。別に驚かないですよね？」

「君の正体は、私の想像を超えてはいなかった。君たちは同じ組織なのか？」

「何か問題でも？」

「問題のないことを願う。続けたまえ」

「我々は手を組むべきです。高誠がゼウスに連れ去られました。そしてカレンも。それが何を意味するか、お分かりですよね」

アルベルトは、わずかに顔色を変えた。

「ゼウスは秘密基地を持っている。だがあくまでも私の憶測でしかない。というのも、どんなに探しても場所を突きとめられなくてね。ただ、そのせいで三人もの部下を死なせた」

「アテネから南東へ五十キロのところに、シャスタ採石場があります」

その地名を聞いてアルベルトは驚いた。

「確かそこは、ずいぶん前から廃墟に……。くそっ！　なぜ思いつかなかったんだ！」

「その基地は地下にあります。三十分前に電波をとらえ、今、仲間と向かっています。間に合えばいいのですが」

「任せてくれ」

アルベルトは電話を切ると、直ちに情報局の実働部隊を招集した。小規模だがすぐに動かせる。アルベルトが有する精鋭部隊でメンバーは二十名余りだ。この部隊ではゼウスに対抗できないことは以前から承知していたが、今は躊躇している場合ではない。


シャスタ採石場への道のりは、悪路続きだった。公道を走っているうちはまだマシだったが、二十キロを超えたあたりから、アスファルトが砂利道に変わった。前を走る車のタイヤが巻き上げる土煙で視界は遮られ、ついていくのがやっとだ。数台連なった車の運転手たちは、皆雲の上を運転しているような気分だった。

だが、そんな中を必死で運転した運転手たちの努力は報われず、肝心のタイミングを逃してしまった。高たちが危険に瀕していた頃、アルベルトの車列は現場から二十キロも離れたところにいたのだ。その上、部下から『スピードを落とさなければ、全車両が横転する可能性がある』と忠告されていた。

その時、アルベルトに再びブルーノから電話がかかってきた。

「一刻の猶予もないので第二の計画を実行します。ご理解ください」

アルベルトが第二の計画が何かを聞こうとした時、頭上で雷鳴のような轟音が鳴り響いた。強烈な振動で車の窓ガラスが砕けんばかりにビリビリと音を立てた！　アルベルトは無意識に耳を押さえ鼓膜を守った！

その恐ろしい轟音はわずか数秒で急に静まり返った。アルベルトは聴力を回復させようと、口を開け頭がい内圧を調整した。

「なんてこった！　みんな上を見ろ！」

部下のひとりが叫んだ。

空の低いところに、白い雲の帯が現れた。誰かが絵筆で一直線に白い線を描いたような雲だ。情報局の実働部隊のメンバーなら、当然その正体が分かる。

「ジェット戦闘機の飛行機雲だ！　マジかよ、空軍のどいつだ。気は確かか？　あんな低空を超音速で飛ぶなんてあり得ない」

「ミラージュ2000だ！　さっき見かけた！」

「ここは巡航範囲じゃない。きっとレーダーの異常だよ！　だからあんな古い戦闘機はさっさとお払い箱にしろと言ったのに！」

部下たちは口々に言い合った。アルベルトは黙って空を見ていた。一直線に伸びた飛行機雲が、みぞおちに突き刺さったような気がして軽く痛みを覚えた。アルベルトには分かっていた。あれはブルーノとかいうドイツ人の仕業だ。だが、どういう手を使ったのか分からなかった。

いったい彼らはどの程度の実力を持っているのか？　善悪は別にして、彼らはゼウスと同種の人間だ。

そう思うと、突然、アルベルトを得体の知れない恐怖が襲った。

25

空軍のマーシャル・ランドン大尉がコックピットで口笛を吹いている。最も得意とする『ボギー大佐』だ。パーティーで女の気を引くにはもってこいの技だ。そんなことを考えながら彼は素早く高度を上げた。目の前の海原が雲海に取って代わった。陽光が何物にも遮られることなく降り注ぎ、すべてが黄金色に包まれる。

マーシャルは慣れた手つきで、いくつかの決められた操作を終えた。問題ない。このミラージュ２０００は時代遅れだが機体の状態は悪くない。とはいえ、やはり戦闘機は新しいほうがいい。アメリカ空軍との合同訓練の時はいつも恥ずかしい思いをしているのだ。

十分後、マーシャルはすべてのテストを終え帰航命令を待った。だが通信機から聞こえてくるのは、シャーシャーという雑音だけだった。不思議に思っていると、ついに指示が来た。

「イーグル、こちら鷹の巣、応答せよ。繰り返す。応答せよ」

「こちらイーグル三号。現在、帰航命令待機中です、どうぞ」

「地上で実戦演習を実施せよ」

マーシャルは耳を疑った。

「今なんと？」

「繰り返す、地上で実戦演習を実施せよ」

「待ってください！　事前にそのような命令は受けていません！　本日の任務は飛行テストです」

少し間があいた。

「今、命令した。時間を無駄にするな。さもなくば、君が先週犯した規則違反をサラに報告する」

マーシャルは即座にスーダ湾航空基地に勤務する女性兵にちょっかいを出し、処分されたことを思い出した。

まいったな、報告なんかされたらサラにどやされる！

マーシャルの猜疑心は、その脅し文句によって打ち消された。

「了解。目標の座標を送ってください」

そう言ってマーシャルはコックピットの外を見渡した。いつの間にか僚機の機影は見えなくなっていた。

管制官が座標を知らせてきた。マーシャルにはそれがどこだか分からなかったが、そんなことは気にしない。ミラージュ２０００は美しい弧を描いて旋回すると、陸地に向けて飛行を開始した。ほどなく通信機から次の指令が聞こえてきた。

「イーグル三号、応答せよ。こちら鷹の巣」

「こちらイーグル三号、どうぞ」

「高度を千五百フィートまで下げ、超音速飛行を実施せよ」

「気は確かですか？」

マーシャルは目を見張った。

「下は陸地です！　しかも私には千五百フィートの空域使用権がありません！」

「空域使用権はすでに取得した。繰り返す。高度を千五百フィートまで下げ、超音速飛行を実施せよ。どうぞ」

了解、飛びますとも……。

マーシャルは、心の中で返事をした。もっとおかしな命令だって受けたことがある。

確か七年前だ。あの時は、戦闘機に乗っていて、管制塔に高速道路へ誘導されたっけ！

マーシャルは高度を下げると、速度を一・二マッハに上げた。

五百メートルの低空をかすめ飛ぶと、絨毯のようなまだら模様の大地が目の前を通り過ぎていく。この感覚は実に刺激的だった。実は前からやってみたかったのかもしれない。そして管制官が今日、チャンスをくれた……。

目の端に車の隊列が映ったような気がしたが、一瞬で後方に消え去った。これはすごいぞ。マーシャルは興奮を抑えきれない。

「鷹の巣、こちらイーグル三号。対地速度を報告してください。どうぞ」

「対地速度824ノット、どうぞ」

素晴らしい。海上を飛んでいては絶対に味わえない感覚だとマーシャルは思った。

すると管制塔から再び指令があった。

「照準を定め、地対空ミサイルを発射せよ。どうぞ」

マーシャルはあまり多くを考えず照準を定めた。

どうせ演習なんだし、ふりをするだけだろ？

実は、まだ本物のミサイルを発射したことがなかったのだ……。

次の瞬間、彼は目を疑った。白いラインが機体の下から飛び出し、高速で前方に飛んでいった！

「マジかよ！　この機体、ほんとにミサイルを積んでたのか！　地上勤務の奴ら、いったいどういうつもりだ」

肉眼で確認できるその先で、ミサイルが何か目標に激突したような光景が見えた。

だが想像していたような爆発は起きていない。ミサイル尖頭部は火薬を装填していなかったのだろう。とはいえマーシャルの飛行服は冷や汗でびっしょりだった。

「任務完了、帰航せよ！」

管制塔から嬉しそうな声が聞こえてきた。

顔面蒼白のマーシャルは、慌てて機体を上昇させ大空に向かって飛び去った。

26

高はもう限界だった。体が冷え、動作は鈍り、すべての筋肉が痙攣していた。これは出血過多と、体内の微量元素のバランスが崩れているせいだ。視界はぼやけ始め、遠くからミサイルが飛んできたような幻覚さえ見えた。

ミサイルだ！

高は目を見張った。

思い出した！『機械の心』がブルーノと画策したんだった。そう、これが最後の切り札だ！　あの時、ブルーノは難しすぎると難色を示したのに……。あいつ、本当にやってのけたのか？

ミサイルは、音速の三倍を超える速度で、車両で築かれた砦に突っこんだ。
四、五台の車が吹き飛ばされ、子供が壊したおもちゃのようにバラバラと空中に舞い上がった。こうしてごみと化した金属の破片があちこちに落下し、その場にいた武装兵は声をあげる間もなく下敷きになった。爆発は起きなかった。もし爆発すれば、その場にいた全員が死んでいた。とはいえ巨大なエネルギーは恐ろしい破壊力を発揮した。

残りの破片は吹き飛ばされずに済んだ車の上に落ち、その連鎖反応ですべてが混乱に陥った。堅牢だったはずの砦は見る影もなく崩れ、パニック状態の武装兵たちは必死で逃げた。瞬と戸隠は少し離れたところで戦っていたが、すぐに避難した。恐怖の光景を目の当たりにした戸隠の目の端が引きつっていた。

遅れて到達した超音速の爆音が耳をつんざいた。その時、その場にいた全員が高度を上げるミラージュ２０００を目撃した。戦闘機は上空約七、八百メートルのあたりをかすめ飛び、果てしない青空の中へと飛び去った。

ハデスは実に強運だった。ガラスの破片で顔を少し切った以外は無傷だったのだ。すぐ隣にいた武装兵は、飛んできたタイヤの直撃でろっ骨がすべて折れ、空気の抜けたビニール人形のようにぺしゃんこになっていた。

だがハデスには、そんなことに構っている余裕はない。ぼんやりとミラージュ２０００が消えた空を見つめながら、嫌な想像を膨らませた。

まさか軍が私たちを攻撃したのか？　それ以外に戦闘機が現れる理由が思い浮かば

ない。アルベルトにそんな度胸はないはずだ！

ハデスには分かっていた。もし軍が出動したのなら、もう自分たちにチャンスはない。彼はゼウスとは違い、世界征服を妄想したことなど一度もなかった。だがあのゼウスでさえ、軍のことは警戒していた。だからこそ身近な部門から掌握するところから始めたのだ。そして次に国を操り、最後に全世界を視野に入れるという筋書きだった。

ハデスは、今でもそんな野望は狂気の沙汰だと思っていた。それがゼウスを裏切った理由のひとつだが、結局は『強い戸隠』についたということだ。だがいくら戸隠が強くても、国家機関とまともに渡り合えるはずがない。

「ブルーノの仕業ですか？」

戸隠の声がした。

「さすがです。彼はどんどん腕を上げていますね」

戸隠と対峙する瞬の体は、戸隠に斬られた刀傷で血だらけになっていた。

「続けましょう！」

戸隠が刀を構えた。

その時、エンジン音が聞こえてきた。地平線の彼方からもうもうと砂埃を上げながら、車が列をなして猛スピードで近づいてくる。

「くそっ！　アルベルトか！」

ハデスが悪態をついた。

車列は、あっという間に目の前に来た。慌ただしい急ブレーキの音に続いて、ひとりまたひとりと実働部隊が車から飛び出してきた。彼らはすかさず戦闘態勢を整えると、車を盾にして真っ黒な銃口をハデスたちに向けた。最後の一台から降りてきたアルベルトは、現場の壮絶な様子に驚きを隠せていなかった。

「ゼウスは？」

アルベルトの視線がハデスに向けられた。

ハデスは少し唇を動かし、ようやく声をあげた。

「死にました」

アルベルトは言葉を失った。

「今回は、あなたの勝ちです」

ハデスが言った。正直なところずっとアルベルトを見くびっていた。この男がいつか戦局を左右する実力を備えるとは、夢にも思っていなかった。

「なんだと？」

「我々を逃がしてください」

そう言ってハデスは戸隠のほうを見たが、戸隠は唇を引き結び沈黙している。

「笑わせるな」

「カレンは我々が預かっています」

「カレンは生きているのか？」

「それはあなた方の態度次第です」

ハデスはアルベルトを睨んだ。

「さあどうしますか？」

アルベルトは苦悩の表情を浮かべ目を閉じた。しばらくそのまま考えこんでいたが、目を開けてハデスを見つめた。

「お前はウソをついている。カレンはもう死んだ！」

アルベルトは、ゆっくり一言ずつ言葉を発した。

ハデスは驚いた。アルベルトがまるで別人のように思えた。すると突然、アルベルトは部下の手から自動小銃を奪い取り、引き金を引いた！

「撃つな！」

高が叫んだ。

自動小銃が火を噴いた。ハデスは猛然と地面に伏せ一連の弾丸を免れた。だが即座に他の銃器が加勢した。アルベルトの命令で実働部隊のメンバーが狂ったように発砲を始めたのだ。ハデスは破壊された車の陰で身を縮めていることしかできなかった。

「やめろ。撃つな！」

高は、まだ大声で叫んでいた。

「カレンは死んでない！　僕には分かる。カレンは死んでない！」

アルベルトと実働部隊のメンバーは、発砲しながらついにハデスを包囲した。

瞬が戸隠に視線を送り、二人は無言でその場を離れた。次の瞬間、瞬はアルベルトの首に短刀を当てていた。

「やめろ」

アルベルトは硬直した。

「どうやった？」

「やめろ」

瞬は繰り返した。

ようやく上司の窮状に気づいた実働メンバーは、束の間、動揺していたが、次々と銃口を瞬に向けた。

「ハデスたちを見逃せというのか？」

アルベルトは瞬を睨んだ。

「そんなことをすれば、あとでどうなるか分かっているはずだ！　誰よりつらいのは私だ。だがこれは正義の代償なんだ！」

「誰かの犠牲のうえに成り立つ正義だろ？」

瞬が鼻で笑った。

顔面蒼白になったアルベルトは何も言い返すことができない。実働部隊のメンバーもアルベルトを見つめていた。

「……彼らを行かせてやれ……」

ようやくアルベルトは難しい決断を下した。

実働部隊のメンバーがほっとした様子で銃を下ろすと、ハデスはアルベルトに軽く会釈をし、真っ青な顔をして戸隠に歩み寄った。戸隠は最後に一度だけ瞬に視線を送り、唯一無事だった車両に潜りこんだ。続いてハデスも乗りこむ。車両はぐんぐん遠ざかり土埃の中へと消えた。

第四章

27

階段に座ったエマは、シルクの布で銃を磨いている。右腕に包帯を巻かれ動きが制限されているが、熱心に布を往復させている。

階段の前に大きなバラの花壇があり、今が盛りとばかりに深紅の花が咲き乱れている。その奥はオレンジ畑だ。まだ結実の季節には早く、楕円形の緑色の葉が太陽の光を浴びてきらめいている。その隣はブドウ畑だろうか。木製の棚にツルがびっしりとからみついている。ただの蔦かもしれないが、正直、エマにはその区別がつかない。

階段からの眺めはまるで病院らしくないが、ここはギリシャでも最高レベルの外科病院だとアルベルトは言っていた。背後の白い建物がいわゆる病棟なのだが、ひっそりと静まり返っている。ここは医療保険対象外の病院なので、一般人にはその高額な診療費は支払えないという。

　メイと高はどうなっただろうとエマは思った。高は無事かもしれないが、メイは相当な重傷だった。緊急手術は今もまだ続いている。手術室の前で待っていることが耐えられなかった。

　エマはバレットの部品をひとつ残らず磨き終えると、そのすべてに油をさした。それらの部品を組み立て遊底を引いてみる。カチャカチャとなめらかな音を確かめた時、背後から足音が聞こえた。

「コーヒーでもどう？」

　キムがエマの隣に座り白磁のカップを差し出した。

「ありがとう」

　エマはカップを受け取ったが口をつけずに尋ねた。

「どんな様子？」

「高誠は心配ない。メイはまだ手術室だけど大丈夫だと思う」

「なぜそう思うの？」

「勘さ。そっち方面の勘はよく当たるんだ。ところで君の傷は？」

「かすり傷よ。こんなのなんでもない」

そう答えたものの、本当は『かすり傷』からは程遠いものだった。高を救うために自分の位置をさらした結果、アポロンの弾丸が肩をかすめたのだが、狙撃銃の威力があまりに強烈で、肩の肉が吹き飛ばされた。

今回の戦いは失敗に終わったが、自信を失ってはいない。

次は目に物を見せてやる……。

エマはコーヒーを一口飲んだ。

「酸っぱいわ」

エマが眉をひそめるとキムが怪訝そうな顔をした。

「冗談だろ？」

「最近、味覚がおかしいの。能力を使ってない時は、めちゃくちゃよ」

キムは少し驚いたが、ため息交じりに言った。

「だよね、僕たちの生活は、めちゃくちゃだ……」

「ねえ、様子を見に行きましょ」

二人が階段を上がるとガラスの自動ドアが左右に開いた。ロビーの白さに気が滅入る。階段で二階の手術室を目指す。手術室の前に置かれた長椅子にブルーノがじっと座っていた。遅れて合流し、そこでメイの手術結果を待ち続けているのだ。

瞬の姿が見えない。エマは『手術中』の表示ランプを一瞥し、そのまま廊下を歩いた。突き当たりは小さなベランダだった。何を眺めているのか、手すりに両手を置いた瞬が見えた。

瞬はエマの足音に気づいて振り向いた。エマが手術はまだ終わっていないというふうに首を振ってみせると、無表情のまま再び前を向いた。見ているのはちょうどアテネ市街地の方角だが、あいにくゼウス神殿は高層ビルにその大部分を遮られていた。

しばらく瞬の隣で景色を眺めていたエマが言った。

「雑然としてるわね」

「こんなもんだろ」

しばらく間を置いて瞬が答えた。

「あなたのことよ」

瞬はいぶかしげな顔をした。

「心が乱れてるってこと。メイのケガはあなたの責任じゃないわ。誰かが責任を取らなきゃならないとしたら、それは私よ。瞬、あなたは何も悪くない。だからひとりで背負いこまないで」

瞬は黙っていた。

「ねえ、私たちってラッキーだと思わない？　ＳＮＰ研究所の基地を破壊したのに、仲間は全員生き残ったんだもの。私、あの戦いで生き残れるなんて実は思ってなかった」

「だが悟司は消えた」

「でも彼は死んだわけじゃない。そうでしょ？　私たちが生きている限り彼を探し続けられるし、まだ希望はある……」

　エマは瞬をじっと見た。

「これ以上ラッキーなことが他にある？　それとも、あなたの理想が高すぎるの？」

「お前の言う通りだ。だけど俺はすべてを守りたい。俺は許せないんだ――」

　話の途中でエマが後ろを振り返り廊下のほうをうかがった。瞬はすぐにベランダを離れ手術室に駆けつけた。

　疲れ切った表情の医師が額の汗を拭きながら手術室から出てきた。

「先生、どうなんですか？」

「すでに峠は越えましたが、出血がひどく長期の療養が必要かと……」

　話の後半部分は耳をつんざく歓声にかき消された。キムだ。めったに感情を表に出さないブルーノも少しだけ表情を緩めた。

「静かにしろ！　メイが起きてしまうだろ！」

瞬は振り向きざまにキムの肩を思い切りたたき、その場を去った。キムは痛みに顔をゆがめて肩をさすった。だが、瞬の顔に笑顔が浮かんでいるのをキムは見逃さなかった。

瞬はベランダに戻ると長い息を吐いた。エマは軽く口笛を吹いてウインクをした。

「私たちに残された問題は、ただひとつ」

「戸隠か……」

瞬の目が鋭く光った。

28

「目覚めるかも……」

ベッドに横たわる高のまぶたが激しく動いている。目を開けたいのに開けられないようだった。枕元で見守っていたエマがそれに気づき、嬉しそうにつぶやいた。ソファーでスマホをいじっていたキムは、尻にバネを仕こんでいたのかと思えるほどの速さで枕元に駆け寄った。

「こいつめ、三日も惰眠をむさぼりやがって！　まだ目覚めない気なら、医者に覚醒プログラムを頼むからな。シューマッハが受けてたとかいうあれだぞ！」

「黙って！」

　エマがキムを睨みつけた。

「あ……ごめん！」

　キムは両手を上げて降参のポーズをとり、仲間に知らせるために病室を飛び出した。だがすでにブルーノと瞬は、キムの声を聞きつけてそこまで来ていた。皆で枕元に集まり期待のまなざしで見守っていたが、期待は徐々に心配へと変わっていった。

「あんまりよくないのかな？」

　キムは眉をひそめた。高の顔に血の気はなく、額は汗ばんでいる。

「先生、先生！」

　キムに呼ばれて病室にやって来た医師は、落ち着いた様子で高のまぶたをめくり上げると、ギリシャなまりの英語で言った。

「大丈夫です。夢を見ているだけですから」

「ということは、もうすぐ目覚めるってこと？」

　エマが聞いた。

「そう思います」

医師は、うなずきながら、『ご安心を』という身振りをしてみせた。

皆が安心し、その場の雰囲気が軽くなった。医師が微笑みながら出ていこうとした時、瞬が背後から質問を投げかけた。

「目覚めたら動けますか?」

「いいえ、それは無理です。ご存じの通り、彼は銃で撃たれ重傷でした。動脈も貫通していたほどですから、普通なら回復に数か月はかかります。その後のリハビリもだいたい……」

「傷がふさがるスピードはどうです?」

「非常に早いです。私は外科医になって二十年ですが、これまで診た中では最速と言えます。しかしながら完治の時期は断言できません。なにしろ、このペースで回復し続けるかどうかは不確かですからね。何かお急ぎの理由でも?」

瞬が首を振ると、医師は『お大事に』と言って病室をあとにした。するとキムが背後で素っ頓狂な声をあげた。

「見ろよ、目の動きが速くなった!」

瞬が振り返ると、高のまぶたが激しく動いている。口元は引きつり、今にも悲鳴をあげそうだった。

「本当に大丈夫かな？」

キムが心配そうに尋ねた。

「お医者様が、夢を見てると言ってたけど、悪夢なのかも」

エマは高の頬に軽く触れながら答えた。

29

扉の中に何があるのか、高は幾通りもの可能性を考えた。チェーンソーを持った殺人鬼が飛び出してきても不思議はない。いや、逆にほっとするだろう。あるいはテレビから女の幽霊が這い出てきたら……驚くだろうが許容範囲ではある。

結局、はっきりとした情景を想像することはできなかった。

実際は細長い空間だった。かといって外側のような廊下ではなく、もっと天井が高い。目の前に巨大な鉄のリングがぶら下がっている。そのリングには錆だらけの金属のフックが掛かっており、表面には赤黒い物質がこびりついている。おそらく古い血だろう。

その下には汚れたベルトコンベヤーが放置されているが、もう動きそうもない。ベルトの部分にも大量の血がこびりついており、細長い空間に沿って奥へと続いている。鉄のリングがベルトコンベヤーの上に整然と並んでいて、血痕はそこから滴り落ちたものと思われた。

ベルトコンベヤーと壁の間に人がぎりぎり通れるほどの狭い通路があり、そこを恐る恐る前進した。よく見ると壁も血だらけだった。

十数メートルほど進むと、金属のフックに引っかかった黒い塊が目に入った。よく見るとそれは乾燥した豚の足だった。ようやく、ここがどういう場所か理解できた。

食肉処理場だ！

間違いない。ここは食肉処理の作業場だ。あのフック、ベルトコンベヤー、それに壁の血痕がすべてを物語っている。まさに、おあつらえの設定ではないか。恐怖の物語というのは、こういう場所で起きるものだ。

ふと近くの壁を見ると、暗褐色の血文字が目に入った。ローマ字だ。明らかに指で書いたと分かるかすれ具合が、不気味さを際立たせている。内容も実に独特だ。

家畜がメエメエと鳴き、聖なる赤子が目を覚ます。けれど小さなキリストは、泣きもせず騒ぎもしない。

「讃美歌か？」

不思議に思った。これはイエス・キリストが馬小屋で誕生した情景を描いた讃美歌のフレーズだが、なぜこんなところに？　しかし、すぐに合点がいった。かつては、ここで家畜がメエメエと鳴いていたのだ。ただし、それは死の恐怖を叫ぶ鳴き声だった。

血文字の前を通り過ぎると、前方にベルトコンベヤーの端が見えた。その先には長方形の作業台があり、女性が横たわっている。高は思わず目を見張った。

「カレン！」

カレンは微動だにしない。呼吸による胸の起伏もなく、すでに死んでいるように見えた。作業台の上部には様々な道具がぶら下がっている。鉄のフック、長い包丁、丸ノコ、ドリル……。これだけそろっていれば簡単に人を解体できる。さっきのフックなどとは違い、どれも新しく寒々しい光を放っていた。

高はカレンを助けようと駆け寄った。その瞬間はすべて夢だということを忘れていた。驚くほど冷たくなったカレンの腕を必死で引っ張ってみたが、びくともしない。

突然、カレンが目を開けた。横たわったまま、じっと高を見つめている。

「私は誰？」

高の心臓が早鐘を打つ。

そうだ、これは夢だ！

カレンの腕を放して逃げようとしたが、両足は糊で貼りついたみたいに地面から離れそうになかった。ふと見ると、カレンの瞳は摩耗したガラス球のように曇っていた。

「カ、レ、ン。君はカレンだ」

「違う。私はカレンじゃないわ」

カレンは微笑んだ。

「じゃあ君は誰？」

「教えてあげる。その目でちゃんと見て……ちゃんと……」

突然、台の上の装置が動き始めた。丸ノコがブーンブーンと回転し、ドリルもウィーンウィーンと音を立てる。長い包丁に鉄のフック……。カレンの体は、一瞬にして切り裂かれ、鮮血が勢いよく噴き出した。次の瞬間、切り裂かれたカレンの体の中から、血に染まった物体が這い出してきた！

人の形をしていたが、全身の皮膚はなく顔も血まみれだった。その物体は、立ちすくむ高に真っ赤な顔を近づけると、むき出しの筋肉を震わせて不気味な声を出した。

「見て！　私は誰？　ちゃんと見て！」

30

高は悲鳴をあげベッドから飛び起き、大きな口を開けて激しく喘いだ。全身の毛穴から冷や汗が噴き出してくる。ちょうどリンゴの皮をむいていたキムは、驚きのあまり持っていたリンゴを落っことし、危うくナイフで指を切り落とすところだった。

「うわっ、指が！　痛いよう！」

キムの訴えがむなしく響く中、皆は慌てて高のベッドを取り囲んだ。

高がどうにか息を整え周囲を見渡すと、懐かしい顔が並んでいいて、急に生きている喜びがこみ上げてきた。そして、あれは夢だったんだと自分に言い聞かせたが憂うつな気分が消えることはなかった。

「やっと気がついたのね！　気分はどう？　悪い夢を見てたの？」

エマが心配そうに聞いた。

「平気だ」

高は短く答え、ブルーノから手渡された水をごくごく飲んだ。

「メイは？　……どうなった？」

「命の危険は脱したけど、療養には時間がかかりそうなの」

よかった。生きているならそれでいい。もともと『能力者』は回復力が強いけどメイはもう戦えないか……。けど僕だって太ももの痛みはほとんど感じない……。

そう思って太ももを動かした高の顔が激痛にゆがんだ。動かすのはまだ早いみたいだけど……のんびりしていられない。高は痛みに耐えながら両足をベッドから垂らした。

「動いちゃダメ！　何強がってるの？」

「メイを見に行く」

高は歯を食いしばり立ち上がった。鋭い痛みが突き上げてきたが、慣れるしかない。エマを押しやり部屋を数周歩いたら、またしても冷や汗が噴き出した。

「ほら、全然平気だ」

高は無理に笑顔を作る。

「体を張った冗談はよして！」

「メイを見舞って用事をひとつ片付けたら、たっぷり時間をかけて療養するから……」

　そこで一度息を吸った。

「だけど今は行かないと」

　エマが何か言いかけた時、病室のドアが開いて宮本瞬と医師が入ってきた。医師は立っている高を見て、目玉がこぼれ落ちそうなほどに目を見張った。

「神よ！　もう動けるのですか？　確か足が……」

「まったく問題ありませんよ」

「まいったな。まさに医学史上の奇跡です！　私は二十年外科医をしていますが、こんなケースは初めてですよ！　奇跡だ、まさに奇跡だ！」

　医師は、足を取り外して詳しく研究したいといわんばかりの勢いで高に駆け寄った。

「すみません、ちょっと通してください」

　足を引きずりながら病室を出ようとしている高のあとを瞬が追いかける。どう見ても治っていないことは額に浮いた冷や汗で分かったが、瞬は何も言わなかった。

「こっちだ」

　瞬が高を促した。

メイの病室は廊下を挟んだ向かい側で、スイート仕様のひとり部屋だ。ドアを開けると、付添人の休憩用のソファーが置いてある。ベッドに横たわるメイは蒼白な顔に酸素マスクをつけていた。小柄な彼女に対して、病院のベッドがことのほか大きく見える。

高は思わずメイの頬に手を伸ばしたが、途中で思いとどまった。そして深く息を吸い、瞬に尋ねた。

「目覚めたの？」

「いいや。だがバイタルは悪くない」

高はほっとしたが、瞬は何か煮え切らない顔をしている。嫌な予感がしてもう一度尋ねた。

「どうかした？　何か問題でも？」

「ケガとは別の問題だ。医者の話だとメイは深刻な骨粗鬆症で、このまま進めば圧迫骨折になる可能性があるらしい」

「なんでまた？」

高の問いかけに瞬は首を振る。

高は再び昏睡状態のメイに視線を戻す。真っ白な布団にくるまれたメイは、親に捨てられたかわいそうな子供のように見えた。実際、彼女は捨て子だったのだ。組織に発見される前は、放浪生活を五年間続けていた。

以前メイは言っていた。家はバンコク郊外の貧民窟で四人兄弟の三番目だと。学校に通ったことはなく、小さい頃から近所の子供たちと家出を繰り返し、家庭という概念はなかった。そんなある日、両親と兄弟が一夜にして彼女の前から消えた。貧民窟ではよくあることだが、メイは自分が捨てられたのだと知った。

そんな中、ＳＮＰ研究所の教授が警察でメイの資料を発見し、彼女を基地に連れ帰った。

高の印象の中でメイはとても活発な少女だった。来たばかりの頃は管理されることを受け入れられず、かといって暴れるわけでもなく、ただ気ままに過ごしていた。生まれながらに束縛を嫌う性格だったのだ。歌うことが好きで、タイの民謡の節回しは夜の孔雀のようだった。

高は今でもそのメロディーを覚えている。漆黒の監禁室で聞いた柔らかい歌声は心に響いた。

だが今、メイは重傷を負い酸素マスクをつけられベッドに横たわっている。しかも骨に問題を抱えガラスのようにもろい人間になってしまうかもしれない……。

ちくしょう！　それが運命なら、運命なんて善良な人間にばかり呪いをかける邪悪な妖怪と同じだ。

瞬は真っ青な顔をした高を慌てて支える。激痛に加えて心の痛みが高の体力を奪っているのだ。瞬はなかば引きずるようにして高を病室に連れ帰った。

ベッドに寝かされた高は、ぐったりと目を閉じた。


今回は悪夢を見なかった。かすかな足音で目を覚ます。自分を起こすまいと気を使っているようだ。高はある種の期待を抱きながら目を開けた。

少女の顔が見える。とても美しく小柄で、加工した写真のようにふんわりと優しい顔立ちだ。ただ漆黒の瞳だけはきらきらと輝き、目の奥に炎のように激しい光が見え隠れしている。

「杏ちゃん……」

高は夢を見ているのではと驚いたが、まぎれもなく本物だ。

宮本杏。

二年ぶりだが何も変わっていない。相変わらず薄手のオレンジのコートを羽織り、ほっそりとした腰にベルトを垂らしている。

「高誠……ごめん、起こしちゃった？」

杏は少し驚き、恐縮したように高の額に手を置いた。

高は思わず杏の手をつかんだが、杏はあたたかいまなざしを高に向け微笑んでいる。二人は黙って見つめ合った。


高が何か言いかけた時、病室のドアが開いた。我先にと入ってきたキムが杏を見て一瞬呆然とし、大声をあげた。

「杏ちゃん！」

キムのテンションが上がっている。特に目的がなくても美しい女性に高い関心を示してしまうのは、プレーボーイに共通する欠点だ。キムは素早く杏の前まで来てお辞儀をした。

「久しぶりだね！」

「ええ、お久しぶり」

「君が来てくれるなんて思ってもみなかったよ！　毎日、君の兄さんと顔を突き合わせているのがどんなに憂うつか分かるかい！　あの今にも爆発しそうな威圧感！　もう限界だった……うわっ！」

キムは瞬に押しのけられ声をあげた。瞬はゆっくり杏に近づき、じっと杏を睨みつけた。

杏は少しおびえたように、瞬から目をそらした。

「兄さん……」

「なぜだ」

「私……」

「なぜここに来たか言ってみろ！」

瞬は冷たく問う。

「兄さん……」

最初は言いよどんでいた杏だが、覚悟を決め大声で宣言した。

「私は兄さんの妹だけど仲間でもある、そうでしょ？　仲間はお互いに信頼し合って支え合うものよ。みんなには私の力が必要だから、私も戦うわ！」

「なぜここが分かった？」

瞬は、さっと振り返り大声で責め立てた。

「妹にここを教えたのは誰だ？」

急に問われてエマは呆然としていた。するとその横でブルーノが戸惑いながら手を上げた。

「僕だ」

皆が驚いてブルーノを見た。瞬はいぶかしげな顔をしている。

「なぜだ？　杏の体のことは知ってるだろ！　杏は絶対に……」

「違う、僕だ」

高の声が瞬の言葉を遮った。瞬は不思議そうな顔をしてベッドに寝ている高を振り返った。

「お前が？　あり得ないだろ！」

「僕もそう思うけど、事実なんだ」

高はベッドから身を起こし苦笑した。

「僕が……正確には『機械の心』が計画した」

「自分が何をしたか分かってるのか」

瞬は高ににじり寄った。

「お前の計画は認めない！」

「お兄ちゃん」

杏は高の前に立ちはだかった。興奮しているからか、青白い顔が赤みを帯びている。杏はゆっくり息を吸い冷静になるよう心掛けた。

「『機械の心』が発動してる時は、彼が私たちのブレーンだってことはみんな承知してるはずでしょ」

瞬は思わず黙りこんだ。

杏の言う通り、それがチームの共通認識なのだ。高誠——あるいは『機械の心』——の提案は常に的確だった。それは、これまで経験した無数の戦いの中で証明済みだった。

「分かった」

瞬がかすれた声で返事をし、杏に目を向けた。

「お前もここにいていい」

「本当？」

杏はたまらず歓喜の声をあげた。

「ただし！　おとなしくベッドで寝てるんだ！」

瞬は、顔をしかめる杏には目もくれず、部屋の外に向かって大声で叫んだ。

「先生！　ここにもひとり、病人がいます！」

エマが驚いたように瞬を見た。

「杏の体……そんなに悪いの？」

「君の想像より、はるかに悪い」


杏を入院させた瞬は、再び高の病室に戻ってきた。

高はすでにベッドの上に起き上がっていた。エマが、ベッドの角度を背もたれ状に変えてくれたのだ。高は目の前の瞬をじっと見た。

「杏を呼び寄せて、何をするつもりだ？」

瞬が高に尋ねた。

「知らないよ！」

そう言って手を広げた高は、自分の頭を指さした。

「それはこいつの考えだ。僕たちが危険な目に遭いそうだから、杏の能力が必要だったのかもしれない。だけど、よく分からない決断なんだ。ねえ、どうかした？」

瞬の顔色が冴えない。

「杏のことで、ずっと黙っていたことがある」

瞬が小声で告げると、その場の空気が一気に重苦しくなり視線が瞬に集中した。せっせと指に包帯を巻いていたキムでさえ動きを止めた。よくない知らせだと誰もが予感していたのだ。杏の体調が芳しくないことも、『悪い』という言葉だけで済むほど簡単ではないことも、皆よく分かっていた。

「みんな、灯台計画を覚えているか？」

そう言って瞬は皆の顔を見回した。

灯台計画。忘れかけていた記憶が一瞬にして皆の脳裏によみがえった。この世に存在しているかもしれない能力者を探すため、杏が自ら灯台となり思念の波動を拡散し続けたのだ。潜在的な能力を持つ仲間たちが覚醒することを期待していたのだが、その計画は失敗に終わった。世界中の人の海から仲間を見つけ出すことは想像以上に難しいことだった。

「あの頃の俺たちは浅はかだった。能力を自分の手足のように思ってた。使いすぎたら痛みも出るけど、一度眠れば回復すると……。たぶんそういう奴もいるだろうが、杏は違った」

瞬は唇をぎゅっと引き結んだ。

「杏は頻繁に能力を使ったことで、体が衰弱し続けていた。医者の話だと、杏の内臓機能は、程度の差こそあれすべて低下しているらしい……」

「え？」

キムは、思わず声を漏らした。

「なぜそんなことに？」

「杏は生まれつき体が弱いから負担が大きすぎたのか、それとも能力自体に欠陥があるのかもしれない……。だけど本当のところは誰にも分からない。杏にはずっと治療を受けさせているが、よくて現状維持だ。だから今後、能力を使いすぎたらどうなることか……」

皆が沈黙した。現実をどう受け止めればいいのか分からなかった。慰めの言葉すら浮かんでこない。いや、この兄と妹を慰められる者などこの場にはいない。杏は瞬の妹であるばかりか、彼らにとっても大切な仲間なのだ。

「ごめん、僕、全然知らなかった」

長い沈黙のあと、高がようやく口を開いた。

「あなたのせいじゃないわ。私たちみんな、杏の事情を知らなかったんだもの……。でも話を聞いて能力は手軽じゃないと思い知ったわ。私、前は銃を撃つみたいに簡単に能力を使ってたんだけど、あとになって気づいたの。銃身だって同じように摩耗するってことに」

「どういうこと？」

瞬がエマを見た。

「感覚器官がおかしくなる一方なの。かん水をソーダ水のようにおいしく飲めたり、幻聴が聞こえたりする。あと視力も徐々に低下してる……。でもそれを埋め合わせるように、能力には磨きがかかっているわ」

そう言ってエマは肩をすくめた。

「僕は物忘れだ」

キムが手を上げた。

「だんだんいろんなことを忘れて……僕は……」

キムの言葉が続かない。

「僕は筋肉が硬直する症状がある。能力が原因かどうかは分からないけど」

ブルーノはぎこちなく左腕を振ってみせた。

瞬が険しい表情で高に目を向けた。

「僕って日本にいた時、ものすごく頭がよかったと思わないか？」

高がいきなり瞬に聞いた。

「別に」

「そうか。でも今は驚くほどバカになってる。今の僕は『機械の心』を発動しないとまともに考えることすらできない」

瞬は皆の視線を感じて首を振った。

「俺は特に問題ない。だけど手放しでは喜べない。ある日突然死んでしまうような感覚に、いつもさいなまれる」

病室が静まり返った。誰かが時間を止める魔法をかけたみたいに、全員、無言でその場に立ち尽くしていた。

数秒後、ガチャガチャという耳障りな音が聞こえてきた。キムがハサミでガーゼを切っていた。この意味不明な行動は、騒音だけでなく床に白い埃もまき散らした。

バンッ、という音を立てて、ハサミがテーブルに置かれた。

「ねえみんな！　どうしちゃったの？　しょんぼりうなだれてさ。もうお手上げだからって合同葬儀の相談でもする気？」

キムは皆を睨みつけ、両手を思い切り振った。

「僕たち、まだ生きてるんじゃないのか？　感慨に浸るのは死んでからにしようよ！死んだら時間はたっぷりある。いつまでも話したいだけ話せばいい！　だけど僕は後悔したまま棺桶に横たわるのはごめんだ。分かるか？　僕は自分が何を忘れたのか思い出せないまま死ぬのは嫌だ！　みんなもそうだろ？　生きてるうちは勇気を出していこうよ！」

皆は、まるで見ず知らずの人間を見るような目でキムを見つめた。するとエマが皆の気持ちを代弁した。

「あなた、まるで別人だわ。悔しいけど今のあなた、すごくカッコいい」

瞬がキムの肩をたたいた。いつもとは違う優しい感触に、キムはかえって恐縮してしまった。

高は、そんなキムを見つめながら考えた。実は今まで、この男の本質を理解していなかったのかもしれない。最初は、ひょうきんで軽薄という印象だったけど、その後、頼れる相棒になった。でも今日はさらに新しい発見があった。キムは度重なる挫折をものともせずやる気に満ちあふれている。極度の楽観主義は何も考えていないことの裏返しかもしれないが、まるで何層も重なっているパイのように奥深く、掘り進めばいつも新鮮な喜びがある。

皆が熱い闘志を取り戻した。一方で落ち着きを取り戻した瞬は、ブルーノと一緒に何かに没頭していた。瞬の言いつけで引き続き傷の療養をすることになった高は、たびたび杏の病室を見舞った。兄に外出禁止を言い渡され寂しそうにベッドに横たわっていた杏は、高を引きとめ話し相手にしていた。しかし高は、つい別のことを考えてしまう。『機械の心』が杏をアテネに呼んだのは、いったいどういうわけなのだろう？

31

高が目覚めてから三日後、国家情報局局長のアルベルトが鉢植えを抱えて病院に現れた。

「私は停職処分になった」

「本当に？」

高は少し信じられなかった。およそ地位を失ったようには見えないのだ。意気消沈している様子はまったくなく、その表情には、いつでも戦いに挑めるボクサーのような闘志がみなぎっている。

ただ、鉢植えは滑稽ではあるが……。

「昨夜のことだ」

「これからどうするの？　このままでは終われないでしょ？」

エマが聞いた。

「カレンを救出する。それからハデスには死んでもらう」

「カレンを救出？」

高は失笑した。

「真の目的は後者だろ？　あなたはハデスさえ殺せれば、カレンの生死は興味ないはずだ」

「君は分かってない……」

「あの時、よく分かったさ！」

アルベルトは大きく息を吸った。

「私をどう思おうと勝手だが、我々には共通の目的がある。戸隠、金のリンゴ、ハデス、彼らは皆、同じ場所に存在する」

高は目を細めた。

「協力し合うのが得策だと？」

「どうだ？」

アルベルトは高をじっと見た。

しばらくして高はうなずいた。

「あなたの考えを聞かせてくれ」

アルベルトはほっと息をついた。

「情報局での私の影響力は、なお健在だ。だが、組織は一枚岩ではなく、ある大きな勢力に私の力が及んでいないことは認めざるを得ない。だから君たちの協力が必要なんだ。我々は、彼らの潜伏先を探し出さなければならない。この前の採石場跡はゼウスの本当の基地ではなかった。それは断言できる」

「どうやって探す？」

「私は停職中だ。表向きは仕事でミスをして組織に混乱を招いたということになっているが……それは理由としては弱い。おそらく、私に調査をさせたくない人物がいるのだろう」

「上層部か？」

高が天を指さした。

「国防省の副大臣だ。ゼウスと懇意な間柄で、経済的なやり取りもあった。事件の巻き添えになることを懸念したのだろうが、もしかしたら……」

「もしかして、基地の場所を知っているのか？　それはまずい！」

高が顔色を変えて叫んだ。

アルベルトは、いぶかしげに高を見た。

「戸隠はその人物を殺す！　戸隠が邪魔者を生かしておくはずがない！　急がないと！」

「だが相手は国防省の……」

「あなたは戸隠を分かってない！　地位なんてものは、あの男の眼中にはない。殺すか殺さないか、ただそれだけだ！」

ようやく事態の重大さに気づいたアルベルトはきびすを返した。

「行こう、副大臣の官邸に案内する！」

32

彫刻が施された白い窓を開けると、棕櫚の木が数本見える。その奥には半月形の池があり、青い水がきらきらと魅惑的な光を放っている。池のほとりは白い砂浜で、砂は棕櫚の木の根元まで敷き詰められている。

国防省の副大臣は、じき六十歳を迎える。髪は白くギリシャ人には珍しいかぎ鼻が、会う者に冷たい印象を与える。

「かけたまえ」

副大臣は目の前のソファーを示した。

アルベルトは腰を下ろしながら、無意識に開け放たれた窓を見た。緑色の棕櫚の葉が優しく揺れ、さらさらと音を立てている。

「私に命の危険が迫っているとか?」

「ゼウスが死んだことは、ご存じですね」

副大臣はうなずいた。

「だが、それと君の話とどういう関係が?」

「彼は多くの秘密を抱えていました。あなたなら事情をよくご存じかと」

副大臣はしばらく呆然としていたが、急に大声で笑い出した。アルベルトは表情を変えずに笑いの終息を待った。副大臣はおかしそうに首を振った。

「その通りだ。だが彼は死にすべては終わった。違うかね? まさか死人が襲ってくるとでも言うのか?」

「あなたは、ゼウスについてどの程度ご存じでしたか? 自分が飼っている犬……という程度の認識でしょうか?」

副大臣は、顔をこわばらせた。

「彼との間にどのような秘密があったのかは存じませんが、私が停職になったのは、それが原因なのではありませんか？　あなたは、私に調査を続けさせたくなかったのでしょうが、それで事が済むと本気でお思いですか？　だとすれば、ゼウスの脅威をあなたはご存じないということになります」

副大臣は、口をすぼめてみせた。その皮肉たっぷりの表情を無視して、アルベルトは話を続けた。

「ゼウスは、普通の人間ではありません。凡俗を超越した力の持ち主なのです！」

副大臣は、今にも笑い出しそうになっている。

「ゼウスは死にましたが、さらに手強い男が、彼のすべてを受け継ぎました。戸隠です。名前くらいはお聞き及びでしょう。ですが……」

「君は、そんなことを言いに来たのかね？」

窓辺に歩いていって外を眺めていた副大臣が、急に振り返った。

「つまりその戸隠という男が、私を殺したがっているというのか？　例えばこの窓に弾丸が撃ちこまれるとか？」

アルベルトは嫌な予感がして思わずソファーから立ち上がったが、何も起こらなかった。

「戸隠は必ず手を下します。時期や場所は確定できませんが、絶対にやります！」

副大臣は、まさかというように首を振った。

「命が危険にさらされているのですよ」

アルベルトは語気を荒げ立ち上がった。

「ゼウスと、どういうやり取りがあったかは存じませんが、命より重んじるべき秘密なのですか？　あなたのような大物は、少しでも命に危険が及ぶ可能性があるなら、それを回避すべきです。違いますか？　彼の基地の場所さえお教えいただければ、あとは私が解決します。あなたを危険に巻きこむようなことはありませんから」

副大臣は驚いたようにアルベルトを見つめている。

「私が君を信じると思うのか？」

「私はゼウスには及ばないと？」

「君はまっすぐな人間だ。そして君の許容範囲には限界というものがある、そうだろ？」

副大臣とゼウスの秘密は自分の許容範囲を超えているから打ち明けられないのだ、そう悟ったアルベルトは身の毛がよだった。血も涙もない冷血局と称される情報局の局長の自分でさえ受け入れがたい秘密とは、いったいなんなのか？

「帰ってくれ。もう話すことはない」

「ですが……」

何か言いかけたが、秘書官の慇懃ながら有無を言わさぬ手の動きに退出を促された。だが戸口で振り返り、

「後悔しますよ」

と言い残した。

副大臣は納得できない、とでも言わんばかりに口角を引き上げ、笑みを浮かべた。

33

七人乗りの黒いワゴン車が並木道の角を曲がった。じわじわとスピードを緩め路肩に止まったが、いつでも発進できるようエンジンはかけたままだ。前方を四台の防弾車が粛々と走り去った。その先には副大臣官邸がある。

「僕たち、そろいもそろってバカだよね」

車内の最後列に座っていたキムが、走り去る副大臣の車列を眺めながら、もう一度言った。

「僕たち、ほんとバカだよ！」

「断言しないでよね！」

エマが振り向いて、睨みつけた。

「だけど事実じゃないか！　僕たちには副大臣の口を開かせる方法なんていくらでもあるのに、動きを制限されたら一般人と変わらないよ！」

「勝手な行動は許可できない」

アルベルトが言った。

「許可？」

キムは笑い飛ばした。

「その許可に効き目があるなら、国防省副大臣が暗殺されそうだと気をもむ必要もないって話だ！」

「私の情報がなければ、君たちは何も知らないままだった。だから私のやり方に従ってもらう。いいね？」

アルベルトはキムを睨みつけた。

「なんで、そうかたくなになるの？　こうしてる間にも副大臣の命は危険にさらされているっていうのに」

「世間のルールなど、君たち能力者には滑稽に映るだろうが、今日ルールを無視して副大臣を拉致したら、もう歯止めは効かなくなる。明日は総統を暗殺するのか？　ルールというのは秩序を保つ唯一の方法だ。秩序を守る側がそれを破るのは悲劇的だ」

キムは一瞬、言葉をつまらせたが、すぐに言い返した。

「そんな建前なんか聞きたくもないね。とにかく、あなたのやり方だと副大臣の命はない！」

「社会秩序は、いかなる人物の命よりも優先される」

「あなたねえ……」

ワゴン車が動き始めた。高はハンドルをしっかりと握り、前方の車列を見据えている。樹木と建物に遮られていて、簡単には発見されないだろう。だがそれゆえ尾行の難度も上がったことは確かだ。

「副大臣、助からないね」

高が助手席の瞬に言った。

「たぶんな。守るほうが攻撃するより難しい。しかも今回は、守る対象が協力的じゃない」

「だったら僕たちは何をしてる？」

「お前はキムの言い分に賛成なのか？」

「分からない……。でもカレンが……」

「そんなことしたら、俺たちは戸隠と同類になってしまう」

「分かってるさ！　でも……」

ハンドルを握る高の手に力が入った。

「手荒なまねして秩序を乱さなくても、俺たちには別のやり方がある。とにかく副大臣が官邸に入ったら、俺たちも潜入して説得する。相手は、今はまだ能力者の世界を分かっていないが、それが分かれば考えも変わるかもしれないだろ」

高の瞳がわずかに光った。

その時、前方の車列が角を曲がり、高の視界が青と白を基調とした古めかしい小ぶりの建物に遮られる。よくある状況ではあるが、嫌な予感がした。

バン！

重々しい銃声が鳴り響いた。建物のせいで現場は見えなかったが、様々な音――ブレーキ音、混乱の叫び声、何かがぶつかる音――が聞こえてきた。高はアクセルを思い切り踏みこみ、猛スピードで現場に向かった。

角を曲がる瞬間、また銃声が二発聞こえた。続いて恐怖にうろたえる男たちの叫び声が聞こえてきた。ギリシャ語は分からないが、声の調子から何が起きたのかは容易に想像できた。

その時、ワゴン車のドアがガタンと開いた。エマが車外に飛び降り、敏捷な身のこなしで地面を一回転し、狙撃銃を構えた。

「エマ！」

キムが窓から首を突き出して叫んだ。

エマは親指を立てている。

キムはすべてを理解した。

ワゴン車は、あっという間にエマを残して走り去った。気持ちを切り替えた頃には、高たちは銃撃現場に到着していた。道路に車が散乱し、行く手をふさいでいる。その中の一台は住宅に突っこみ、フロント部分が派手にへこんでいるが、ドアは開いており中で誰かが慌ただしく動いている。鮮血のようなものも見えていた。銃を持った黒いスーツの男たちは、一応見張りに立ってはいるが放心状態のようだ。しかしワゴン車を見つけると、申し合わせたように銃を構えた。

「私だ！　副大臣は無事か？」

ブレーキがかかった瞬間に車を飛び降りたアルベルトが、よろけながら必死で叫んだ。

黒いスーツの男たちはアルベルトの顔を見て、少し安心したような表情を見せたが一様に顔は青ざめ、唇が小刻みに震えていて誰も質問に答えることができない。こういう事態は想定していたアルベルトだが、やはり底知れぬ恐怖を感じた。

車内で慌ただしく動いていた男が、這い出してきた。体には、べったりと血がついている。あの時の秘書官だった。アルベルトに気づいた秘書官は魂が抜けたような顔をしていた。

「副大臣がお亡くなりになりました」

アルベルトは、猛然と秘書官を押しのけた。秘書官の体が、ぐらりと傾いた瞬間、車内の光景がはっきりと目に映った。国防省副大臣——数時間前に話をした男——が座席に倒れている。胸に巨大な弾痕があり、もはや死んでいることは誰の目にも明らかだった。

「くそっ！」

アルベルトの胸に激しい怒りがこみ上げてきた。確かに自分は『社会秩序は、いかなる人物の命よりも優先される』と言い切ったが、こんな結末を望んでいたわけではない。あまりにも最悪の事態が目の前で起きてしまった。

「全部で三発だ」

後ろから声が聞こえた。

振り向くとグレーの瞳をした無表情の高が立っていた。

「一発目はタイヤに当たり車はコントロールを失った。二発目は防弾ガラスを突き破れず、三発目で二発目と同じ位置を打ち抜き、副大臣を射殺した。幸い、副大臣は死ぬ前に手がかりを残している」

「手がかり？　そんなものがどこにある？」

呆然と車内を見つめながら、アルベルトが聞いた。そこには砕けた窓ガラスと血に染まったシート、それに体を折り曲げた死体があるだけだ。どう見ても手がかりと思えるものはない。

「これほどの地位まで上り詰めたってことは、相当のくせものだったはずだ」

高は小声でそう言いながら死体の右手を持ち上げた。きつく握られた指を開いてみると、キラキラと輝く鍵が現れた。

「見たことあるか？」

高は鍵をつまみ上げ、振り向きながら秘書官に尋ねた。

「それは……」

そう言ったままじっと鍵を見つめていた秘書官がようやく口を開いた。

「書斎です!」

34

陽が徐々に暮れていく。アポロンは大きなビルの窓辺に寝転がり次の一手を考えていた。

当初は、副大臣を殺したらすぐに逃亡する計画だった。しかし能力者としてのおごりがアポロンの足を鈍らせていた。警察や緊急実働部隊が、自分の脅威になるとは露ほども思っていない。能力者を殺せるのは能力者だけだ。

神話に登場する太陽神に通じる傲慢さが、アポロンにはあった。確かに失敗の経験はほとんどない。この前のエマとの対戦も、わずかに優勢だった。しかもあの日は、絶対に相手を傷つけないという誓いを立てていたのだから、勝者はどう考えても自分だ。

今やアポロンの自信は最高潮に達していた。

もっと何かやれないだろうか？　例えば『能力者』を二人ほど始末するとか？

アポロンが窓を開けると、アテネの街はもうすっかり暮れていた。街灯が暗闇を照らしている。まるで深い海の底から明るい都市が浮かび上がってきたような光景だ。この窓から副大臣が射殺された場所は見えないが、今、現場で何が起きているかを想像することはできた。

警察は何も見つけられない。それにアルベルトが実働部隊を派遣してくるとは考えにくい。その実働部隊は基地における最終勢力であり、こんなところで消耗している場合ではないからだ。

アポロンは夜の景色を眺めながらそんなことを考えていたが、急に胸騒ぎがして勢いよく床に転がった。

その直後、背後の壁のコンクリートが飛び散り、こぶし大の穴が開いた。あたりには焦げたにおいが充満している。

バン！

銃声が少し遅れて夜の空に響き渡る。

「くそっ！」

アポロンは動揺していた。ソファーに飛び散った土埃を払いながら自問する。うかつだった。いつから見張られていたんだ？　なぜ気づかなかった？

アポロンは、体を縮めて窓の下まで行くと、しばらく待ってから素早く銃を構え窓の外を狙った。

茫漠とした夜の景色以外は何も見えない。

ちくしょう！　ナイトスコープを用意しておくんだった！　そう心の中でののしりながら、体をひっこめた瞬間、新たに撃ちこまれた弾丸が窓台を破壊し、肩の上部をかすめて床に突き刺さった。もうもうと土埃が上がっている。

額から冷や汗が噴き出した。肩が焼けるように痛む。たいした傷ではないのに頭の中が恐怖に支配されていた。アポロンは自分の姿が窓の外から見えないようなるべく腰をかがめ、必死で階下を目指した。一気に七階から二階まで駆け下りると、今度は背中を壁につけて息をひそめた。この時、猛烈に鼓動する自分の心臓の音に、ようやく気づいた。

なんてこった！　敵の姿がまったく見えないじゃないか！

アポロンは弾丸の軌道をコントロールできる能力を持っている。たとえ相手が物陰に隠れていても、視野にさえ入っていれば、どんな目標にも命中させることができるのだ。狙撃手なら夢にまで見る天賦の才だが、これまでは弱点を考えたこともなかった。

もし見えていなければ？

深い夜の闇が彼の視界を奪う。

ちくしょう！　アポロンは焦って四方を見回した。この状況では闇の中から弾丸が飛んできて、いつ命を奪われても不思議はない。

こうなったら動き続けるしかない！　同じ場所にとどまるのは自殺行為だ。

そう悟って一気に階段を駆け下り、夜の街に飛び出した。アポロンは走りながら銃を構え、あたりをうかがった。今は本物の狙撃手のように、特殊能力抜きで敵と渡り合わなければならないが、悲しい現実に突き当たった。彼は己の天賦の才に頼りすぎるあまり、これまで基礎的な訓練を怠っていたのだ。

警笛の音が聞こえた。国防省副大臣暗殺の情報が明るみに出始めたようだ。遠くに、即応部隊の姿がちらっと見えた。普段なら、即応部隊の隊員など、格好の標的くらいにしか思っていない。数分もあれば全員きれいさっぱり消滅させることができる。だが今は、とにかく余計なことはしたくない。そう思うと、とてつもないプレッシャーが襲ってきた。

アポロンと敵の狙撃対決は、おのずと即応部隊の注意を引いた。隊員たちが銃声を頼りに集まってくる。だが二人の狙撃手は、軍や警察の包囲網の中にあっても、闇にまぎれた幽霊のように自在に戦いを繰り広げていた。

わずか十数分が、アポロンには数年のようにも感じられた。すでにあらゆる手は尽くしたが、まったく効果を発揮しない。そうこうするうちに、敵はすでに引き上げたのではないかと思えてきた。だが、すぐに弾丸が飛んできて考えを改めた。敵はまだいる。

アポロンはどんどん遠くへ走った。『能力者』を二人ほど殺すだと？　何をほざいていたんだ！　今はいかに自分の命を守るかを考えなくては！

アポロンは塀を乗り越え名前も知らない公園に入った。目の前に現れた漆黒の林が救世主のように見え、急いで駆けこんだ。

その林は、自然の森とつながっているのではないかと思えるほど広かった。アポロンは十分ほど走ったところで、ようやく足を止めた。大きく口を開けて喘ぎながら、肺が飛び出そうなほど激しく咳きこむ。もうあの女は追ってこないだろう。我慢強さだけなら、女は男の敵ではない。

数分後、ようやく息が整ってきたアポロンは、今後の身の振り方を考えた。ふと、大胆かつ魅惑的な考えが頭に浮かんだ。

この際、『能力者』と戸隠の戦いに見切りをつけ、なるべく遠くへ行こう。そうだ、それがいい。外国で、名前を隠して普通の生活を送るんだ。南アフリカはどうだ？　あそこは景色もいいし、安住の地にはうってつけだ。手元には少なからずカネもある。今後の生活費に困ることはない。暇な時は草原へ狩りに行こう。この銃の腕は草原の動物たちにとっては迷惑だろうな。

そんなことを考えていると、背後から声が聞こえた。

「もう逃げないの？」

アポロンは心臓を吐き出しそうになった！　無意識のうちに後ろを振り返り発砲したが、銃声とともに手から強烈な振動が伝わってきた。その瞬間、持っていた狙撃銃が吹き飛び、くず鉄のように地面に転がり落ちた。

目の前に、大口径のピストルを持った人影がたたずんでいた。銃口からは青い煙がゆらゆらと立ち上っていた。

「お前は……」

アポロンは目を見張った。金髪を無造作に垂らした人影がすらりと立っている。整った顔立ちは、笑っているようで笑っていない。

「エマよ」

相手は名乗ったが、銃口は依然としてアポロンに向いている。

「また会ったわね。今回はこんな至近距離で」

アポロンは、悔しそうに歯を食いしばった。

「夜の闇にまぎれるなんて……卑怯じゃないか！」

「あなたにチャンスをあげたじゃない。でも腕が伴わなかった。あんまり能力に頼りすぎると早死にするわよ」

「やめろ！　殺さないでくれ！」

アポロンは叫んだ。

「降参するよ！　君たち『能力者』は、罪のない者をむやみに殺さないんだろ？　私はだいぶ前から引退を考えていたんだ！　いや、君たちに協力することだってできる！　私は……」

パン！

アポロンの話は銃声によって断ち切られた。心臓の弾痕から鮮血が噴き出し、胸を押さえたアポロンはゆっくりと地面に倒れた。目には恐怖と無念の色が浮かんでいた。

「メイを殺そうとしたくせに」

エマが吐き捨てるように言った。

35

副大臣官邸は、襲撃地点から目と鼻の先だ。高らは全速力でそこに向かった。とにかく時間との戦いだった。軍であれ戸隠であれ、誰にも先を越されるわけにはいかないのだ。

ほどなく高の目に二階建ての小ぶりの建物が映った。夜の闇の中に建つ薄い灰色の建物はひっそりと静まり返っている。

「どうやら間に合ったみたいだね」

後部座席のキムが、ほっと息をつく。

その時、ワゴン車が揺れた。タイヤが何か鋭利なものを踏みつけたかのように、パンという音をあげて前輪がパンクした。車体はコントロールを失い横方向に滑った。激しい揺れの中、必死で前のシートをつかんだキムの目に、無表情で運転を続ける高の横顔が飛びこんできた。

高は、まるで何事もなかったかのようにハンドルを握っている。風力、湿度、摩擦係数、そして道路の幅……。それらのデータが満ち潮のように頭の中に押し寄せてきた。データを分析した高が安定した手つきでハンドルを操る。すると不自然にテールを振ってバランスを崩していたワゴン車は、反転する寸前で静かに停止した。

ドアが開き、最初に瞬が飛び降りると、三人の人影がゆっくりと闇の中から近づいてきた。その全員が太刀を手に冷酷な目で瞬を睨んでいる。瞬は軽く唇を引き結び、右手でゆっくりと太刀を抜いた。

突然、天を突くような火の手が上がり、皆の顔を照らした。出火元が官邸だと気づいたキムが目を見張っている。

「ここは任せろ。お前たちで行け!」

瞬が叫んだ。

高が官邸に向かって走り出す。太刀を持った男のひとりに行く手を阻まれたが、瞬が引き受けてくれた。背後で金属の交わる音が聞こえたが、振り向きもせず走り続けた。火の回りは非常に早く、窓から噴き出した真っ赤な炎が、舌のように建物全体をなめ回していた。

「キムは僕と一緒に来い! ブルーノは、外で監視してくれ!」

高はそう言って一気に門の中へ突っこんでいった。

「なんで僕なの？」

キムは悲痛な叫び声をあげながらも、高に続いて火の中に飛びこんだ。濃い煙と炎に視界が奪われる。前方で高の後ろ姿だけが揺れている。

「こっちだ！」

高の声が再び聞こえた。

キムは必死であとを追った。高が選ぶルートは安全だった。灼熱と煙を避けながら、どんどん奥へ進んでいく。書斎の位置は知らなかったが、高が見つけると信じていた。階段を駆け上がったところでキムは突然、足を止めた。

「聞こえるよね！」

そう叫んだが、高は相手にしない。

「ねえ！　子供の泣き声だ！　子供が泣いてる！」

もう一度叫んだが、高は構わず前へ進む。

「ちくしょう！　なんだよもう……」

キムの心の中で葛藤が始まった。高についていきたいと思っているのに、足取りはどんどん重くなる。結局、覚悟を決めて泣き声のするほうへ突っこんでいった。

高から離れるとすぐ炎が襲ってきた。皮膚の水分が急速に蒸発し、髪の毛が焦げ始める。やみくもに探し歩いていると壁際に置いてある巨大な水槽が目に入った。水槽にはまだ水が半分ほど入っている。力ずくで水槽を傾け、頭から水をかぶった。

キムは体が濡れているうちに、火の壁をひとつ通り抜けて部屋に入った。

防火素材を使用しているのか、火の勢いは、それほどでもなかった。ピンクの壁紙が貼られた部屋の真ん中に、お姫様風のベッドが置かれていて付属のカーテンはすでに燃え始めていた。部屋の隅にはバロック調の背の低いアイボリーのチェストがあり、そばで七、八歳の女の子が体を縮めて泣いていた。金色の巻き毛が揺れている。

キムは一瞬、頭がぼうっとした。金髪、少女、炎……。漠然とした既視感が、心の底から湧き上がり徐々になんらかの光景を織りなそうとしていた。しかしその光景は無情にも砕け散り、空っぽの胸の痛みが一層強くなっただけだった。

キムは胸を押さえ苦しそうな表情を浮かべた。

少女は顔を上げ、キムを見た。泣きやんだ美しい顔に喜びの色が浮かぶ。

「助けて！」

少女が手を伸ばしてきた。

「一緒に行こう！」

キムは少女の手を握りしめた。

二人して戸口まで走ったところで逆巻く炎に襲われ、少女は悲鳴をあげた。キムは思わず、おびえる少女の顔に見入ってしまった。誰かの顔が重なって見えたが、結局うやむやになった。キムは着ていたコートを脱いだ。

「これにくるまって!」

少女は水に濡れたコートの冷たさで、ずいぶん楽になったようだ。

「突っ切るけど、怖くないからね!」

少女は力強くうなずいた。キムは少女を胸に抱き、火の海に突っこんだ。炎が瞬く間に二人を呑みこむ。キムは何度も転びそうになりながら、炎から抜け出そうと必死で走った。途中で燃え盛る柱が肩の上に落ちてきた。少しよろめいたが、胸の中の少女をしっかりと抱いたまま、血走った目で通路を探す。

「右よ! 通用口があるの!」

コートにくるまった少女が、くぐもった声をあげた。英語だった。

少し走ると確かにドアがあった。熱でひん曲がったドアの上部には炎がからみつき、真鍮のドアノブは真っ赤に焼けている。キムは大きく深呼吸をすると、少女を抱いたままドアに体当たりした!

ドスン!

キムと少女は屋外に転がり出た。そこは芝生が敷き詰められ、ブランコに木馬、白いパラソルがある。どうやら裏庭のようだ。新鮮な空気が肺に流れこんでくる。キムは大きな口を開けて呼吸しながら、生まれ変わったような気分を味わった。

「大丈夫かい？」

少女をコートの中から引っ張り出した。

「ありがとう！　私は……」

そう言いかけて少女は急に口を閉ざし、おびえたようなまなざしをキムの背後に向けた。

キムが振り返ると、冷たい目をした男が二人立っていた。そのうちのひとりが自動小銃を構え、なんのためらいもなく引き金を引いた。

「なんてこった！」

キムは少女を抱きかかえて思い切り転がった。弾丸は芝生に突き刺さり、芝と泥が飛び散った。

弾丸は、転げ回るキムを容赦なく追ってくる。ブランコ、木馬、白いパラソルはことごとく砕け散ったが、射撃手は、こういう破壊こそが仕事だとでもいうように、盛大に銃を撃ち続けている。キムは、やっとの思いで鉄の台の後ろに身を隠した。おそらくバーベキュー用のコンロなのだろう、堅固な金属のカバーで覆われている。弾丸はそのカバーに当たって火花を散らした。

「怖くないからね！」

懐に抱いた少女に声をかけながら、銃を抜こうとしたキムの前に、突然、別の男が現れた。キムは反応する暇もなく首を締め上げられた。

特殊能力だ！　瞬くんと同じスピード型だけど、今まで出会った中で一番速い！

そう思った瞬間、男が短刀を振り下ろした！

ドス！

短刀はキムが無意識に上げた腕に突き刺さり、骨の際を通って貫通した。痛みで全身が震える。さっき火事で窒息しそうになった苦しさを忘れるほどの痛みだった。それでもキムは短刀を押し返そうと、必死で相手の腕をつかんだ。

だが無情にも短刀はゆっくりと、より深く突き刺さった。鮮血が刃の先から滴り落ち、力がどんどん奪われていく。

なんとかしないと！

死にたくないと思う一方で、能力を忘れてしまったような感覚に襲われる。心の中で声が聞こえた。

「僕を忘れないで！　僕を忘れないで！」

キムは、ゆっくり胸に近づいてくる刀の切っ先を、血走った目で眺めていた……。


銃を持った男は芝生に立ち、仲間が鉄の台の裏側に突っこんでいくのを見ていた。ほどなく格闘する音が聞こえ、その後、静かになった。しばらくすると、台の裏側で能力者が立ち上がった。手には血だらけの短刀を持っていた。

「死んだのか？」

銃の男が聞いた。

短刀の男はうなずきながら近づいてくる。銃の男は違和感を覚えたが、その時にはもう短刀が心臓に突き刺さっていた。

銃の男は、体を震わせ呆然とした表情のまま、ゆっくり倒れた。短刀の男は銅像のようにたたずみ、空虚な目で足元に転がった仲間を見下ろした。

キムが、のろのろと鉄の台の裏から這い出てきた。貫通した右腕の傷に左手で布を巻こうと格闘していると、少女が出てきて手伝ってくれた。

「痛い？」

少女がブリリアントブルーの瞳でキムを覗きこんだ。

「少しね。でも死ぬよりマシだ」

キムは小さく息を吐いた。

死の間際、キムは無意識に能力を使い、短刀の男を自分の傀儡に変えていたのだ。しかし、どういうわけか生き延びた喜びは感じられず、気持ちも晴れなかった。あの瞬間、たとえ死んでも能力は使わないという考えが浮かんだような……。

「いったいなぜ？」

ギリシャに来て、妖怪にたぶらかされたみたいに三日分の記憶を失い、高に救われた。それから瞬と合流して……。記憶が走馬灯のように頭の中を駆け巡る。どこも欠けてないみたいだけど、あれ……僕はそもそもなんでギリシャに来たんだ？

まったく覚えがない。いわゆる『会ったことがあるのに名前が出てこない』という類の物忘れとは違う。これは記憶の欠落だ。その記憶をつかさどる脳細胞が完全に死滅したみたいに、顕在意識から潜在意識のレベルまで、跡形もなく消えてなくなったという感覚だった。

たいして重要な記憶でもないんだろう……とキムは思うことにした。もしかしたら、高の行動に協力するためかもしれない。それが原因なら、やっぱりたいしたことじゃあない。

そう考えると心が軽くなった……。ただなぜか涙がとめどなく流れ落ちた。結膜炎かもしれない。キムは目をこすりながら立ち上がった。

「ねえ……大丈夫？　とっても悲しいの？」

少女が心配そうに見つめてくる。

「平気さ」

「でも泣いてる……」

「まいったな、子供に心配されるなんて！」

キムは大きく息を吸い、銃を持った傀儡に向かって言った。

「僕は機嫌が悪い！　だからお前らみたいな極悪人は、この世に生かしておきたくないんだ」

少女を抱き寄せる。

「見ちゃダメだよ」

キムは少女にそう言い聞かせると前に向かって歩き出した。

後方から、銃声に続いて重いものが地面に崩れ落ちる音が聞こえた。

36

高は書斎に到着した。

部屋のしつらえは実にありきたりだ。壁はすべて天井まで届くスタンド型の本棚で埋まり、真ん中にオーク材のデスクとビロード張りのチェアが置いてある。だが今はすべて炎に包まれ、真っ赤な炎が舌のようにあらゆるものをなめ回している。

高は燃え盛る炎の中に立ち、グレーの瞳を光らせた。

オーク材のデスクには、引き出しが二つ。中を見ると煙草の吸殻がひとつとピストルの他には何もない。手がかりは壁を埋め尽くした書籍の中にあるのかもしれないが、ほとんどが燃え尽きていた。

数分後、崩落し始めた天井が火の雨を降らせた。だが高には当たらない。炎は簡単に避けられても高温だけは否応なく体から水分を奪う。有毒ガスを吸いこまないよう呼吸は止めたままだ。わずかに肺に残る酸素の量を瞬時に計算する。さすがの高にも限界が近づいていた。

顔がどんどん青ざめていく。鼻孔から一筋の鮮血が流れ落ちた。血を軽くぬぐい半分以上燃えてしまった本棚の前まで歩いていくと、その中から焦げた物体を引き抜き炎に包まれた部屋を素早くあとにした。

後方で、轟音とともに部屋が崩れ落ちた。

息を吸うと顔に赤みが戻ったが、急激な酸素注入により、頭がくらくらした。突然、誰かに体を支えられた。

瞬だ。

「始末したのか？」

高の問いに瞬はうなずいた。

「まず、ここを出よう」

ワゴン車のタイヤは、すでに交換されていた。そばには複数の死体が倒れている。高がワゴン車に乗ると全員そろっていた。エマの顔も見える。それになぜか、キムのそばで十歳にもなっていないような金髪の少女が身を縮めている。

「その子は誰だ？」

高が尋ねた。

「お前が見捨てた子だ！」

「面倒を持ち帰ったのか？」

キムは高の瞳がまだグレーのままだと気づき、しばらく話をしないことに決めた。

「副大臣とはどういう関係だ？」

高が少女に尋ねた。

「……ママのパパ」

「車から降ろせ。警察がなんとかするだろう」

高が、ちょうど警笛の音が近づいてきた外を指さした。

「ダメだ！」

反射的に立ち上がったキムは、車の天井にぶつけた頭を押さえながら身をすくめた。少女はキムの服の端をぎゅっと握り、高に警戒のまなざしを向けている。

「なぜダメなんだ」

「安全だって言い切れる？　外にはまだ殺し屋がいるかもしれない。それに警察の中にも敵側の人間がいるかもしれないでしょ。それに……」

「僕がなぜその子の安全を保障しなきゃならない？」

真顔の高を見て、キムは怒りがこみ上げた。

「いいかよく聞け！　君が今の状態じゃなかったら、顔を一発ぶん殴ってるところだ！」

それでも高の表情は変わらない。

「早く出発しろ」

瞬が促した。火事の明かりで、接近する警察車両が照らし出されている。

高は前を向き、まるで何もなかったかのように車を発進させた。車内に重苦しい空気が流れ、十分以上誰も口を利かなかった。ワゴン車は事件現場から遠く離れ、すでにあたりの景色は荒涼としていた。

突然、ワゴン車が減速し路肩に停止した。高はハンドルに突っ伏したまま動かない。

「どうしたの?」

驚いたエマが身を乗り出し高に尋ねる。

「少し疲れた」

高は顔を上げない。声に疲労がにじみ出ていた。

「元に戻ったの?」

「ああ」

高は短く返事をして黙りこんだ。

「さっきの僕、ちょっと怖いよね。自分でも驚いたよ」

そう言って笑顔を見せようとしたが、口の端が引きつるばかりで笑えなかった。

「大丈夫……慣れてるから」

そう答えたキムは、まったく慰めになっていないことに気づき後悔した。だが高は気にせず、すぐ本題に入った。

「書斎には千四百……いくつだったかな？　忘れた。とにかく大量の本があった。主に歴史、哲学、政治関係で、だいたい……何パーセントだっけ……さっきまで正確な数字を覚えてたんだけど」

「いいから要点を話せ」

瞬が先を促した。

「そう言えば……ええっと……医学書と生命科学の本もあった……けど、経済関係の本はなかった。これが何を物語っているか分かる？」

「副大臣は、カネに執着していなかったということか？」

アルベルトが口を挟んだ。

「たぶんそうなる。だけどゼウスと副大臣の間には経済的なやり取りがあったと言ってたよね？」

「ああそうだ。だから今、疑問に思っている。蔵書の傾向にその答えがあるのだろうか？」

「どうかな。だけど経済関係の本がないということが偽装であれ真実であれ、ある問題については説明がつく」

そう言って高は黒焦げの物体をアルベルトに渡した。

アルベルトは受け取ってから初めて、それが焼け焦げた本であることに気がついた。焦げてはいるが、書名はかろうじて判別できた。不動……経済……調……報……。

「不動産経済調査報告？」

アルベルトは脳内で書名を完成させた。

「あの本棚の中で、その本だけ目立っていたから変だと思ったんだ。何かの暗示みたいで」

「どんな暗示だ？」

「よく分からない。ここからはブルーノの出番だ。ギリシャの不動産に何か特別な動きはあるか？」

「今、調べてる」

ブルーノは携帯電話をインターネットにつないだ。

しばらくすると、ブルーノは驚きと興奮の入り混じった叫び声をあげた。

「スパルタだ！　今すぐ向かおう！」

第五章

37

カレンは、目を覚ました。

二日酔いのような、ひどい頭痛がする。誰かにのみで頭がい骨をこじ開けられ、脳にくさびを打ちこまれているような痛みだ。そして痛みの衝撃とともに、何かを注入されているような感じがした。

――そのうち、カレンの頭に映像が浮かんできた。最初はぼんやりとした影だったが、それが徐々に一秒三十フレームの連続したものに変化してきた――

映像は、ここ数日の記憶だった。記憶が回復し始めたのだ。

「なんてことなの！」

カレンは自分の身に何が起きたのか、ようやく思い出した。確かゼウスに操られた。アルテミスとかいう女に仕立て上げられ、古代ギリシャ風の滑稽なローブを着せられた。それから高を刺した。

まるで狂気の沙汰だわ！

思わず体を起こそうとしたが動けない。両方の手足が、がっちり拘束されていた。頭を起こそうと力を入れたが、首がちぎれそうなほど痛んだ。その激痛で、ついに我が身の境遇を悟った。

ベッドに——あるいは、ただの作業台か解剖台かもしれないが——横たわっている。いかにも陰気そうな白い布の上に蝶の標本のように固定され、身動きが取れない。

頭上にはロボットアームが設置されている。その先端で不気味な光を放っているスープ皿ほどの大きさの丸ノコが今にも回転しそうだ。もし本当に回転しロボットアームが下がってきたら……。カレンは自分の体が真っ二つに切断された光景を想像した。

遠くから足音が近づいてきた。必死で首をひねると中年のアジア人男性がゆっくりと歩いてくるのが見えた。

「あなた誰なの？」

まったく見覚えのない男だった。

「戸隠です」

そばに来て立ち止まった男は微笑んでいた。

「気分はどうです？　アルテミス」

「その名前で呼ばないで！」

「分かりましたよ、カレン」

戸隠はうなずくとカレンの全身をしげしげと眺めた。その目つきに、カレンは身の毛がよだった。戸隠が見ているのは人ではなく物だ。

「七年です。君はずいぶん変わりましたね」

カレンは驚き、じっと戸隠を見ていたが首を振った。

「あなたに会ったことはないわ」

「ありますよ」

戸隠はカレンに微笑みかけた。

「その部分の記憶が消えているだけです。ですが問題ありません。あなたはあなたですから。目を見開いた感じなど、あの当時のままです」

「冗談言わないで。そんな幼稚な作り話に騙されないわ」

「恐れているのですね。ですが現実を見てください。あなたはすでに不思議な出来事を目撃しているでしょう？　高誠、キム・ジュンホウ、宮本瞬。彼らが普通ではないことに、気づいているはずです。ならばもうひとり、記憶を操作できる者がいてもいいでしょう？」

戸隠はなおも微笑を浮かべる。

「七年前、あなたはチェンマイへ旅行しましたね。とても楽しいバカンスでした。寺院にお参りし、水かけ祭りを楽しみ、象にも乗りましたね。その時、小象があなたにバナナをねだりましたが、あいにくあなたはバナナを持ってなくて、怒った小象があなたの顔に水をかけました。実に印象深い出来事です。その時、あなたはこう思いました。この子はきっと癇癪持ちなのね……」

「やめて！」

カレンの呼吸が荒くなった。

「その経験がウソだと言いたいわけ？　すべては……ウソだったと？」

「台本を書くようなものですよ。すべての場面やセリフを、君の経験に仕立て上げる。とても信じられないでしょうが、世界にはそういうことができる人間もいるということです」

頭痛がひどくなってきた。

信じられないし信じたくもない……。でも信じるしかない。あの場面や、あのセリフだけなら、ストーキングされていた可能性も否定できないけど、なぜ感情まで知ってるの？

戸隠の言葉は、あの時カレンが心に思い浮かべたセリフそのものだった。

「なぜそんなことを？　ねえ、なぜ私の記憶を操作したの？」

カレンは叫びながら精いっぱいもがいたが、作業台はガンガンと無情な音を立てるばかりだった。

「ゼウスに感謝すべきですね」

戸隠が言った。

「我々は当時、『才能のある』者を探し回っていましたが、それは非常に難しい作業でした。なんというか、世界中の砂浜から特定の砂粒を探し出すようなものです。法則もなく、どんな数式でも計算できない。本当に苦しくて、もう死んでしまうのではないかと思ったほどです」

「死ななくて残念だったわ」

「紙一重でした。ですが最終的に我々は数人を見つけ出しました。すべては運任せです。もちろん一番幸運だったのはゼウスですよ。なにしろ身近なところでひとり見つかったのですからね。君ですよ。彼は君の『才能』を確信し、チェンマイに連れていきました。そして我々はＤＮＡシーケンス解析を経て、それを証明しました。ただ残念ながら誘発プログラムの過程でアクシデントが起きました。そう、あなたのＤＮＡは顕性ではありませんでした。ですからあなたは表面的には普通の人間と変わらないのです」

戸隠はカレンの様子をうかがいつつ、話を続けた。

「あなたの能力がいつ発現するのか、我々には分かりませんでした。翌日かもしれず、数年後かもしれません。ゼウスの指示で、念のためあなたに偽の記憶を埋めこみました。例の『アルテミス』という言葉は、ゼウスが君を操るためのものです。もちろん効果は一度きりですがね。ゼウスは、君を自分の側の人間として養成したがっていました。我々もそのために催眠誘導を行いましたが、君は抵抗するばかりで、まったくうまくいきませんでした」

カレンは思い出した。確かアルベルトは『お前がそれほどゼウスを信頼していることが理解できない……。あんなことでもなければ、お前はとっくにゼウスについていたのかもしれない』と言っていた。その時はうんざりしたが、今はよく分かる。もしアルベルトとの深い絆がなければ、ゼウスの思い通りになっていたかもしれない。

「許さない……。くたばるがいい……」

「君の望み通りゼウスは死にました。ですが私は彼の遺産に興味があるのです……あなたも含めてね」

「誘ってるつもり？　イカれたあなたと世界征服をしようって？」

カレンは冷ややかに笑った。

「私はゼウスとは違い、そんな妄想は抱いていません。ですがどちらにせよあなたは認めるべきです。一般人と能力者は違うということをね。一般人は鶏が鷹に嫉妬するように、我々の才能に嫉妬する。そしてあなたは遅かれ早かれ凡庸な彼らとの鶏小屋での生活に耐えられなくなる。ならば能力者同士、手を取り合えばいい。それが私の理想です。世界征服ほどではなくとも偉大な事業には違いありません」

「もしそれが、あなたの言うように偉大な事業なら、なぜ高たちはあなたと敵対するの？」

戸隠は首を振った。まるでカレンを言葉で説得できないことは最初から分かっていたかのように。

戸隠が手に握っていたリモコンのボタンを押すと、頭上から耳をつんざくような轟音が聞こえた。あの丸ノコが旋回を始めたのだ。

カレンは、恐怖に目を見開いた。丸ノコが、ゆっくりと、だが確実に下りてくる。

極度の恐怖で顔から完全に血の気が引いた。

「やめて……」

「私の仲間になると約束してください」

耳元で戸隠の声が響いた。

「いやよ……絶対に！」

カレンは大きく口を開けて喘いだ。怒りが恐怖を抑えこむ。

「死んだほうがマシよ！　このろくでなし！」

「じゃあ、死んでもらいましょう！」

戸隠の冷たい声色とともに、丸ノコが轟音をあげながら下りてきた。

38

ラケダイモーン、あるいはスパルタとも称する。

この古代都市は早々に姿を消している。その上から新たに建設されたのが、現在のスパルタ市だ。ギリシャではごくありふれた都市のひとつで、訪れる観光客も多くはない。古代スパルタ人は軍事を重視しすぎたせいか、もともと文化や建築方面の遺跡は残っていない。それに戦争による破壊が加わり、今では背の低い崩れた壁があるだけだ。観光客は皆、期待に胸を膨らませてこの都市を訪れるが、一様に肩を落として帰っていく。現在のスパルタ市民は、古代スパルタとは一切無関係だ。酷薄で過激で勇猛なスパルタの血統はとっくの昔に消滅し、人々は平凡な地方都市の市民として多くのギリシャ人と同じく、ゆったりと自由に多くを求めない生活を送っている。

「だがそれは、ただのイメージだ」

アルベルトが言った。

ワゴン車は法定速度をはるかに上回る速度で疾走しているが、相変わらず高のハンドルさばきは見事なものだ。

車内には、補強用のフレームが組みこまれている。アルベルトは黒い本革に包まれたそのフレームに頭をもたせかけ、ポケットから煙草を探り出した。火をつけ、深々と吸う。ゆらゆらと立ち上る煙が表情を隠した。頑丈そうなドリンクホルダーには例の鉢植えが置いてある。

「もし君たちの協力がなければ、私は永遠に真相を知ることはなかった。副大臣は私に許容範囲の限界という話をした。その時はよく分からなかったが、今なら……」

眉間に寄せた深いしわは、殺意、あるいは激しい怒りの表れなのか、アルベルトは思い切り煙草を吸いこむことで、その感情を抑えつけた。

「やはり僕が説明するよ」

ブルーノが引き受けた。

「不動産経済という手がかりをもとにギリシャの不動産取引額を分析したら、すごい発見があった。二年前からスパルタ市の不動産価格が急に上昇し始めていたんだ」

「それのどこがすごいんだ？」

キムが怪訝そうな顔をした。

「アルベルトさんによれば、ゼウスの金のリンゴ計画は二年前に始まってる」

煙の向こう側でうなずくアルベルトに一度目をやり、ブルーノは話を続けた。

「スパルタ市は、地理的に見ても好条件とは言えない。海もないし景色も平凡だ。普通なら不動産の取引件数に大きな変化は見られないはずなのに、この二年、スパルタ市のそれは一五二七件にも上っている」

皆はその数字をどう判断していいのか分からず、話の続きを待った。

「例年通りなら、この二年の取引件数は三百もあればいいほうだ。つまり残りの千件余りは異常な取り引きということになる。実はゼウスはスパルタ市民を入れ替えていたんだ。もしこのまま計画が継続すれば、将来的にスパルタ市民は彼の手下か、あるいは実験台になっていたかもしれない」

「すごい大胆だね！」

キムが素っ頓狂な声をあげた。

「金のリンゴ計画には大量の実験台が必要だから、スパルタ市ごとゼウスの実験基地にしたのね。とすると市の人口は政府の発表より少ないってことよね」

エマが眉をしかめた。

「待てよ！」

高が話を遮った。

「それって、あからさますぎないか？　市長や議員、警察も気づかなかったってこと？」

「お前、本当にどんどんバカになっているな」

瞬があきれ顔で首を振った。

「そんなの言われなくても分かってるさ！」

「官僚たちは全員、買収され操られていたに決まってるだろ。なんだったら、すべてゼウス側の人間だったのかもしれない。だがゼウスは、ひとりでは実現できないか時間がかかりすぎると思って国防省副大臣を巻きこんだ」

「だけど、ゼウスが副大臣に与えた見返りは何？　副大臣はカネには興味なかったんだろ？」

「確かにそうだ……」

そう言ったきり瞬は考えこんでしまった。

「お前、書斎に医学書と生命科学の本が大量にあったって言ってたよな」

「ああ」

「副大臣は病気だったのか？」

瞬は少女に目を向けた。

少女は黙っていたが、しばらくすると小さな声で言った。

「私のママ……アメリカでリンパ癌の治療をしてるの……末期の……」

ワゴン車に皆のため息が充満した。副大臣がゼウスの人体実験を援助したのは、娘を救うためだったのだ。そのやり方には賛成できないが、気持ちは理解できる。キムは優しく少女の肩をたたいた。

「とにかく、ゼウスの本当の基地はスパルタ市にあるということだ。もし戸隠がゼウスの遺産を引き継ごうとしているなら、奴もきっとそこにいる！」

アルベルトの言葉に瞬がうなずき、皆に声をかけた。

「覚悟はいいか」

三十分後、目の前にスパルタ市の明かりが広がった。

39

轟音が突然鳴りやんだ。

旋回する丸ノコはみぞおちに達し、鋭利な鋼鉄の刃はすでに衣服を切り裂いていた。あまりの恐怖のせいでカレンは気を失っていた。戸隠がしばらく待っていると、カレンはまつ毛をわずかに震わせ、ゆっくりと目を開けた。

「あなたは幸運ですね。急に私の気が変わったんです。間に合ってよかった。もしそれが〇・一秒でも遅かったら、二人とも後悔していたでしょうね」

皮膚に鋭利な刃物の冷たさを感じたカレンは、まったくその通りだと思った。

「ですが次はこんな幸運があるとは限りません」

戸隠はリモコンを操作し、ロボットアームをゆっくりと上昇させた。

「絶対に……仲間にならないから」

声が、かすれた。

「おびえているようですね」

「私、自分が思ってた以上に自分が怖がりだって今日気づいたわ。そうよ。おびえてるわ。すごく怖い。でも私が仲間にならないって意思は変わらない。何度聞かれても同じよ」

カレンは肝を据えた。

やるならやりなさい！

戸隠はカレンに称賛のまなざしを向けた。

「ゼウスには眼識があったと認めざるを得ないようですね。あの男が我慢強くあなたを待っていた意味が、ようやく分かりました」

「我慢強く、ですって？」

カレンは、せせら笑った。

「狙撃手に私を襲わせておいて？」

「それは違います。アポロンの弾丸は高を仕留めるためのもので、それがゼウスの計画でした。ところがアポロンが私に寝返っていたことを、ゼウスは知らなかった」

「あの時、あなたは私を殺すつもりだったのね、でもなぜ？」

「あなたに早く『覚醒』してほしかったからです」

「何を言ってるのか分からない！」

「じき分かりますよ」

カレンに微笑みかけ、戸隠は部屋を出た。ドアの外は白い壁に囲まれた廊下だ。天井には蛍光灯が灯り両側にドアがいくつも並んでいる。どれも金属が鈍い光を放つ重厚なドアで、脇に液晶画面の指紋認証装置が設置されている。戸隠は三番目のドアの前に立ち、装置に手を当てた。

ドアが開く。

百平米以上はあろうかという広い部屋の床には、各種の導線や管につながれた培養漕が棺のように並べられている。戸隠は一番近くの培養漕の前に立った。半透明の特殊ガラスでできた水槽は、薄緑の液体で満たされ白い気泡のつながりが何本も立ち上っている。たまに気泡が途切れると、かすかに人体が見て取れる。

「あとどれくらいかかりますか？」

戸隠が聞いた。

部屋の中央に立っていたハデスが腕時計を見た。

「調整終了まで、あと三十分です」

「急げますか？」

「いえ精いっぱいです。調整液がまだこんなに残っていますから。以前の方式なら四十人の培養者を生産できましたが、今は……成功率が半減しています」

「二十人で結構です。金のリンゴは私の手にありますから、今後は作ろうと思えばいくらでも作れます」

「なぜそんなに急ぐのですか。ゼウスがここを開いて二年になりますが、まだ誰にも気づかれていません。副大臣も殺されましたから絶対に安全……」

「絶対なんてことはありません！」

戸隠はハデスを睨みつけた。

「これまでの成功は、敵の無能さゆえです！　ですが今回は違いますよ。あなただってゼウスの最期を見たでしょう」

ゼウスの最期？　そりゃあ、あんたのせいだろ？　もし我々の裏切りがなければ……。

ハデスは心の中で悪態をついたが、すぐに自問した。

あの時、アポロンと二人、全力で立ち向かえば結果を変えられたのか？

ハデスは『能力者』たちの強さを思い出し、急に自信がなくなった。

「培養者たちが目覚めたら、すぐにここを離れます。三日です。三日で準備してください」

「そんな無茶な！　これだけの設備を動かすのは無理です！　ゆっくり方法を考えましょう……」

「全部捨てるのです！　運ぶのは重要な設備だけで結構！」

「なんですって？　この設備に、いくら費やしたと思っているのですか？」

思わずそう言ってしまったハデスは、戸隠にじろりと睨まれ後悔した。もっと遠まわしな言い方があったはずだが、無理もない。この基地と設備のため、ゼウスは国防省副大臣と結託し大量の軍事資金を流用していた。文字通り天文学的数字なのだ……。

戸隠がゆっくりと近づいてくる。恐怖のあまり何も考えられない。逃げるべきなのか……。だがそれ以前に体が硬直して動かない。

戸隠はハデスの前に立つと、手を伸ばして首を絞めた。

「いいですか？　いくらであろうと命を捨てる価値はありません」

ハデスは何も言えなかった。鉄のペンチのように硬い戸隠の手がぐいぐい首に食いこんでくる。もがいてはみたが無駄な抵抗だった。酸欠で目がかすみ始める。肺が針で刺されたように痛み、今にも胸が爆発しそうに思えた。

喉の圧迫感が突然消えた。ハデスは床に倒れこみ、大口を開けて激しく喘いでいると、ようやく視力が戻ってきた目に自分を見下ろす戸隠の姿が映った。その目から残虐性は消えていた。

「ゼウスがあなたにどう接していたかは知りません。優しく温厚だったのかもしれませんが、私は彼とは違うと肝に銘じてください」

「分かりました……」

ハデスはやっとの思いで返事をした。

戸隠はそれ以上何も言わなかった。なんとか身を起こしたハデスは、戸隠の隣に立った。機嫌を取りたいが、その方法が分からない。下手なことを言えば戸隠の逆鱗に触れる可能性があると思うと、体はこわばるばかりだった。

幸い、通信機から聞こえてきた声がハデスを苦境から救った。しかし決して喜ばしい情報ではなかった。

「市内に車両が進入しました。ワゴン車です。敵かもしれません」

ハデスは叫びそうになったがなんとかこらえ、さっと戸隠の顔色をうかがった。

「戦闘の準備を」

通信機の向こうで警備員が驚きの声をあげた。

「彼らが我々を発見できるとは思えません。なにしろこの基地は……」

「油断は禁物です。とにかく彼らを三十分間足止めしてください」

そう言って戸隠は通信を切断した。

「これが最強のロットですか？」

「はい。あなたの要求通り、最高値で調整しています。そのため寿命は一年足らずですが」

「じゅうぶんです」

戸隠はうなずきドアに向かって歩いた。部屋を出る時、さっきの言葉を繰り返した。

「戦闘の準備を」

40

地下基地の入り口は、古代スパルタ遺跡が広がる小山の上にあった。

ここからは市全体を見渡すことができる。市街地の最北端にあたる小山のふもとにはサッカースタジアムがあり、その入り口にはレオニダス――三百人のスパルタ兵士を率いた伝説の王――の彫像がそびえている。基本的にスパルタ遺跡を訪れる観光客は、この像を仰ぎ見てからサッカー場の脇を通って遺跡に向かうことになる。もちろん他のルートもあるが、防御側の視点で見れば、敵がどこを通ろうと身を隠す場所はない。

基地内に全戦闘員三十数人が配備された。能力者はいないが、各種の銃器をそろえた防御網により、侵入者に痛手を負わせることはできる。見張り要員が、サッカースタジアムの近くに停止するワゴン車を発見した。すると中から次々と人が降りてきて、小山に向かい暗闇の中を進んでくる。

まさか本当にここを見つけたのか？　戦闘員たちは驚きを隠せなかったが、気を取り直してすぐに戦闘の準備を整えた。敵はたった七人。しかも子供がひとり混じっている。これを阻止できなければ笑い話にもなりはしない。

戦闘員の面々は、そんな甘い気持ちで戦闘を始めた。

十分後、高たちは山頂に到達していた。周囲には戦闘員の死体が転がっている。三十数人がかりで持ちこたえられたのは、ほんのわずかな時間だった。

山頂から少し離れたところに、スパルタのアクロポリスはある。残っているのは基礎部分だけで、観光客には開放されていないため、今は鉄条網に囲まれている。ブルーノの調べによると、地下基地の入り口はここにあるはずだった。

瞬は、いとも簡単に鉄条網を破って通路を作り、ブルーノは金属反応を測定した。そしてブルーノが指し示した地面の土を薄く掘ると、金属の大きな扉が姿を現した。

両開きの扉は高さ三メートル、幅四メートルはあり、それが地面にぴったりと張りついている。高が短刀でこじ開けようとしたがびくともしない。

「任せろ」

そう言って進み出たアルベルトは扉の脇にひざまずいた。そして扉の縁を手探りで確かめると、懐から紙きれのようなものを取り出し、隙間という隙間に慎重に差しこんでいく。

「あなたはそんなものまで持ち歩いてるのか？　鉢植えだけかと思ってた」

高は目を見張った。

「それがどうした？」

「そうと知ってたら、あなたを車に乗せてない！」

誰に指図されることもなく全員が数十メートル後ろに下がり、地面に伏せた。アルベルトはそれを確認してから、手の中のスイッチを押した。

ドカン！

天地を揺るがす轟音とともに、地面から巨大な火の玉が現れた。天まで駆け上がった火の玉は束の間、夜の闇を昼間のように照らした。

塵と煙が散開すると巨大な空洞が現れた。金属の扉は完全には吹き飛んでおらず、丸まった本のページのように半分ほど残っていた。真っ赤に焼けた金属からゆらゆら立ち上る熱気の向こう側に、明かりの灯った通路が見えていた。

「アルベルト」

中を覗きこみ、早速下に下りようとしたアルベルトを誰かが呼び止めた。振り返ると声の主は高だった。

「あなたは残れ」

「なぜだ」

「戸隠は危険な男だ。あなたの命が危ない」

「ギリシャ人は、流血を恐れない」

「じゃあ、この子はどうする？」

高はキムの背後で縮こまっている少女を指さしている。

「キムにベビーシッターをさせるか、中に連れていくか。あるいは、ひとり置き去りにするという手もある」

アルベルトは少し驚いたが、高のグレーの瞳を見て軽く笑った。

「その状態の君が子供の心配？　そうじゃないだろ。言いたいことがあるなら、はっきり言え」

「あなたはここにいてほしい。生死にかかわるもっと大事なことを頼みたい」

「生死にかかわる？」

「ああ、生死にかかわる」

と言ったあと、高はアルベルトの耳元に口を寄せ何かささやいた。するとアルベルトが怪訝そうな顔をした。

「この番号は……」

「覚えてくれ」

「ああ覚えた。だがなぜだ。その状態で私と話せるのか？　本来の高誠の口からはとても聞けない内容だと思うが？」

高は何も言わずキムのところへ歩いていくと、少女を引っ張ってきてアルベルトの懐に押しこんだ。

「もっと優しくできないのか？」

キムが抗議した。

「お前が最初に下りろ！」

「日頃の恨みを晴らしてるつもりかよ！」

悔しそうに首を振りながら、キムは膝を折り少女に目線を合わせた。

「待っててね」

「うん」

少女は口を引き結んだ。

キムは扉のところへ歩いていく。中を覗くと傾斜した細長い通路がぼんやりと見える。覚悟を決め中に潜りこもうとすると、背後から高の声が聞こえた。

「ハデスに遭遇しても、攻撃するなよ」

「なんで？」

キムは振り返り高のグレーの瞳を見つめたが、なんの説明も聞けなかった。

41

「あいつは、ほんと説明しないよね」

キムの声が通路内に響いた。

五人は広い通路を歩いている。通路の両側には一定間隔で蛍光灯が設置され、硬そうな岩の壁をはっきりと照らしていた。

「僕の話はいつだって正しいんだから黙って言う通りにしていればいいのに、『なぜだ』と尋ねる救いようのないバカがいる。実にくだらない！　あいつはそう言ってるんでしょ、高誠？」

「うるさい！」

一喝した高は頭を抱えている。

「頭が割れるように痛い」

「でも認めなよ。『機械の心』は、そう思ってるんでしょ」

「お前も自分がおしゃべりだと認めろ」

「二人とも静かにしなさいよ」

先頭を歩いていたエマが振り返った。

「遠足にでも来てるつもり？　ほんとバカね！」

「何か変化は？」

瞬の問いにエマは首を振った。

「高誠は話していい。ただし小声で」

そう言った瞬はすかさず付け加えた。

「キムは黙ってろ！」

「『彼』は頭の回転が速すぎて、断片的な情報しか受け取れないけど、簡単に言えば、ハデスの能力であのポジションにいるのは不自然ってことらしい。正直、あの男が能力者に見えるか？」

全員が首を横に振った。

「だが彼が能力者であることは間違いない。理由は聞かないでくれ。僕にも分からない。でもあの戦いの中で特別な能力は発揮していなかった。これをどう説明する？」

「補助型かもしれない。僕とキムのように、戦闘では役に立たないとか？」

ブルーノが言った。

「誰が役に立たないって？　僕だって頑張ったのに」

「黙ってろ！」

瞬が釘をさした。

「まったく説明がつかないな。ハデスには存在感すらない。キムにも及ばないほどだ」

そう言って高は首を振った。

「なんだよそれ……」

キムが不満を露わにする。もし瞬に睨まれていなければ、高につかみかかっていたところだ。

「じゃあ『機械の心』は、どういう結論を出した？」

瞬が聞いた。

「受け身型の特殊能力だ。一定の条件が満たされると発動する。だからなるべくかかわらないほうがいい。存在すら無視するんだ」

「だが、知らずに条件を満たしてしまうこともあり得る」

「だから、なるべくだ」

そんな話をしているうちに、通路の突き当たりまでやって来た。目の前に立ちはだかる丸い金属製の扉の脇にはパスワード式の電子錠が設置されている。その上部から延びる太い電気ケーブルが通路の内部へ潜りこんでいた。

ブルーノがナイフでケーブルを切断すると派手にスパークした。だがブルーノはまるで気にする様子もなく、そのままケーブルを握っていた。数秒後、扉が音を立てて回転し、通路の向こう側の景色が見えた。

「行こう！」

キムは歓喜の声をあげた。

「待て！」

瞬に呼び止められ、キムはブルーノの作業がまだ終わっていないことに気がついた。

ブルーノは軽く目を閉じ全力で能力を発動した。頭に浮かんだ思考は途絶えることのないデータとなり、電気回路とともに基地の隅々にまで侵入する。この目には見えない戦場で、毎秒1億ビットを超える情報量を、交換、抹殺、侵略、偽装する。さらに一秒にひとつファイアウォールを破壊し、基地全体を制圧していく。

「気をつけろ。ショートするぞ！」

キムが口を挟んだ途端、通路の明かりが一斉に消えた。皆が暗がりの中で顔を見合わせる。キムは自分の口に手を当てて弁解する。

「僕のせいじゃないよ！」

「静かに！」

「ごめん」

「主電源を切られた」

ブルーノが目を開け、疲れのにじんだ声で言った。

「つまり基地全体が『フリーズ』したということか？」

高が聞いた。

「どこかに自家発電システムがあるのかもしれないが、全体的な停電だ」

「戸隠の作戦だ。あいつは俺たちのことをよく分かっている」

今度は瞬が言った。

「これからどうする？」

「とにかく進もう。戸隠は時間稼ぎをしているだけだ」

「なんのために？」

「素敵なプレゼントを用意してくれているのさ」

瞬はそう言って暗闇の中、足を踏み出した。

42

　地下基地は、まるで墨汁で満たされたように、自分の指さえ見えないほどの暗さだった。しかし例の培養者の部屋だけは明かりが灯っている。戸隠が時計を見ると、針は二時三十分を指していた。培養漕の中の気泡は沸騰しているかのごとく勢いづき、完成まであと十分を切っていた。

「さすが先見の明がありますね。もし、あなたが自家発電システムを導入していなければ……すべて終わっていました」

　ハデスが感心してみせる。

「あなたはおびえていますね。ですが、これに希望を託すよりほかはありませんよ」

　おびえてる、だと？　当たり前じゃないか！

　ハデスにとって恐怖の源は二つある。まず目の前にいる暴君だ。もはやどう機嫌を取ればいいのか分からない。次にあの『能力者』たちだ。彼らの実力は想像を超えていた。今はその両方からじわじわと押しつぶされているようで、安全な場所はどこにもないように思えた。

　だが、それを声に出して言うわけにもいかない。ハデスは無理に笑顔を作った。

「そりゃあ怖いですよ。ご存じの通りアポロンもなかなかの実力者でしたが、もう死んでいるはずです。私にはああいう能力はありませんから、常に強者につき従う必要があるのです。例えばあなたのような……。とにかく、この培養者たちが順調に覚醒すれば、幾ばくかの力にはなるでしょう」

「安心してください。彼らがよほどバカでない限り、あなたを傷つけることはありません。ですがもし失敗したら、あなたは真っ暗な牢獄で一生を終えることになります」

神よ！　それこそ、私が最も恐れる結末だ！

ハデスの心臓が、早鐘を打った。

「緊張しているのですか？　大丈夫ですよ。私が忠実な従者をそんな目に遭わせると思いますか？」

「いいえ」

ハデスは作り笑いをした。

「では何が起きるのか待つとしましょう」

戸隠は微笑んだ。

刻々と時間は過ぎ、あっという間に十分経った。すべての培養漕が赤い光を発し、ガタガタという音を立てた。覚醒プログラムが自動的に発動し、培養液が管から抽出されると中の人体が露わになった。しばらくすると蓋が勢いよく次々と開いた。

ところがいくら待っても動く気配がない。ハデスは何かミスがあったのではないかと焦り始めた。もし培養者がひとりも出てこなかったら、戸隠に殺される！　そう思った時、咳の音に救われた。

培養漕に近づいてみると、培養者が半身を起こし激しく咳きこんでいた。肺に残った培養液が鼻から流れ出て裸の胸を汚す。培養者の皮膚は気味の悪い薄緑色をしている。

何かのスイッチが押されたように、培養者が、ひとりまたひとりと起き上がり、激しく咳きこみ始めた。まるで呼吸器科の待合室のような有様だ。

それらの培養者たちは培養漕から這い出し、準備されていた服をのろのろと身に着けた。ハデスが数えてみると、予想よりひとり少ない十九人だった。幸い戸隠はそれを気に留めていないようだった。培養者たちの動きは徐々に機敏になり、戸隠の前に整列した時は精悍な姿になっていた。

培養者は最初から忠誠を尽くす対象がインプットされている。深い催眠によるものだが効果は抜群だった。彼らは狂信的なまなざしで戸隠とハデスを見つめている。ひとたび命令を下せば水火も辞さない覚悟に違いない。

突然、部屋の拡声器が雑音をまき散らし、続いて男の困惑した声が聞こえてきた。

「まさか！　電気が来た？　どういうことだ！　こちら監視センター！　電気回路が復旧しました。誰か聞こえますか？」

「あり得ない！」

戸隠は驚きを隠せない。

その時、暗闇の中にいた『能力者』たちも一様に驚いていた。頭上の蛍光灯に次々と明かりが灯る。無数の太陽が大地を照りつけているようで、しばらくは目がくらんでいた。

「電気が来たのか？」

唖然とした表情で高がつぶやいた。

43

青白い光が通路を照らし出す。その先に小さな階段があり、階下が基地の最深部に違いない。

暗闇が去り、高たちはそれほど時間をかけずにここまでたどり着いた。地上から二十メートルはあるだろう。高は頭上にある何万トンもの土の存在を想像しただけで、呼吸が苦しくなった。この前も似たような場所だった。あの崩落の記憶がよみがえる。

しばらく階段の前でたたずんでいた瞬が意を決し下りようとすると、エマに引きとめられた。

「誰かいる。大人数よ。戸隠もいるわ。彼のにおいを感じるの」

耳をそばだてながら、エマは小声で言った。

「私に任せて」

そう言ってエマは手榴弾を取り出し銃口に装着した。

「正気か？　中にはカレンもいるんだぞ！」

高がエマの腕を引っ張った。

「あらごめんなさい、忘れてたわ」

エマは肩をすくめて手榴弾をひっこめた。

「入ろう」

瞬が刀を抜いて言った。戸隠が何か企んでいるかもしれないが、とにかく実力で勝負するしかない。

『能力者』たちは階段を下り、地下基地の最下階に侵入した。構造は上階と同じく、回廊沿いにドアが並んでいる。ドアの向こうには、ゼウスがこの数年で隠匿した、機密情報や財産が眠っているのだろうが、それに構っている暇はない。

十数メートル先に人の集団が見えた。

高は言葉を失った。十人以上いるのに、全員が同一人物のように思えた。顔ではない。冷たい表情が同じなのだ。

これが戸隠の切り札なのか？

瞬は無言で前進する。突然、目の前を白い光が横切り、とっさに飛びのくと、太刀を持った男が立っていた。

集団の中のひとりだ。瞬よりも冷酷な表情をしたその男は、猛然と太刀を振り上げ、斬りかかってきた！

カキンという音とともに瞬は短刀で受け止め、蹴りを繰り出そうと足を上げた。その瞬間、背中に鋭い痛みを感じた。傷を負ったわけではなく本能が発する警告なのだ。そこで蹴り上げた足をとっさに前に踏みこんだ途端、体の左側を太刀がかすめた。

その隙に正面にいた男がしめたとばかりに太刀を振り下ろしてきたが、瞬は大きく飛び上がり二メートル先に着地した。

瞬が背後を振り返ると、二人の男が呆然と立ちすくんでいた。

「スピード型の能力か？」

瞬は目を細めた。

前回遭遇した奴より強い。あの出来損ないは、自分のスピードについてこられなかったが、こいつらとは、ほぼ互角だ。だがあくまでも『ほぼ』だ。

瞬は不敵な笑みを見せると、さっきの五倍のスピードで、行く手を阻む二人の男に向かって突進した。彼らもスピードを上げる。銀色に光る太刀の刃が縦横無尽に交差した。

六倍、七倍、八倍……と、瞬は加速を続けた。二人の培養者の顔色が青ざめ、筋肉が震え始めた。巨大な負荷に体が耐えられなくなっていたのだ。

はっ！

瞬の太刀が男の胸を刺した。死体となった男を足で蹴り飛ばした瞬は、その勢いで引き抜いた太刀を後方になぎ払い、もうひとりの男の喉を切り裂いた。

こうして敵が二人、地面に転がった。

弾む息の中で顔を上げた瞬の瞳孔が、突然、収縮した！

正面に十数人の培養者が無表情で立っていた。手にはそれぞれ自動小銃を持っている！

ダダダダダダダ――――。

弾丸が網の目のように交差しながら襲いかかってきた。

こんなものか。これよりひどい修羅場を潜り抜けたことがある。

そう思って瞬は、弾丸の雨の中で素早く体をひねり突破口を探した。

おかしいぞ！

弾丸の軌道が、あまりに正確すぎるのだ。まるでこっちの行く手を予想しているかのように、的確に逃げ道を消していく。それにいくら速度を上げても、どこまでも食らいついてくる。

まるで高と対決しているような感覚だった。

まさか……。

「ついて来い！」

耳元で高の冷たい声が響いた。

高は瞬の体をつかんで廊下の壁に押しつけた。弾丸の嵐の中、高と瞬は絶えず動きながら進むべきルートを探した。しかし、二人がどこへ移動しようと、弾丸は人食い魚のようにしつこく追いかけてくる。

「感覚器官を引き上げる」

グレーの瞳が鋭く光った。

「突っ切るぞ！」

高が叫んだ。

長年育んだ暗黙の了解が物を言った。瞬は、なんの迷いもなく高と弾丸の雨の中に突っこんだ。間一髪だった。瞬と高は弾丸の壁を突破し、培養者たちを背後に置き去りにした。

二人とも体には細い弾痕が何本も刻まれ、血がにじみ出ている。

「このまま進むぞ！」

高が瞬に声をかけた。

瞬は少し迷ったが、培養者たちを尻目に高と疾走した。培養者たちが追ってくると思ったが、乾いた銃声の音に続いて数人が地面に倒れる音がした。

思わず二人が振り向くと、おびただしい数の弾丸が発射されていた。

エマがブルーノを引きずって階段へ舞い戻ろうとしている。発射された弾丸は、エマたちの背中をかすめて壁に無数の穴を開けた。

「大丈夫か？」

ずっと階段に隠れていたキムが、頭を突き出し尋ねた。

「二人倒したわ！」

エマが荒い息の中で言った。

「手強い？」

「あいつらの特殊能力、私たちと同じよ。戦ってると、鏡を見てるみたいな気分になるの。もしかして私たちのクローン？」

「そんな技術があったら、街中、能力者だらけだ」

ブルーノは、そう言って首を振ったが、

「金のリンゴが原因かも……。がぜん興味が湧いてきた」

と、目を輝かせた。

「それより、高誠たちは突入したんでしょ。僕たちはどうする？」

キムが言った。

「奴らを足止めして、殺す！」

エマが手榴弾を取り出し、手の上で弾ませた。

「僕たちだけで、持ちこたえられるかな？」

「持ちこたえるのよ！」

言うが早いか、エマが正面の壁に向かって手榴弾を投げつけると、それは斜めに跳ね返りゴロゴロと通路へ転がっていった。予想通り、間髪を入れず反撃があった。エマはその隙に廊下へ飛び出し、銃を掃射した。

「絶対に持ちこたえる！」

そう言ってキムもあとに続いた。


通路の突き当たりに、大きな部屋があった。ドアは、映画館のように黒く分厚い防音材で包まれている。

高がドアを押すと、意外にも鍵はかかっておらず、中に戸隠がいた。

相変わらず戸隠は自信に満ちあふれていた。その背後にハデスが立っている。だが高の視線は彼らを通り越し、その向こう側に見える半透明の隔離部屋に釘付けになっていた。取調室のようなミラーガラスの壁で作られた部屋の中には、ベッドに拘束されたカレンがいた。

高はカレンの頭上に設置されたロボットアームを見つめた。まさに身の毛のよだつような代物だ。

「よくここまで来られましたね。二人だけですか？」

戸隠は言った。

「そういう作戦なんだろ？　あんたは僕たちと戦うために、他の仲間をあいつらに足止めさせたんだ。あんたのその自信は、いったいどこから来るんだ？」

高が聞いた。

「彼らは、前より優秀だと思いませんか？」

戸隠は高ではなく瞬に言った。

「強くなってる」

瞬が無表情で答えると、戸隠は嬉しそうに笑った。

「ご覧なさい。あれこそが完璧な手下です。瞬、もう君たちは必要ありません。かつて君に目をかけていたことが今となっては実に感慨深い……」

「完璧な手下だと？　すぐ死んでしまう奴らが？」

高が話を遮った。

戸隠は、グレーの瞳をした高を一瞥した。

戸隠は、奇襲などまるで恐れていないとでもいうように瞬に背中をさらし、高と向き合った。

「さあ、話があるなら聞きますよ」

「金のリンゴで能力者を作った場合の欠陥はなんなのか、ずっと考えていた。世の中に完璧なものなんてあり得ないからな。今、あんたの周りにいる奴らは能力も高く、前に比べるとだいぶ強くなった。だけどなぜゼウスはそのレベルの奴らを作り出せなかったんだ？　ゼウスが死んで、あんたたちが急に賢くなったのか？」

グレーの瞳が、鋭い光を放った。

「僕が初めてそういう類の奴に出くわしたのは中海だったが、そいつはすぐに死んだ。そのことがずっと疑問だったが、今思えば『使用期限』が過ぎていたんだ。たとえ少し特殊能力の遺伝子を持っていたとしても、一般人を能力者に仕立て上げれば、なんらかの欠陥を伴うはずだ。ゼウスの技術の欠陥は寿命だったが、今日の奴らはもっと極端だ。おそらく……一年、あるいは数か月か？　どっちにしても長くはない。あんたの言う完璧な手下は誰も生き残れない」

「だからなんだというのです？　その話を聞いたら、彼らが暴動を起こすとでも？」

戸隠は笑った。

「催眠術だな？」

「さすがですね。しかしそれが分かったところで無意味です。もう君の仲間は始末されているでしょう」

「バカ言え！」

高は首を振った。

「勝負だ、戸隠」

瞬が太刀を構えた。

44

戸隠が瞬の師匠であることは、ハデスも薄々知っていた。

前に二人の対戦を見て確かに瞬は強いと思ったが、戸隠の強さは別格だった。

瞬は、戸隠の敵ではない。高が加勢しても無駄だろう。しかも他の『能力者』たちは外で足止めされている。

こちらの勝ちだ。

ハデスは、瞬と戸隠の戦いを見つめた。激しく交差する刀身のきらめきが、まるで空を舞う雪のようだった。二人とも能力を使っていないことにハデスは驚愕した。

どちらにせよ戸隠の勝利に変わりはない。それにしても高はなぜ加勢しないのだろう。

ハデスは不思議に思って高に目を向けた。視線に気づいた高は、微笑みを返してきた。

ハデスは身震いして思わずあとずさったが、高に動くつもりはないようだ。

そんな中、戦況は怪しい変化を見せ始めていた。

前回とは違い、戸隠が圧倒的に優勢とは言いがたい。瞬は体に無数の傷を負っていたが、戸隠にもひとつ刀傷があった。程度こそ軽く痛みもなさそうだが、その一刀は戸隠を激しく動揺させたようで、自信を失い慎重になっているようにも見える。さっきまでの一方的な攻撃はなりをひそめ、攻撃と防御が目まぐるしく入れ替わる。その様子を見ていたハデスは、にわかに緊張した。

なぜこんなことに？

予想外の展開に、ハデスの顔から血の気が引いていく。もし戸隠が瞬に負けたら……。永遠に続く牢獄暮らしが脳裏をよぎった。

ハデスは思わず銃を抜き、瞬に向けて引き金を引く。火花が散り、弾丸が飛び出した。

カン！

戸隠の太刀が弾丸を弾き飛ばした。戸隠は手を止め、冷ややかにハデスを睨みつけた。

「手出し無用です！」

銃は、達人同士の真剣勝負に余計な混乱をもたらしただけで、いかなる効力も発揮しなかった。

「あきらめなさい。どうせ私には敵いませんよ。君の哀れな仲間たちが助けに来ることもありません」

瞬は太刀を握り直した。

「来い！」

戸隠は太刀を振りかぶり、雄叫びをあげながら突進した。

瞬は口を固く引き結び、太刀を掲げて迎えうった。

ハデスは、目の前で繰り広げられる想像を絶する戦いにただ圧倒されていた。ゼウスは、こんな宮本瞬とその仲間を操ろうとしていたのか！　ハデスは、そら恐ろしくなり、無意識にあとずさった。

突然、ハデスは誰かに首を絞められた。

首を絞めつけている手は異常に冷たく、ぬるぬるとした不快な感触がする。まるで毒蛇が首の上を這い回っているようだった。その手に誘導されるように、ハデスはゆっくりと後ろを振り返り、背後に立つ人物を見た。

驚愕したハデスは、身の毛もよだつような悲鳴をあげた！

45

戸隠と瞬は、手を止めた。

「ゼウス、生きていたのですか？」

ハデスの背後にいる人物はゼウスだった。かつては燦然と光り輝く最高神さながらのゼウスだったが、今の風貌は地獄から這い出てきた亡霊のようだ。身に着けているアルマーニのスーツは、泥と、どす黒い血にまみれ、ぼろ雑巾のようにみすぼらしい。いつもきっちり整えられていた金髪は、ぼさぼさに乱れ、禿げている部分——実は禿げではなく、くぼみから肉が盛り上がり何年も前にかさぶたになったような傷跡——さえあった。口元からは、汚れた血で染まった歯が覗いている。

「戻ったぞ」

ゼウスは神経質そうな笑みを浮かべ、奇妙な声で言った。

「この時のために、わざわざ墓から這い出てきたのだよ、戸隠」

戸隠は、現状を見極めようと目を凝らした。

「私を見ろ、戸隠！　またお前の前に立っているこの私を！」

「もう一度、死にたいのですか。ならばお安いご用です」

ゼウスは甲高い声で笑った。その不快な笑い声には、まるで見えない手で喉を絞められているような摩擦音が混じっている。

「死んでないのか？」

瞬が怪訝そうな顔をした。

「もちろん死んでない」

答えたのは高だった。

「さっき電気を復旧させたのはゼウスだ。戸隠の作戦なんかじゃない」

そう言った高に皆の視線が注がれる。

「あの日、ゼウスは宮本瞬に心臓を刺された。……みんな変だと思わないか？　心臓を刺された人間が、長時間生きていたうえに王座に這い上がった……。これは映画や小説の中の話じゃない。たとえ能力者でも致命傷を受けたら、さっさと死ぬ。急所が……心臓じゃない場合を除いて」

瞬は思わずゼウスを見た。胸の傷は、すでに醜い傷跡になっていた。

高は話を続けた。

「ゼウスの特殊能力は雷電だ。雷神のように稲妻を放出して攻撃し、そのまぶしい光によって皆の目を欺いたんだ。……考えてもみろ。我々の体の細胞の再生には電気がかかわっている。彼がそれを掌握できていたとしたら、自身の治癒力を高めることも不可能ではない」

全員がゼウスに注目した。

ゼウスは、くくっと笑った。

「君は聡明だ。以前からずっとな。だが、しゃべりすぎじゃないのか。君と戸隠は敵同士だろ？」

「あんたに協力しているつもりなんだが」

高は淡々と言った。

戸隠は、ゼウスがハデスを引き連れ隔離部屋に近づいていることに気づいた。すでにドアが半開きになっている……。

戸隠は怒号をあげてゼウスに駆け寄った。

ゼウスは叫びながら強烈な雷光を発した。だが意味はない。いかなる特殊能力も戸隠の前では無力化されてしまうのだ。ただ、まぶしさに視界を奪われた戸隠は、ゼウスがハデスの身に着けていた銃を抜き取る瞬間を危うく見逃すところだった。

ゼウスが素早く発砲する。戸隠は、ただ避けるだけで精いっぱいだった。ゼウスはその隙にハデスを引き連れドアの中に消え、戸隠が急いであとを追う。

戸隠が前に進み出ると、ゼウスはかみしめるような表情を戸隠に向けた。

ゼウスがリモコンを手に、かみしめるような表情を戸隠に向けた。

轟音とともに丸ノコが回り、カレンに近づいていく！

「やめろ！」

戸隠が立ち止まった。

丸ノコは、カレンから数センチのところで止まった。

「動くんじゃない。さもなくば、あれを破壊する。なんのことかは分かっているな」

そう言うと、ゼウスは伸ばした手を交通整理でもするように振った。

「あそこに立っていろ。そう、あそこだ……」

「そんなもので、あれを破壊できますか？」

「さあな。なんなら賭けでもするか？」

ゼウスは笑っていた。

戸隠は、しばらくゼウスを睨んでいたが、指示通り隔離部屋の一角に移動した。かなり広い部屋で、そこはゼウスから十数メートルは離れている。ゼウスは満足そうにうなずき、ドアの外を見た。

間もなく、高と瞬も入ってきた。

「舞台は整い、役者もそろった」

ゼウスは、くすくすと笑いながらその視線を昏睡状態のカレンの体に落とした。

「我が月の女神よ、目覚めるのだ」

46

カレンは、ブーンブーンという轟音で目が覚めた。

もうろうとした視界の中に、猛スピードで近づいてくる丸ノコが見えたが、少しも怖くはなかった。

確か、さっきも戸隠に体を切断されそうになった。それで、どうなったっけ？　あまりの恐怖に神経が耐えきれず、気を失ったんだわ。

これは夢に違いない。そう判断してカレンが再び目を閉じると、やはりあのモーター音は消えていた。しばらくすると、聞き覚えのある奇妙な声が聞こえてきた。

「我が月の女神よ、目覚めるのだ」

なんていまいましい悪夢なの！

カレンは、必死で目を開けようとした。

たとえ夢でも、あいつが出てくるなんて許せない！

そう思って、ゆっくり目を開けると、目の前で二つの顔が揺れていた。恐怖におびえたハデスと、そしてもうひとつは……。

「まさか……」

カレンは呆然とした。

ゼウス！　ゼウスだわ！　でも、まったく別人に見える。彼は……。

「ついに目覚めたんだね、我が月の女神」

ゼウスは、くすくすと笑った。

「まさに運命だ。君、私、ハデス……あの時、神殿で一緒だった我々が、再び一堂に会するとは！　残念ながら、ティナは死んでしまった。本当に残念だ……」

「あなたも死んだんじゃないの？」

「そうさ。だが舞い戻った。さあ、私の体を見てくれ！　これが復讐のために私が支払った代償だ！　ははははは！」

信じられない。彼は本当にゼウスなの？

カレンは、恐怖で言葉を失った。どう見ても彼の精神状態は普通じゃない。まるで復讐のためによみがえった悪霊だわ！　それにあの服、傷だらけの体、ぼさぼさの髪から漂ってくる腐乱死体のような悪臭はなんなの？

「助けてください！」

ハデスが叫んだ。

「なぜだ？」

「あなたは私を殺すわけにはいかない、分かっているでしょう！」

ゼウスは不思議そうにハデスの顔を見た。ハデスの言わんとすることを本当に忘れたかのようだった。そして一方の手をゆっくりとハデスの顔に這わせて耳をつかみ、思い切り引っ張った！

「ぎゃっ！」

ハデスは悲鳴をあげた。左耳がちぎられ鮮血がほとばしる。

その直後、皆の目の前で信じがたい事態が発生した。ゼウスの左耳が、同じようにちぎり取られたのだ！　まるで目に見えない手にやられたようだった。ボトリという音を立ててゼウスの左耳が床に落ち、鮮血が顔の輪郭に沿って滴った。

ゼウスは流れる血を手でぬぐってなめた。

「くっくっく、実に面白い。私は前からこうしたかったんだ！」

そう言ってハデスのもう一方の耳を、まるでニラでも摘み取るように軽々とちぎり取った。

「ぎゃっ！　助けてくれ！」

瀕死のハデスが叫んだ。

両耳を失った二人の顔は、赤い漆を塗ったように血で染まっている。ゼウスは、まったく痛みを感じていないようだった。それどころか、まるで五歳児が遊び飽きたおもちゃをどうしようかと考えているみたいに、ハデスの頭をもてあそんでいた。

「やめて……お願いです……。戸隠さん、助けてください！」

ハデスは戸口に立っている戸隠に懇願した。

「知っているか？」

突然、ゼウスが戸隠に話しかけた。常に薄笑いを浮かべた顔は血に濡れ、恐怖を際立たせる。

「金のリンゴを、私はシンガポールで手に入れたのだ」

「なんですって？」

戸隠の呼吸が急に速くなった。戸隠の動揺を目の当たりにしたハデスは、おのれの境遇を忘れ、ある種の好奇心を抱いた。こんな戸隠は見たことがなかったのだ。

「君には感謝しないとな、戸隠！」

ゼウスは呵呵大笑し、話を続けた。

「あそこは核爆弾が落とされたみたいに悲惨なありさまだった。その後、私の情報網にあるものが発見されたという情報が入った。そう、あの結晶体だ！　私はそれを金のリンゴと呼んだ。世界を変えることのできる物体だ！」

「あの爆発のことか？」

高が口をはさんだ。

「高誠！　あなたなの？」

カレンの叫び声を無視して、高は質問を続けた。

「シンガポールで発見したのか？」

「何が起きたか知らないが、その物体は実に美しかった。神話の中の金のリンゴと見まがうほどの美しさだ。あれを手に入れれば、どんな凡人でも神になれる」

ゼウスは満足げな表情を浮かべた。その時の情景を思い出し、幸福感に浸っているようにも見えた。その体験こそが、すべての始まりであり、ゼウスの野心を大いに刺激したのだ。やがてゼウスは、世界が自分を受け入れ、自分に支配されることを待ち望んでいると思うようになった。しかし……。

ゼウスの表情が突然、邪悪さを帯びた。現実に引き戻されたのだ。すべては終わった。そう悟った時、金のリンゴを破壊したいという衝動にかられた。

あれは誰の手にも渡さない！

そう考えたゼウスはリモコンのボタンを押した！

轟音とともに丸ノコが再び起動し、ロボットアームが容赦なく下降を始めた！

戸隠の叫びが空しく響いた。この場でそれを阻止できるとしたら瞬だけだが、高がさっと手を伸ばし、瞬の動きを制止した。

「やめろ！」

なぜだ？

瞬は怪訝そうに高を見た。

カレンは目を見開き、音を立てて下りてくる丸ノコを見つめていた。もはや脅しではないと分かる。ゼウスのむき出しの殺意をひしひしと感じる。カレンは、蜘蛛の糸にかかった虫のように懸命にもがいた。だが何も変わらない。首をひねると、ついに高の顔が見えたが、グレーの瞳は相変わらず冷ややかだった。

誰も助けてくれない。

カレンは、丸ノコをじっと見据えた。すべてがゆっくりと進んでいるような気がした。計り知れない恐怖の中で、アドレナリンが大量に分泌されている。必死で拍動する心臓の音が聞こえ、血液が満ち潮のように渦巻く。心の最も深いところから、何かが自分を呼んでいた。

何かが変わり始めた。こんなにも深く、こんなにもあたたかく、こんなにも大きい。

カレンは、自分が光の束になって果てしなく続く暗闇の中を、どんどんさかのぼっているような感覚になった。現代を越え、中世を越え、はるか昔のもっと昔。ついには、生命誕生の瞬間にまでさかのぼった。茫々とした生命の火の中に自分——最も純粋なルーツ——を見つけた！

ボン！

目の前ですべてが破裂した瞬間、暗闇が去り光に覆われ、カレンの意識は、再び体内に戻った。彼女は変化を感じていた。何もかもが以前とは違う。新しい能力が生まれたのだ。だがそれは生まれついての本能のようでもあった。

「月の光！」

カレンは叫んだ
その時、丸ノコは恐ろしいうなり声をあげながらカレンの胸に食いこんだ！　そしてすんなりとカレンの体を通り過ぎ、作業台に到達した。

全員が息をのむ。だが想像に反し、カレンの体からは一滴の血さえ噴き出さず、胸のあたりが淡い青色に光り輝いている。その光は画仙紙に清水をたらした時のように、だんだんと広がり、カレンは瞬く間に人の形をした光の塊と化した！

「覚醒か？　やっぱり……彼女も能力者だったのか」

瞬がつぶやいた。

光の塊は作業台を下りると、再びカレンの姿に戻った。カレンは、真っ青な顔をして激しく喘いでいる。

「失敗ですね、ゼウス。金のリンゴは私のものですよ！」

戸隠は、満足げに笑った。

ゼウスは戸隠の言葉に耳を貸さず、呆然とカレンを見つめていた。皮肉なものだ、とゼウスは思った。最初からカレンには能力者のＤＮＡがあると判明していたのに、何をやっても覚醒しなかった。足かけ七年、ついぞ収穫は得られなかったのだ。それなのに、計画が失敗に終わり、すべてを自分の手で破壊してしまおうとした瞬間に覚醒するとは……。

これが運命だ。

ゼウスは運命を信じていた。ギリシャ神話を読むと、大自然さえも自在に操れる英雄や王や稀代の天才といえども、皆、三人の女神がつむいだ運命の糸の通りに行動したとされている。表向きは自由奔放に見える彼らも、肝心なところは、まるで操り人形のようにしっかりつなぎとめられ、幕の後ろから操られていたのだ。

そして自分が神となった時、やっと運命の呪縛から解き放たれたような気がした。だが今思えば、神もやはり運命からは逃れられないのだ。大神ゼウスは、自分の統治を脅かす子が生まれるという予言を信じ、身ごもったメティスを呑みこんだではないか？　だが、その統治を脅かすと言われた女神アテナが、のちにゼウスの頭から生まれた。

運命は、阻止することも変えることもできない。ただ静かに、その時を待つしかない。

そう思った時、カレンの体から幾筋もの光が拡散していることに気づき、ゼウスは目を見張った。これはカレンの特殊能力ではない。それとは別の懐かしい気配を感じる。

「金のリンゴ！」

ゼウスは叫んだ。

金のリンゴ？

誰もが驚愕した。

光がどんどん体内から湧き出していたが、カレンはなんの異常も感じなかった。むしろ気持ちが穏やかになってくる。スポンジのように体の中から自分に必要のない水分を絞り出しているような、爽快な気分だった。

ついに最後の光がカレンの体を離れた。無数のホタルのように空中を舞っていた光が急速に集まり、光り輝く人の形を作った。そしてその光の集合体は、徐々に生身の人間へと変化した。

全裸の少年がそこにいる。まだ二十歳にはなっていないようだ。明らかに混血と分かる顔立ちだ。基本的には東洋人だが、西洋人のように目鼻立ちがはっきりしている。

なんということだ。金のリンゴというのは、人だったのか！　こんなバカげた話があるものか！

ゼウスの頭の中で不快な音が鳴り響いた。ふと戸隠と瞬に目を向けると、彼らは自分以上に驚愕していた。

そうか、彼らはこの少年を知っているのか！　いったい誰なんだ？

この時ドアが開き、キムとエマ、そしてブルーノが入ってきた。一様に傷だらけだったが、勝者であることは確かだった。

あの培養者たちは、今頃冷たい死体となっていることだろう。

ドアを入ってすぐ、キムは少年に気づいた。震える指で裸の少年を指し、舌をもつれさせた。

「さ……悟司！」

47

岡悟司。

常に話題にのぼっていながら、姿を見せたことのない人物だ。

『能力者』の中では最年少で、不思議な能力を持っていた。高は十三歳くらいの頃、幼い悟司によって完璧に『機械の心』を模倣された時の驚きを今でも覚えている。高だけではなく、他の『能力者』たちも同じように、超人的なスピード、重力のコントロール、鋭い五感、電子の掌握、傀儡の操縦、テレパシー……というそれぞれの得意技を、いとも簡単に模倣されてしまった。

残念ながら、世の中に完璧なものなど存在しない。悟司の場合は、自身のエネルギーが強大すぎて、簡単にコントロールを失うことが欠点だった。もし、悟司が自分のエネルギーをコントロールできるようになったら、他の仲間が束になっても敵わない、と日頃から瞬は言っていた。

性格は気弱なほうだったが、これは欠点ではない。気弱な人間は、往々にして善良だ。仲間は皆、悟司を弟のようにかわいがっていたし、悟司も皆の愛情を享受していた。その少年が、仲間を守るために天地も揺るがす爆発を起こしたのだった。

高は、悟司は死んだと思っていた。あの時、エネルギーを爆発させて死に至ったものだと……。だが杏は、絶対に生きていると主張し続けた。やがて『能力者』たちも、杏の予感を信じるようになった。あるいは、信じることで自分を騙していたのかもしれない。それから、気の遠くなるような長い捜索の日々が始まった。自分たちを、兄さん姉さんと呼び慕ってくれたあの少年は、本来、守ってもらうのではなく守ってやるべき存在だったのだ……。

悟司を見つめていた、高のグレーの瞳がきらりと光り、徐々に黒に変化した。情緒の大きな揺れにより、一時的に『機械の心』が退き自我が戻ってきたのだ。

「やっぱりそうだったのか……」

高は、あの夢を思い出していた。あれは杏の特殊能力が見せた夢だ。悟司の思念を増幅させ、ずっと合図を送り続けていたのだ。そう、悟司は自分の境遇を訴えようとしていた。キムや、高や、カレンの体内にいるんだと。

さらに高は、三つ目の夢に出てきた壁に書かれた血文字を思い出した。

家畜がメエメエと鳴き、聖なる赤子が目を覚ます。だが小さなキリストは、泣きもせず騒ぎもしない。

これは復活だ。やっとあの暗示の意味が分かった。十字架にはりつけられたキリストは、三日目に復活したと『新約聖書』に記載されている。悟司は死んで復活したと、あの血文字は伝えていたのだ。それが杏の能力の限界——言葉ではなく暗示のみ——だった。

それに他人に寄生していたとしたら、キムの能力に変化が現れたのも納得できる。

だが、悟司がどういう状態で存在していたのかは疑問が残る。物質の量子化なのか、まったく想像を超えていて、いくら考えても分からない。

だが、『機械の心』には分かっていたのだ。あの時、カレンを助けようとした瞬を止めたのは、復活の儀式を完遂させるためだった。『機械の心』にとって、仲間ではないカレンの生死はどうでもよかったから、とも解釈できるが……。

『機械の心』は、僕自身ではない。絶対に違う。

この時、高ははっきりとそれを意識した。

だが高がこのように考えを巡らせていたのは、一瞬の出来事だった。キムが、まだ悟司に震える指を向けている時点で、戸隠は悟司に駆け寄ろうとしていた。


戸隠は、すべてを悟った。いわゆる金のリンゴは、悟司のエネルギーの余波にすぎなかったのだ。とすると、悟司自身のエネルギーは相当なものではないのか？　戸隠は、悟司の価値を分かっていなかった当時の自分を悔やんだ。『能力者』たちが束になっても、彼の指一本にも及ばない実力しかなかったというのに。

動き出した戸隠に、まぶしく光る刀が振り下ろされる。戸隠は太刀を振って受け止めた。二振りの太刀が音を立てて交わる。重なり合った刀身を隔てて二人の目が合った。瞬は守り、戸隠はそれをこじ開けようとする。

「私を止めることはできませんよ！」

戸隠は、わずかに息を弾ませた。

瞬は力ずくで戸隠を押し戻す。両者はそれぞれ一歩ずつ後退し、太刀を構えて対峙した。そして他の面々も後ろに下がり、二人を囲むような形になった。

二振りの太刀が、再び交わった。金属音がせわしなく鳴り響く。二人は旋回しながら立ち位置を変える。しばらくすると、戸隠が劣勢に陥った。

シュッ！

戸隠の右胸に太刀が迫ってきた。戸隠は思わず身をかわした。胸に細長い傷口があった。湧き出した血が服を濡らす。

戸隠は、ぼんやりとその場にたたずんだ。そして一歩あとずさり、瞬を見つめた。

「は……はは……ははは！」

狂ったように笑い出した戸隠を見た瞬は戸惑ったが、笑い声の中に、どこか突き抜けたような痛快さを感じた。

戸隠は、瞬時に決断した。

キムに駆け寄り、太刀を振り下ろした！

キムは必死で転がった。太刀は背後の壁に激突する。

戸隠は、再び太刀を振り上げた。とっさに瞬が、戸隠の背中に向かって刀を突き出してきた。戸隠は体を開いてかわすと同時に、キムの首を蹴った。

高が戸隠に向かって突進する。瞳はグレーになっている。だが戸隠から数メートルのところで見えない力に特殊能力を奪われ、『機械の心』が去り、黒い瞳の普通の人間に戻った。すると戸隠は、高誠の胸に鋭い回し蹴りを食らわせてきた。

バン！

高は、なんとか両腕で受け止めたが、地面に弾き飛ばされた。両腕に骨折のような激痛が走った。

戸隠は一歩踏み出し、再び瞬の刀を太刀で打ち払った。エマがピストルを抜いた。しかし戸隠が手を振ると、太刀がエマの頭に向かって飛んでいった。

「危ない！」

瞬が叫び、自分の刀を投げた。二振りの刀がエマの目の前でぶつかり、二方向に分かれて飛び散った。混乱の中、戸隠は瞬の守りを突破して、悟司をつかまえた。

「守りは攻撃よりも難しいのですよ」

戸隠は勝者の笑みを浮かべ、身に着けていた短刀を悟司の首に当てた。

悟司は無反応だった。生気のない目は、戸隠を見ようともしない。

瞬は冷静だった。武器は持っていないが、なんの迷いもなく戸隠ににじり寄る。悟司を連れてじりじりと下がる戸隠の背中が壁につき、二人の視線が激しく火花を散らした。

「下がれ！」

戸隠が叫んだ。

「彼を傷つける気か？」

痛みをこらえて起き上がった高が言った。

「悟司は、いわゆる金のリンゴだ。あんたの最後の希望だろ」

「その通りです。私はもう何もかも失いました。そんな私と駆け引きするつもりですか？　追いこまれた人間が、何をするか見たいのですか？」

高には、駆け引きをするつもりなどない。それは他の仲間も同じだ。

瞬は一歩引き下がった。

「よろしい。もっと離れなさい！」

そう言って戸隠は笑顔を見せ、自分の意志を示すかのように短刀に力をこめた。刃が悟司の首に当たり、血がにじむ。

「やめろ！」

『能力者』たちは同時に叫んだ。

突然、悟司の目が動き出した。痛みに意識を呼び覚まされ、空洞のようだった目に恐怖の色が現れた。指の隙間から暗闇を覗く子供が、自分の想像の世界——子供をつかまえるシャーマン、火を噴く悪い龍、頭のない白い亡霊など——を見ているような目だ。

次の瞬間、悟司が悲鳴をあげた！

高は、空中に悲鳴の波紋を見たような気がした。その直後、周囲にあるすべてのものが宙に舞った。

真っ先に攻撃を受けたのは、戸隠だった。何かが胸に当たり激痛が走った。地面に倒れこんだ戸隠は、体のコントロールを失った。

起き上がろうとしたが、重い体に押さえつけられる。頭を上げてみると、そこに狂気じみたゼウスの顔があった。

「お前にも、こんな日が来るとはな！」

ゼウスは笑いながら両手で戸隠の体をしっかりと抱き、喉元に食らいついた！

戸隠は短刀をしっかりと握り、ゼウスの胸に突きたてた。

一突き、二突き、三突き……。

ゼウスの体から、徐々に力が抜けていく。血が滴り、二人の体を赤く染めた。ゼウスの体を押しのけた戸隠の目に、頭上から降りてくる白い光が映った。

「宮本瞬！」

戸隠が叫び、手をかざした。

戸隠の右手が、音を立てて床に落ちた。戸隠は必死の形相で瞬を押しのけると、肩を押さえながら猛烈な速さでドアの外に走り去った。

瞬は、戸隠が残していった腕をぼんやりと眺めた。ろうで作ったみたいに青ざめている。

『能力者』たちは、一様に呆然としている。まだゼウスがしつこく生きていることに誰も気づいていなかった。ゼウスは口をゆがめた。笑おうとしているようだが、蛇のようにシューシューという音を立てるばかりだった。

ゼウスは、もう自分は長くないと分かっていた。これで本当に死ぬのだ。すでに自己治癒の能力は使い果たしてしまった。

だがまだ復讐は終わっていない。

ゼウスは手探りで床に落ちていた銃を拾い上げた。そして腰を抜かしたハデスに銃口を向けた。

さらばだ……いや、地獄で会うかもしれん。

ゼウスは引き金を引いた。

48

暗闇の中。

ハデスは、己の意識を地獄の底から呼び覚ました。ハデスは知っている。自分が死んだことを。

ハデスは一秒前に起きたこと——銃口を飛び出した弾丸が自分の額に当たり大脳を掻き回した——を思い返した。

死など怖くない、と思った。

かつては死を恐れていた。そのため他人にこびへつらい、ゼウスと戸隠という強者の間で右往左往した。

だが最後はどうなった？

実に滑稽じゃないか……私の人生は笑い草だ。

命が尽きる瞬間、ハデスは冷静に自分をあざけった。だが復讐心がそれで消えたわけではない。全員を道連れにしてやろうと心に決めた。

「お前たちを呪う！」

「お前たちは深い眠りにつく！　そしてさまよい、方向を見失うのだ！　死の迷宮に落ちろ！　永遠に道は見つからない……」

ハデスの最初で最後の特殊能力が、解き放たれた。

命と引き換えに発動する世にも恐ろしい呪いの特殊能力だ。

死神の復讐。

暗く冷たいパワーが、ハデスの体から拡散される。それはまるで深海で沈黙を守っていた怪物が音もなく世界を呑みこんでいるようだった。まずは瞬が、そしてエマ、ブルーノ、高……と次々と倒れていった。こうして皆、永遠に悪夢にうなされ続けるのだ。

戸隠は、すでに逃亡した。いたとしてもこの呪いは戸隠には効かない。それこそが、ハデスが戸隠を恐れた理由だった。

だが、じゅうぶんだ。こんなに大勢の殉葬者がいることに心から満足していた。

ハデスはついに死に、青白い死に顔には、奇妙な笑みが張りついていた。

49

夜が明けようとしていた。

山の頂上にいるアルベルトは、スパルタ市民よりも一足先に日の出を見ることになった。市街地の端でかすかに揺れる霧が澄んだ光で乳白色に染まり、小鳥たちが歌い出す。昨夜の大爆発にすくみ上ったことなど、すっかり忘れてしまったかのようだ。

スパルタ市は、静寂に包まれている。もはや好奇心も恐怖心も失ったのか、あの爆発音にも無反応だった。だが無理もない。この街の大部分は空き家で、住民は次々と実験台として消耗されているのだ。

アルベルトは目を細めた。赤い太陽が、圧倒的なパワーで地平線から顔を出した。地中海特有の白く四角い住宅の街並みがバラ色に染まり、単調な直線に生気がみなぎる。遠くに見える広い森も赤く照らされ、たいまつを掲げた大規模な軍隊を彷彿とさせた。

「実に美しい……」

アルベルトは生粋のギリシャ人だ。古代ギリシャ文明の栄光を誇りに思い、現代ギリシャの没落に心を痛めていた。自分を民族主義者とは思わないが、ギリシャ人の血が高貴だという自負はある。

二十年前は、ギリシャの栄光を取り戻そうと意気ごんでいたが、老境にさしかかった今は、その情熱も冷め、当時の自分がいかに無邪気だったかを思い知った。だからといって祖国が傷つくのを黙って見ているわけにはいかない。少なくとも、目の前にあるものは守りたいと思っている。

国際情勢は、ひどいものだ。それに加えて、能力者がギリシャで人々に災いをもたらしている……。できることなら戸隠であれ高であれ、いっそ能力者は共倒れになってくれたらという思いもあった。

もし私がこの電話をかけなければ……。

アルベルトは手に持った携帯電話を見つめた。すでに番号が入力されている。高が言い残した番号だ。

「もし夜が明けても僕たちが戻らなければ、ここに電話してくれ」

高の言葉が頭をよぎる。すでに夜は明けた。おそらく高たちはトラブルに巻きこまれており、予備の計画を発動する時が来たのだ。携帯電話がなんの『スイッチ』かは知らないが、重要な鍵であることは確かだ。

このまま放置すれば……。

実に魅惑的な考えだが、すぐ理性を取り戻した。そんなことをすれば、彼らの復讐が待っている。命が惜しいわけではないが、ギリシャ国民を巻き添えにはできない。いくら能力者といえども、軍隊と真っ向勝負ができるわけではない。ただその能力を使って社会を揺り動かした時に生み出される破壊力は、計り知れない。

アルベルトは、まだ迷っていた。

「電話しないの？」

はっとしたアルベルトは、ブリリアントブルーの瞳で自分を見つめる少女に視線を落とした。

「電話したいんでしょ。すればいいのに」

しばらくぼんやりしていたアルベルトは、少女の頭をぽんぽんと軽くたたくと、ついに発信ボタンを押した。

「もしもし……どなたですか？」

みずみずしい少女の声が聞こえてきた。

「高誠に電話をするよう言われたのだが」

電話の相手が誰かは分かっていた。宮本杏。病院に入院させられているあの少女だ。

「トラブルですか？」

「分からない。高誠が出発前、『夜が明けても船が岸に戻らなければ灯台が必要になる』と言い残した」

アルベルトには、意味不明の言葉だったが一応付け足した。

「彼の言葉は以上だ。分かったかな？」

「ええ、分かりました。ありがとう」


杏は電話を切った。枕から頭を上げると、正面の壁にひまわりの複製画が見える。病院の殺風景な白い壁をまぎらわせるために、わざわざ頼んで持ってきてもらったものだ。ゴッホのひまわりはお気に入りだ。火焔のように燃え上がる強烈な生命力に魅せられている。

「こういうの、大好き」

そうつぶやくと、杏は目を閉じた。青白い顔に赤みが差し、柔らかな肌が輝きを放つ。生命力の急激な高まりは、燃え尽きる前の最後の輝きを思わせた。強大なパワーが肉体を離れ、時間と空間を超えて世界中に散った。

その日の明け方、無数の人間が灯台の夢を見た。

50

子どもの頃、悟司は闇を恐れていた。

自らのエネルギーを使い果たし、仲間を救ったあと、悟司は魂の奥深くに閉じこもった。他人に寄生し、コントロールするというようなことは、すべて本能で行っていた。だがどこにいても、恐ろしい闇からの解放を渇望していた。そしてとうとう悟司はカレンの体から追い出され、危うく戸隠に襲われそうになった。そういった外部の刺激は、ぼんやりとした魂にわずかな隙間を開けた。だが、それではまだ、じゅうぶんとはいえなかった。

悟司は、依然として魂の奥深くに隠れたままだった。恐怖から逃れたいと強く願いながら、地獄から天国を見上げるように、その隙間をうかがっていた。

突然、悟司の胸がドキドキした。

懐かしくあたたかい波動が、心の中を優しく通り過ぎた。ゆっくりと目覚めた悟司は、恐る恐る感情の扉を開けてみる。

誰かがいる。

それは、感情が作り上げたイメージでしかないのだが、魂の中では、半透明の少女として目に映った。少女は微笑み、悟司に向かって両手を伸ばしている。

「起きて……起きてよ……」

「誰……誰なの？」

「起きて……あなたが必要なの……」

「僕が必要？　僕は……誰なの？」

「あなたは……」

少女の体が消えようとしていた。呼びかける声も遠ざかる。もう何も聞こえないが、少女は震える唇で同じ名前を繰り返し呼んでいる。

「そ……それは……」

暗い土の中の種が硬い殻を破り、太陽を求めて芽を出したように、悟司の思考が回り始めた。

「岡悟司！　僕は岡悟司だ！」

目覚めた悟司は、すでに消えたはずの少女の影を認めると、嬉しそうに駆け寄って抱きしめた。

強大なエネルギーが魂の奥深くから拡散し、闇を駆逐した。

ハデスの呪いは消えた。

悟司は、二年ぶりに己の肉体に帰り着いた。本来なら何より嬉しい瞬間だったが、悲しくて泣けてきた。

そばにいた全員が目を覚ました。高は泣いている悟司を見て、嫌な予感がした。悟司は、真っ青な顔で首を振った。

「悟司！」

瞬が嬉しそうに駆け寄った。

だがすぐに涙の理由が喜びとは無関係だと察し、手で悟司の顔を挟み目と目を合わせた。

「いったい何があった？」

「杏が……。早く行かなきゃ！　杏が……」

瞬の表情が凍りついた。

第六章

51

『能力者』たちとの再会を、喜ぶべきかどうか、アルベルトには分からなかった。そして自分の電話がどう役立ったのかも分からない。ただ彼らの表情は明らかに曇っている。車内の雰囲気が重苦しい。

「スピードを上げろ！」

瞬が高に向かって叫んだ。

事情は分からないが、いつもは冷静沈着な男が、これほど取り乱しているのだから、大変なことが起きたに違いない、とアルベルトは思った。

高がこれで精いっぱいだと言うと、瞬は乱暴に運転席を奪取した。

車のスピードは上がり続ける。もはやこの車種の最高速度さえ超えているようだ。

皆を道連れに自殺をしようとしているのではないかと思えるほどの瞬の運転に、アルベルトは肝を冷やした。復路の所要時間は往路に比べて短いはずなのに、永遠のように思えた。

瞬は鋭いブレーキ音をあげ車を病院の入り口に停めると、飛ぶように中へ駆けこんでいった。高は、特殊能力を発動した瞬のあとを全力で追いかけた。

杏の病室は二階だ。高は呆然と見守る看護師たちを無視し、病室に駆けこんだ。氷山のようにじっと立つ宮本瞬を見て不安になったが、覚悟を決めてベッドに近づいた。

「ウソだろ……」

高が思わずつぶやいた。

ベッドに横たわる杏は、雪のように白かった。長い髪のほとんどが白髪になり、顔も透き通るほど血の気がない。目を軽く閉じ、胸がかすかに起伏を繰り返していた。

杏の姿は、まるでベッドに落ちてきた木の葉のようにはかなく、風が吹けば飛ばされそうなほど弱々しい。

「なんでこんなことに……」

「すみません。我々にも分かりません」

この言葉を聞き、高は初めてそばに医師が立っていることに気づいた。

「彼女は、すべての臓器が衰弱しています。ああ神よ。なぜこんなに急だったのでしょう！　一瞬の出来事でした！　我々が機器の警告音に気づいた時は、もう手遅れだったのです」

「手遅れ？」

高は頭が爆発するような感覚に襲われ、医師を睨んだ。

「手遅れと言ったのか？　ってことは、彼女はもう……」

「一般的に、こういう状況では死亡を宣告しているところですが、彼女の場合、少々特殊でして、まだお亡くなりになっているわけではないというか、この状態のままで安定しているというか……」

「回復するのか？」

高の目に希望の光が射した。

「すみません。こういう状況になると……現代医学では手の施しようがありません。ですから……」

ちょうどその時、他の『能力者』たちとカレンが到着し、病室は満員になった。だが人の気配を感じないほどひっそりと静まり返り、誰も口を開こうとしない。そして医者のため息に、皆が絶望した。

「ですからなんなんだ？　言えよ！」

高が、医師につっかかった。

「黙れ！」

瞬は高に駆け寄り、いきなり首を絞めた。その勢いで高の背中が壁にぶつかった。瞬は本気で高を絞め殺そうとしているように見えたが、すぐに手を放し、高を睨みつけた。

「全部お前の計画だ！　そうだろ。これはお前の計画だ！」

高は、直立したまま動けなくなった。

「バカヤロウ！」

瞬は拳を振り上げ、高の顔を殴った。はずみで吹き飛んだ高は、後頭部を壁にぶつけズルズルと床に滑り落ちた。顔から血が流れている。高は魂が抜けたように床に座りこんだまま動かなくなった。

「お前が杏を死に追いやったんだ！」

瞬は、再び拳を振り上げた。

「やめて！」

誰よりも早く反応したカレンが、高の前に体を滑りこませた。拳が目の前に迫っていたが、ひるむことなく瞬を睨みつける。瞬の両目は血走っていた。

「彼は仲間でしょ！」

「どけ。こいつは妹を殺した」

「彼女はみんなを救ったのよ！　何が起きたか知らないけど、彼女が関係してるのよね？　もし高誠の計画がなければ、全員死んでたわ！」

瞬は、肩で息をしながら歯の隙間から声を絞り出した。

「俺は死んでもよかった！」

「じゃあ他の人は？」

瞬は仲間を振り返った。エマ、キム、ブルーノ、悟司。四人が複雑な表情で瞬を見つめている。この状況で何ができるというのか。特に瞬と高には、かける言葉さえ見つからない。杏が犠牲になることなど、誰も望んでいなかった。たとえ自分が犠牲になろうとも……。だが、もう遅い。

「こいつは、ただ逃げてるだけだ」

冷静な声が聞こえた。

いつの間にか立ち上がっていた高は、手で顔の血をぬぐった。グレーの瞳がわずかに光を帯びている。そしてカレンの背後からそのままドアのほうへ歩いていった。彼を止めるものは誰もいない。

高は部屋を出る直前、瞬を振り返り、もう一度同じことを言った。

「お前は、ただ逃げてるだけだ。自分の責任や無能さからな。お前が理性的に考えようとしないのは、その結果を受け入れられないからだ」

瞬は高を睨みつけた。また高が殴られるのではとカレンは心配したが、取り越し苦労だった。瞬はただ、肩で大きく息をしながら鬼の形相で睨み続けていた。

「ひとりの命と引き換えに七人が助かるんだ。何を迷うことがある」

高の言葉が矢のように瞬の胸に突き刺さった。

「お前はただ怒っているだけで、まったく解決策を見いだせなかった。怒って気が済むなら、ずっと怒ってろ」

瞬は真っ青な顔をして黙りこんだ。

かなりの時間を経て、瞬はようやく口を開いた。

「俺は誰も犠牲にしたくない。妹だけじゃなく、仲間は誰も……」

「お前は、話の核心を避けている」

「人の命はデータじゃない！」

「僕にとっては、データだ」

そう言って、高は病室を出ていった。仲間たちは心配そうに瞬のほうを見た。また高を追っていくのではないかと思ったのだ。しかし瞬はそのままゆっくりと杏の枕元に腰を下ろし、頭を低く垂れた。

そうして長い間、そこを動かなかった。

52

カレンは、廊下の突き当たりで高に追いついた。ちょうど階段を下りようとしていた高は、息を弾ませているカレンを無視して進もうとしたが、カレンは高の前に回りこんでそれを阻止した。高は、まったく感情のない目でカレンを見つめた。

「あなたも逃げてるじゃない！　宮本瞬と何も変わらない！」

「君に責められてるのが僕の『自我』だとしたら、その通りだ」

「彼に出てきてもらって！　彼と話したいの！」

「あいつは嫌がってる」

「いつ出てくるの？」

「知らない」

そう言って歩き出した高の有無を言わさぬ迫力に、カレンは思わず道を開け、遠ざかる後ろ姿を見送った。

「……まったくもう、何よあれ！」

カレンは小声で毒づいた。

本来なら、カレンはすぐにでも国家情報局に戻り、局長のアルベルトに事後報告を行うべきだった。ゼウスは死に、彼の組織も壊滅した。影のボスだった戸隠も、おそらく終わった……。まさに情報局がクリーンに生まれ変わる絶好のチャンスではないか。勝手にしなさいよ。バカ！

そう思って帰ろうとしたが足が動かなかった。どうしても放っておけない。特にあの状態の高は、気がかりだ。

あのバカ、冷たい第二の人格で高い壁を築けば、痛みが防げるとでも思ってるのかしら？　そんなの自分をかごの中に閉じこめてるだけで、なんの役にも立たないのよ。

しばらくぼんやりしていたカレンは、病室に向かって歩き出した。

宮本瞬を説得するのよ！

直感がそう訴えかけていた。高誠の心を開けられるのは、彼しかいない。

ドアの前まで来ると、大声で話す悟司の声が聞こえた。

「洪博士を探そう！　僕たちを創造した人だ！　あの人なら、僕たちのことを分かってるはずだろ！　あの人にできないことはない！　杏を救えるのは洪博士だけだよ！　だから……」

「誰？」

エマがドアを開けた。

カレンは平静を装い部屋に入ると、一直線に瞬に近づいた。瞬は不思議そうな顔をした。

「妹さんのこと、お気の毒だと思ってる。でも高誠は何も間違ったことはしていないわ。もし私があなたなら、彼に謝ると思う」

「なぜだ」

「彼がやったことは、すべてあなたたち仲間のためでしょ！　あなたはそれを認めるべきだわ。あの時、あなたは他の策を思いつかなかったのだから」

「だけど、あいつは思いついた！」

「それが悪いことなの？」

「あいつは、最初から分かっていたんだ！」

瞬は立ち上がり、カレンを睨みつけた。

「君は、俺が何に怒っているかまったく分かっていない！　あいつは、すべてを予想していた！　その証拠に、杏の電話番号をアルベルトに渡しただろ。全部想定していたんだ！」

カレンは予想外の反論にたじろいだが、必死で弁解を試みた。

「そんなのあり得ない！　あれは誰にも予想できなかった。もちろん彼にも！」

「当然だ。あれは予備の計画だ。それがあいつの習慣だった」

瞬は、深く息を吸った。

「だがそれを隠していたことが問題なんだ。仲間は将棋の駒じゃない！　みんな、そういうあいつのやり方には辟易していた」

「それは『機械の心』がやったことだと、あなたも分かってるんでしょ！」

「どっちも、あいつなんだ。二つの人格は情報を共有していた。あいつは全部知っていたのに言ってくれなかった。誰にも……」

カレンは言葉に詰まった。夢の中で決して自分を見捨てようとしなかった高誠は、絶対に仲間を将棋の駒だなんて思っていないと信じていた。だが瞬の話を聞き、何も言えなくなってしまった。

私は高誠のことを何も知らない……。

カレンが病室を出ると、エマがドアの外まで送ってくれた。廊下の天井に設置された蛍光灯の光が壁の白さを際立たせていた。カレンは、何も変えられない己の無力さを悟り、急に何もかもが無意味に思えた。

「高誠の問題は、能力の後遺症と関係してると思う」

エマが小声で言った。

「なんですって？」

カレンが目を見張った。

「後遺症よ。みんなそう。あなたもね」

「彼……宮本瞬は知ってるの？」

「知ってる。実はみんな知ってるわ。ただ、今は受け入れられないんだと思う。でもきっと……大丈夫。時間はかかると思うけど」

「時間って！　そんな悠長なこと言ってる場合じゃない！　高誠はどうするの？」

「高誠がどうかした？」

「分からない！　とにかく、大変なことになる！」

カレンは唇をかんだ。

「探しに行かなきゃ！」

そう言ってカレンは、どたばたと走っていった。エマは少し迷ったが病室に戻った。悟司はまだ洪博士について力説しており、瞬はそれを真剣な表情で聞いている。疑わしさはぬぐえないが、妹を救うためなら、いかなる希望も捨てたくはなかったのだろう。

「悟司、洪博士の居場所を知ってるの？」

エマが聞いた。

「知らない。でもきっと生きてる」

「それは信じるけど、どうやって探すの？」

悟司は顔を紅潮させた。

「僕は、他にも知ってることがある！　洪博士には友達がいるんだ。僕、その人に会ったことがあるんだ！」

その言葉が全員を勇気づけた。

「それで？」

瞬が低い声で促した。

「あれは、ずいぶん前のことだ。ある日僕は洪博士のオフィスへ行った。あそこにはキャンディがあっただろ……」

そう言って、悟司は懐かしそうな顔をした。

『能力者』の中でも最年少の悟司は、他の誰よりも洪博士にかわいがられていた。他のメンバーは洪博士を恐れていたが、悟司にそういう感覚はなかった。小さい頃は、しょっちゅうオフィスに忍びこんだものだ。博士はいつも優しく微笑んでいて、時々キャンディをくれたりした……。

「あの時、洪博士のところにお客さんが来てた。中年の男の人でグレーのスーツを着てた。髭はなくて色黒だった。確かジャックっていう名前だ。イギリス人で、しばらくケンブリッジ大学の実験室にいて、その後リバプールで高分子材料の会社を立ち上げたとか……。その人と洪博士は古い友達で、ビジネスの付き合いもあった……。ほら、その人を探せば洪博士の居場所も分かるかもしれないだろ！」

瞬が目を輝かせた。妹は相変わらずベッドに横たわり昏睡しているが、心電図の波形は弱いながらも安定していた。早急に洪博士を探し出せば、妹はもしかして……。

しかしブルーノの一言が、瞬を再び地獄に突き落とした。

「そう簡単にはいかない」

ブルーノは悟司が話している間に携帯電話でネットに接続し、リバプールの高分子材料の会社を割り出していたのだ。

「確かにその会社は、二〇〇三年にリバプールで登記していた。経営者が変わった形跡もなく、社員構成も一目瞭然だ。でもジャックという名前は見つからない」

「偽名かもしれないだろ？」

瞬が眉をひそめた。

「その可能性は高い。だけどもうひとつの可能性は、全部偽物ってことだ」

ブルーノは、社員の顔写真が表示された携帯を悟司に渡した。二〇〇三年の創業から現在まで、ひとり残らず網羅している。悟司は期待と不安のまなざしで一枚ずつ確認した。病室には瞬の荒い呼吸音だけが響いている。

かなりの時間が経過し、悟司がぐったりとして携帯から目を離した。

「違う、全員違う！　全部偽物だったの？　なぜそんなウソをついたの？　洪博士も僕を騙してたの？　そんな……そんなはずないよ！」

洪博士に誰より親しみを抱いていた悟司にとって、かなりショックな結果だった。

「きっと洪博士にも事情があったんだ……。安全のためとか。僕はまだ小さかったから、知らなくていいこともたくさんあった……」

「そうね」

エマが優しく悟司の肩を抱いた。悟司は黙りこみ、部屋の中が静まり返った。

だが瞬はあきらめなかった。もしかしたら最後の希望かもしれないこの手がかりを手放すわけにはいかない。瞬は胸が張り裂けそうな思いで、弱々しく横たわる妹の姿を見た。

しばらくして、エマが口を開いた。

「すべてウソでも、人物は存在してる」

皆が顔を上げてエマを見た。

「高誠を探しましょ」

53

アルベルトが鉢植えに水やりをしている。サボテンに似た植物だ。生存に必要と思われる最小限の水を適当に与えているだけだが、肉付きのいい緑の葉は油を塗ったようにつややかだ。ちょうど開け放った窓から射しこむ日差しを反射し、旺盛な生命力を見せつけている。

それに比べるとアルベルトの表情は冴えない。事件は一応終結したが、円満解決からは程遠い。物思いにふけっていたアルベルトは、自嘲気味に笑った。

ぜいたくな悩みだ。違うか？　数年前は、ゼウスが国を脅かしていることを知りながら、手をこまぬいて見ているしかない苦しい状況が続いていた。だが今はどうだ？　ゼウスは死に、彼の一味も全滅して組織は崩壊した。めでたくクリーンな国家情報局を取り戻すことができたのだから、もしこれで不満を言えば、罰が当たるというものだろう？　そしてこのまま能力者たちが去れば、ギリシャは危機を脱する。

だがカレンは……。

アルベルトはまた暗い気持ちになった。

カレンはなぜ帰ってこない？　なぜ病院にとどまっている？　まあいい。こっちも時間が必要だ……。

たとえカレンが何も知らないとしても、いったいどういう顔をして会えばいいのか分からなかった。

突然、誰かがドアをノックした。

カレンか？

アルベルトは、さっとデスク前のチェアに座り、ひとつ深呼吸をした。

「どうぞ」

その人物はデスクの前まで歩いてくると、グレーの瞳でアルベルトを見下ろした。

「高誠……」

アルベルトは驚いて立ち上がった。見上げる感覚が好きではない、というのも理由のひとつではある。

「驚いたか？」

「少し……。君は病院で看病をしているものと思っていた。かけてくれ」

そう言いながらアルベルトは葉巻を差し出した。

高は首を振り、正面の椅子に腰かけるとオフィスを見回した。アルベルトは葉巻を口にくわえたものの気分が乗らず、結局、箱に戻した。なぜか高の視線に心が乱れる。

「復職おめでとう」

「君たちに感謝しないとな。ところで、杏さんはよくなったのか？」

高は質問に答えず、相変わらず興味深げに部屋の中を観察していた。シンプルなクリーム色の天井、金属製のシャンデリア、スチール製のキャビネット……。最後に、高の目がオーク材のデスクに置かれたあの緑色の植物に釘付けになった。

「いい鉢植えだ。なんて植物？　メキシコサボテンかな？」

「名前は分からないが、メキシコサボテンではない。あれは樹高が十メートル以上あるから、この部屋には入りきらない」

「植物に詳しいんだな」

「そうでもないさ」

「僕も植物を育てようかな。例えばこんな」

そう言って立ち上がった高は、鉢植えに顔を寄せた。

「これ、どこで買ったか教えてくれないか？」

「もらいものなんだ……もう何年にもなる」

「気前のいい友人だね……これはかなり珍しい品種だ。で、どこから送られてきたんだい？」

「本当によく覚えていない」

「よく考えて。きっと思い出せるから」

アルベルトの顔から徐々に笑顔が消えていった。少し怒っているようだが、こんなふうに他人に問い詰められて喜ぶ者はいない。プライベートが侵害されていることより、疑われていることが不愉快なのだ。

「尋問しているのか？」

「そう思いたければどうぞ」

「説明してもらおう」

「分かった。じゃあ順を追って話すよ」

高は、あの独特の平淡な声でゆっくりと語り始めた。

「ゼウスが金のリンゴを失った時、あなたはすぐに気がついた。そして、その機に乗じて僕を雇った。……違う。あなたは、さらに回りくどいやり方で偶然を装ったんだ。まったく、すごい偶然だと思わないか？」

「偶然なんかじゃない。私は局外の人間に調査を頼もうとしていて、それをゼウスに利用されたんだ。ゼウスは培養者を中国に派遣し、君を罠にかけた。私にしてみれば予想外の出来事で、全部ゼウスが仕組んだことだ」

「問題は、ゼウスが金のリンゴを失ったことを、あなたがどうやって知ったかだ」

「実にバカげた疑問だ。金のリンゴ計画は、情報局直轄のプロジェクトだったんだぞ。局長はただのお飾りではない。もし蚊帳の外に置かれていたとしても、まったく情報が得られないなどということはない」

「だがそもそも、金のリンゴ計画はなぜ情報局直轄のプロジェクトになった？」

　そう聞かれてアルベルトは、答えに窮した。

「三号研究所ほどの規模なら、情報局からの資金援助の必要はなかったはずだ。それにゼウスは自分の組織を持っていたんだから、情報局からの人手も必要なかった。なのに計画をわざわざ情報局の正式なプロジェクトとして申請するなんて変だと思わないか？」

　高に見つめられ、アルベルトは思わず目をそらしそうになったが、なんとかこらえた。とはいえ高の目に鋭さはなく、いつも以上に平淡だった。だがその平淡さがあまりに無機質で、人間ではなくウソ発見器と向き合っているような気分にさせられる。

「では想像してみよう」

　高は話を続けた。

「ゼウスは当然、情報局を巻きこむつもりはなかったが、計画はあなたにバレていた。そこでやむなく直轄プロジェクトとして申請することにした。もちろん彼はそれで収まるような男じゃないから、あとでこっそり副大臣と結託し、スパルタ市に第二の基地を作った。さあそこで疑問が湧いてくる。あなたはどうやって情報を知り得たのか」

アルベルトの顔から徐々に血の気が引いていく。何度も反論しかけたが、どうしても言葉が出てこない。

高は自分の質問に自分で答えた。

「誰かがあなたに教えたに決まってる。その人物は誰だ？　絶対にゼウスではない。ハデスにアポロン、ティナ……その誰でもない。彼らは皆、聖山組織のメンバーだから、あなたに協力するとは思えない。そして『能力者』でも、ＳＮＰ研究所でも、聖山でもないとすると、かなり神秘的な人物……」

高がアルベルトをじっと見た。

「……洪博士だな？」

「言ってる意味が分からない」

「『洪博士』を知っているかは別として、そういう人物がいたのは確かだ。そしてなんらかの方法であなたに教えた。例えば……」

高の視線が、デスクの上の鉢植えに注がれた。

「……この鉢植えを使ったとか？」

「冗談のつもりか？」

アルベルトは、笑い出しそうになった。

「その鉢植え、目につくんだよね。覚えてる？　最初に会った別荘でもそばに置いてあった。いつも持ち歩いてるようだけど」

「トカゲを連れて歩く人もいるが、鉢植えは変かな？」

「いいや変じゃない……」

「葉巻、好きだよね？」

突然、そう聞かれてアルベルトは驚いた。

「分かるよ。天井、壁、キャビネット、デスク……全部ヤニだらけだ。唯一この鉢植えには……」

高が指で植物の表面をぬぐうと、アルベルトの顔に緊張が走った。高は指先を見つめている。

「何もついてない」

「さっき水をやったばかりだ」

「だが水もきれいだ」

濡れた土をつまみ上げ、注意深くにおいをかいだ。

「まったくにおわない」

「いったい何が言いたい！」

アルベルトは語気を荒げた。

「とぼけても無駄だ。身近にあるものは普通、持ち主のにおいに染まるものだけど、この鉢植えにはそれがない。この世のものとは思えないほど特殊だ……。明らかにこれは、能力者の作品だ。あなたたちはこれを使って連絡を取り合っていたんだ」

アルベルトの顔が瞬時に青ざめ、銃で撃たれたように後方の椅子に倒れこんだ。もし背もたれがなければ、床に転がり落ちていただろう。アルベルトは、高に絶望のまなざしを向けた。

しばらくして、アルベルトはかすれた声で言った。

「私は君たちに対しては、何もしていない！」

「僕たちを利用しただろ」

「私がいなくても、ゼウスが君たちを放っておかなかった！　私は協力者だ。おかげで君たちは仲間を探し出した！　それが事実だ！」

「それは認める。だが、利用していたことに変わりはない」

「私にどうしろと？」

「その人物が誰だか言ってくれ」

「ダメだ！」

アルベルトは思わず叫んだ。自分でも驚くほどの剣幕だった。そして自分は、鉢植えの送り主をこれほどまでに警戒していたのだということを思い知った。

「それだけは教えられない！」

「なぜだ？」

「その人物……あるいはその背後に控えている勢力は君の想像を超えている！」

再び立ち上がり、両手をデスクについたアルベルトは息を弾ませている。

「私は、君たちのような能力者の内部事情には詳しくないが、君たちの戦いは、その勢力によって仕組まれていたんだ！　君たちは自分が強いと思っているだろうが、実は全部他人に操られていたんだ。もし私がその勢力を裏切ったら、この国……ギリシャはどうなる？」

「じゃあ聞くが、あなたが黙ってたらギリシャは安泰なのか？　近代化された国など、簡単に滅ぼすことができるんだ。どうやるか聞きたいか？」

「私を脅す気か！」

アルベルトは怒りを露わにした。

「落ち着け。事態はまだそこまで緊迫していない。第一次世界大戦の引き金になったサラエボ事件は、使命に燃える青年によって引き起こされた。だが彼は国家よりも強かったと言えるか？　答えはノーだ。陰謀というのは、実力不足だから陰謀なんだ」

高の詭弁に、アルベルトは圧倒され、のろのろと椅子に沈みこんだ。

「実は、もう誰だか想像はついている。だが安心しろ。彼らは世俗の権力になど無関心だし、ましてや破壊行為に手を出したりしない。彼らがあなたに接触したその日から、いつか暴露されることは分かっていたはずだ。だからあなたが話したところで、何も変わりはしない」

アルベルトは、無言で葉巻を取り出すと自分で火をつけた。瞬く間に、部屋が青い煙で満たされ、煙の向こうからアルベルトの声が聞こえてきた。

「本当に誰かは知らない。あれは三年前のことだ。リバプールから届いた小包の中にこれが入っていた。知っての通り、我々は警戒心が強い。だから私はこれを専門家に分析させたが、毒はなく土に炭疽菌が含まれているということもなかった。それで処理に困っていた時、突然、葉に字が現れた……」

「どんな文字だった？」

「英語だ。ナイフで削ったみたいな文字だが、毎回、跡形もなく元に戻る」

そう言って少し考えていたアルベルトは、突然、何かを思いついたように、再び話し始めた。

「そうか、超高速で細胞分裂を繰り返していたのか。だからヤニも残らない……。君の観察眼はさすがだな」

「どうも。それより字のことを詳しく聞かせてくれ。何か証拠は？」

「ない。情報局では、写真を残すような危険は冒せない。だがイギリス人ではないと断言できる。アルファベットの筆跡が特殊で……他の文字の影響を受けているようだった。悪いがそれがどんな文字かは分析できなかった」

高はうなずき、続きを促した。

「その時から、向こうはこの植物を使って私と連絡を取り合った。一方的だったから取り合ったとは言えないが……。私からは向こうに連絡できなかったが、私はかなりの恩恵を被った。これがなければ、ゼウスとも渡り合えなかった。ゼウスはずっと、私が彼の組織にスパイを送りこんでいると思っていた。だが、そんな事実はない。金のリンゴ計画のことは、向こう側の人物から聞いた。その後、私が君たちに接触したのも、ゼウスに対抗できるのは君たちだけだと、その人物が言ったからだ」

「最後に連絡してきたのはいつだ？」

「ゼウスが金のリンゴを失ったあと、君がギリシャに来る前だ。これが私が知るすべてだ」

「信じるよ」

高は椅子から立ち上がり、何か思い出したように鉢植えを持ち上げた。

「もらっていいか？」

「勝手にしろ」

アルベルトは、追い払うような手つきをした。

「毎日それを見ていると、爆弾を抱えているような気がして、ずっと処分したいと思っていたのだが、勇気がなかった。だが今はもうどうでもいい……。さあ持って帰ってくれ。もう見たくもない」

「よく分かった」

高はあくびをしながら出ていった。

高の背中を見送ったアルベルトは、ぐったりと椅子に沈みこんだ。デスクの上はずいぶん殺風景になったが、心にのしかかっていた重圧から解き放たれたような爽快な気分になった。

少しウイスキーでも飲むか。

54

高は情報局のビルを出た。目の前の道を、車が行き交っている。鉢植えを抱えて道端にたたずむ姿は、情報局をクビになった職員のようにも見える。高はタクシーに向かって手を振ったが、運転手は音楽に夢中で客には気づかず、猛スピードで走り去った。

高は、植物を観察できる静かな場所はないものかと考えていた。すると突然、携帯電話が鳴り出した。

「高だ」

「どこにいるの！」

カレンの切羽詰まった声が聞こえてきた。

「いくら探しても見つからないから、自殺でもしたんじゃないかと思って、病院の霊安室にまで行ったんだから！　それに、あなたの仲間も探してるわ。みんなにこんなに心配かけて恥ずかしくないの!?」

「分かったよ。病院に戻ればいいのか？」

「バカ！　今どこ？」

高が場所を告げると、カレンが息をのんだ。

「そこへ何しに行ったの？」

「アルベルトに話があった」

「二人でいったい何を話すっていうのよ？　待ってて、迎えに行くから！」

十分後、猛スピードで走ってきた赤いスポーツカーが、ブレーキ音をあげて高の目の前で停まった。車から飛び降りてきたカレンは、高が抱えている鉢植えを見て叫び声をあげた。

「何それ！　奪ったの？　局長の大のお気に入りなのよ。抱いて眠るほどって噂もあるくらいなんだから」

「今はもう違う」

「電話しなきゃ……」

カレンは慌てて発信ボタンを押し携帯電話を耳に当てた。

「もしもし局長？　そう、私。ねえ、例の鉢植えがここに……。え？　彼にあげた？　もしもし？　なんだか声がおかしい……。何？　局長……」

カレンは電話を切り、呆然と高の顔を見た。

「局長、お酒飲んでるって……」

「それが？」

「お酒なんか飲まないのに！　それに鉢植えは、あなたにあげたって……。まったく世の中どうなってるの？」

高は、黙って車に乗りこんだ。

運転中、カレンは何度も話を切り出そうとしたが、高の鉄仮面のような表情のせいで言葉が出てこない。赤いスポーツカーのスピードが徐々に落ちていく。

「何か言いたいことがあるんだろ？」

高がわずかに首を傾げた。

驚きのあまりカレンがハンドル操作を誤った。車はS字を描いたが、なんとか立て直した。

「分かるの？　『機械の心』は無感情なんでしょ？」

「だが人類の感情は理解できる」

「まるで宇宙人みたいな言い方ね」

カレンは肩をすくめた。

「最初から最後まで、あなたの計画通りだと宮本瞬は言ってたけど、本当にそうなの？」

高は少し考えてから首を振った。

「それは違う。……例えば、ハデスの能力は予想外だった」

「ウソでしょ？　アルベルトに電話番号を残したじゃない。それから、宮本杏に岡悟司を覚醒させ、みんなを救った……。ほら、やっぱりよくできたシナリオみたいじゃない！」

「そのほとんどは、頭で想像したことだ。そもそも金のリンゴが岡悟司じゃないかと疑いを持ったことが始まりだ。高誠や他の人たちが知らないことで、僕が知っていたことといえば、その一点だけだ。そこで僕は、岡悟司の救出という目標を掲げ、すべてを計画した」

「でもアルベルトに電話をさせた……」

「僕はトラブルも含め、あらゆる可能性を計算した。もちろん所要時間もだ。アルベルトが電話をした時間はその閾値、つまり限界点だった。閾値は危機管理において緩やかな関数曲線を作る」

カレンは、意味が分からず目をぱちくりさせた。

「事前の予測計算で、もしあの時間に事態が解決しなければ、失敗の可能性があると出ていた。だから強大な力で結果を捻じ曲げる必要があった。それができるのは岡悟司だけだ。だから宮本杏に、『灯台を発動させる』しかなかった。ただし、岡悟司は寄生先を離れなければその信号を受け取ることはできない」

「だからあの時、私を助けなかったのね！　この冷血漢！」

「岡悟司を外に出すためだ。もしすべてが順調に進んでいたら、宮本杏は灯台を発動しなくてもよかった。それに加えて、ハデスの能力だ。まさか多数の人間に対して、あんな力を発揮するとは思ってもみなかった」

「偶然の誤算？」

「かもな」

「だったらなぜ、みんなにそう言わないの？」

「聞かれてない」

「じゃあなぜ私には言ったの？」

「聞かれた」

カレンは、なんとも言えないむなしさに襲われた。


車が病院に到着した。エマは、花壇のそばを話し合いの場所に選んでいた。一面に咲き誇るバラが甘く香っている。天然の木陰を作り出しているエメラルドグリーンのブドウのつるが清々しい。いるだけで気が滅入るような病院の中より、よほどリラックス効果がある。これ以上、瞬と高には衝突してほしくない、というエマの配慮だった。

皆は高を見て驚いた。鉢植えにではなく、まったく表情のない顔とグレーの瞳にだ。つまり高は、今もまだ『機械の心』のままということなのだ。あれからもう何時間にもなる。

高の能力は、十数分が限界だと誰もが知っている。このままでは体がぼろぼろになってしまう！

「あなた死ぬ気なの？」

いきなりエマが聞いてきた。

「この状態を維持しても、何も消耗しない」

高がそう答えると、キムがさっと立ち上がり、ずかずか近づいてきた。

「誰が信じるか！　この前、基地が崩落した時、耳や目から血が出てたじゃないか！

僕はこの目で見てたんだぞ！」

「みんな分かってないようだな」

高は、そう言ってこめかみを指さした。

「ここをコンピューターだと思ってくれ。人格や意識はすなわちＯＳだ。普通はひとつしかないが、僕には二つある。僕……つまりみんなが言うところの『機械の心』は、両方の情報を使って脳細胞を刺激することで、エネルギー供給を加速させ、ニューロンが伝達……」

「さっぱり分からないよ……」

キムは涙目になっている。

「簡単に言うと、オーバークロックだ。オーバークロックは、大脳に絶大な負担を強いるが、クロックの周波数を低く保った状態で作業できないというわけじゃない。大量の計算をしなければ、ずっと『機械の心』を維持できる」

ブドウ棚の木陰にたたずんだまま、一言も声を発することのなかった瞬が、さっと高の前に立ち、鋭い目で睨みつけた。

「『ずっと』と言ったか？」

「ずっとだ」

「あいつを出せ。あいつと話がしたい」

「無理だ。嫌がってる」

「いいから出せ！　確かに……お前の言う通りだ。俺は、ただ受け入れられないだけで……高を恨んではいない。だからあいつに出てこさせろ。直接話がしたいんだ」

高は沈黙した。どうやらメインの人格と通じているようだが、しばらく待っても、瞳は相変わらず冷たいグレーのままだった。

「試したが、かたくなに拒んでいる。あいつ自身も受け入れられず自分を責めてる。お前が怒っているからってわけじゃないんだ。高は杏のことが大好きなんだ。以前付き合いかけたことは、お前も知ってるだろ」

「お前は俺と高に隠れて色々なことをしてきた。だから俺はお前の話は信じない」

「じゃあ、どうしたい？」

「どうしたいかだと……！」

「待って！　両方とも一気に解決できるんじゃない？」

悟司が、二人の間に割って入った。

「洪博士を見つければ、きっと方法が見つかるよ！　杏ちゃんだけじゃなく、高くんも助けられる！」

すると高が首を振った。

「僕は博士を信じていない」

「ダメだよ、信じなきゃ！　あの人は、なんだってできるんだ！」

高は、内心あきれながら悟司と他のメンバーを交互に眺めた。そろいもそろって愚かな奴らだ。だがそんなことは、どうでもいい。

高は、もうすでに博士を探し始めていたのだ。

「これはアルベルトにもらった。彼の背後には能力者がいる。そしてこれはリバプールから送られてきたそうだ——」

そう言って高は懐に抱いた鉢植えをポンポンとたたいた。

「リバプール！」

『能力者』たちが異口同音に叫んだ。

「みんな知ってるのか？」

「ジャックは本物かもしれないと思えてきた。彼はリバプールにいるんだ！」

悟司は嬉しそうに叫ぶと、高にさっきの話を伝えた。すると高はしばらく考えこんでいた。

「映像を僕の脳に送れるか？」

「難しいけど、夢でならできるかも。だけど……高くんは今すぐ眠れる？」

「無理だ。安定剤を一本頼む」

高は少し考えてから訂正した。

「いや、二本だ」

55

三号室――杏の隣の病室――の白いベッドに横たわった高は、すでに目を閉じていた。枕元では悟司がじっと高の様子を観察している。

「眠ったのか？」

瞬が聞いた。

「眠った。だけどすぐに目を閉じちゃったから、元に戻ったかどうかは分からない」

「まあいい、始めよう」

瞬はそうは言ったが、少し残念な気がした。本当は、安定剤の影響で『機械の心』が引き下がるのかを確かめたかったのだが、相手はそれを予測していたかのようにさっさと目を閉じてしまったのだ。いっそまぶたをめくってみようか、とも思ったがあきらめた。

悟司はソファーに座り、目を固く閉じた。間もなく体から力が抜けぐったりしたが、すかさず瞬が背もたれにもたせかけた。そうして十分余り過ぎた頃、高はまぶたをわずかに震わせ、目を開けた。

瞬は眉をひそめた。高の瞳はグレーのままだった。

「がっかりしたか」

「ああ」

高は病室を出て、看護師に紙と鉛筆を要求した。そしてそのままナースステーションのテーブルの上で、絵を描き始めた。今まで高が絵を描いているのを見たことがなかった仲間たちは、その様子を不思議そうに眺めている。高は腕にベアリングがついているのではと思えるほどなめらかに、時には両手を使って猛スピードで描き進めていた。

人間離れした高の作画方法に誰もが目を見張った。特に看護師たちは今にも悲鳴をあげそうになっている。だが高自身には、絵を描いているという意識はない。鉛筆をアウトプットの道具に見立て、頭の中の画像をそっくりそのまま紙の上に転写しているだけなのだ。繊細な鉛筆の先が、無数の細かな痕跡を残し、それらが積み上がってひとりの人物を描き出していく。

わずか三十分で、見事な肖像画が完成した。

「この人だ！　間違いない！」

悟司が叫んだ。

「すごい！　瓜二つだよ！」

「高くん、絵が描けるんだね？」

キムが不思議そうに高を見た。

「描けない。印刷機みたいなものだ」

「ブルーノ！　ブルーノ！」

悟司が大声でブルーノを呼んだ。

「早く来て！　この人なんだ。探せるかな？」

静寂を愛するブルーノは、皆が高を取り囲んでいる間ずっと廊下の長椅子に座っていたが、悟司に呼ばれてやって来た。そして注意深く肖像画を眺めながら首を横に振った。

「まさか世界中の顔と照合させるつもりじゃないよな？　スーパーコンピューターがない限り、あまりに非現実的だ。それに世界の国々に無数に存在する街の戸籍システムにいちいち侵入するなんて……あり得ない」

「この絵は役に立たないってこと？」

悟司は悲しそうな声を出した。

「範囲を絞りこめれば役に立つ」

ブルーノがそう答えると、高がその人物の頬の部分を指さした。

「分かるか？　耳の付け根の下に、長い線が見えるだろ？」

「手が滑って描いてしまったのかと思ってた」

キムが口を尖らしたが、高はそれを無視して話を続けた。

「これは剃り残しの髭だ。これほど長いということは、剃る前は髭を長く伸ばしてたということだ。そして洪博士と会う前に剃った。なぜそうしたと思う？」

「身分を偽るため？」

瞬が絵を見つめながらつぶやいた。

「その通り。剃らなければ、髭で何かの情報が明らかになる。少なくとも本人はそう思っていた。では、彼の髭の特徴は？」

そう言って高は皆を見回したが、誰も答えられなかった。この世界に長い髭の男は大勢いる。一口に長い髭と言われても、まっすぐなのか縮れているのか、染めているのかいないのか……きりがない。

「長い髭が特徴と言える？　そんな奴、いくらでもいる。アラブ人はみんな、立派な髭をたくわえているだろ？」

キムの指摘に高はうなずいた。

「その通り。彼はアラブ人だ」

キムを初め、全員があっけにとられた。

「一本の髭だけで、分かったのか？」

「他にもある」

高は鉛筆を取り上げ、絵を修正しながら説明を始めた。

「彼の眼窩には、少しファンデーションが塗られている。目の錯覚で彫の深さを目立たなくする効果がある。それに多くのアラブ人がそうであるように、膝が大きいことから、幼少時から礼拝でひざまずいていたと分かる。だからこうやって、髭とターバンを描き加えれば……」

高が紙から鉛筆を離すと、肖像画はまったく別人になっていた。悟司は不思議そうに絵を覗きこんだ。なんとなく面影は残っているが見知らぬ人のようにも見える。言われなければ、いきなり会っても気づかないだろうと思った。

「これならどう？」

悟司は、ブルーノに期待のまなざしを向けた。

「この顔のアラブ人、探せるかな？」

「やってみるよ」

ブルーノは、悟司の熱意に水をさしたくないという思いから、ためらいながらも引き受けた。何より、瞬を失望させたくなかった。アラブの国や地域は、全世界に多数存在する。およそイスラム教を信仰しているところがそれに含まれるのだ。捜索範囲が縮小されたとはいえ、まだ広大であることに変わりはなかった。

「メスを貸してくれ。もっと範囲を縮小できる」

看護師からメスを受け取った高は、鉢植えを目の前に置くと、厚みのある葉の表面をメスでなでた。そうしながら、どこを切ろうかと計算しているようだった。

局長の大事な鉢植えに何するの！

カレンは焦って阻止しようとしたが、すぐに思い直した。

そう言えば、局長は、ものすごくせいせいしたような声をしていた。あの様子じゃ、高誠がこの植物を切り刻んで料理に使ったとしても、気にもしないわね。

高は位置を割り出し、メスを葉の中央で止めた。

「待て」

瞬が声をかけた。

高は鉢植えを見つめたまま、手を止めた。

「お前、顔色悪いぞ」

ずっと高を観察していた瞬は、目覚めてからどんどん青ざめていく高の顔色が気になっていた。高が言うところの、大脳のオーバークロックのようだが、その状態が今も進行しているように見えた。このままでは高の体がもたないのではないかと不安になる。

「僕が耐えられなくなって『機械の心』が退けば、元の僕が戻ってくる。それはお前が望んだことじゃないのか？」

高は瞬を見て首を傾げた。

「危険は冒してほしくない。俺は高誠を弟のように思っている。杏と同じくらい大切な存在だ！　お前には分からない感情だろ！」

高はうなずき、植物にメスを入れながら淡々と言った。

「僕はあいつより体を大事にしている」

高は切り取った葉を手早く解体した。そして葉脈の方向、葉の厚み、湿度に加え、顕微鏡を借りて、細胞壁の構造に至るまで詳しく観察した。およそ一時間後、ようやく作業が終了した。顔色は青白さを増していたが、幸い鼻血が出るまでには至らなかった。

「北緯三十度付近だ」

高が言った。

「この植物の生育地のことか？　そんなことまで分かるなんて冗談でしょ？」

キムは驚きを隠せない。

「日照時間、日照角度、湿度等から緯度が割り出せる。そのすべてが植物に反映されてるから」

「分かった、認めるよ。でもその緯度にだってアラブの国は、いっぱいあるよね？」

「モロッコ、アルジェリア、リビア、エジプト、ヨルダン、サウジアラビア、イラク、クウェート、イラン、パキスタン、インド、だいたいそんなところだ」

「おいマジかよ。全世界でも、そんなもんだろ？」

キムが叫んだ。

「全世界だと二十二か国だ」

高はバカにしたように言った。

「僕が思うに、向こう側にいる謎の人物は人里離れた荒地に住んでいる。この緯度でそういう地域は限られる」

ブルーノはすでに、携帯電話をネットに接続し検索を始めていた。

「その条件に合う都市は、デヘラドゥーン、ケルマーン、サカーカ、カイロ、アガディールってとこか」

「デヘラドゥーンは湿潤な気候だから排除していい。それにアガディールも海辺だ」

「じゃあ残りはケルマーンとサカーカとカイロか。ちょっと調べてみる」

こうして請け負ったものの、ブルーノの調査は数日に及んだ。候補に挙がった三都市の戸籍システムに侵入し、写真を逐一照合していくという気の遠くなるような作業だった。検索エンジンに単語を入力すれば終わる、というものではない。

皆は忍耐強く待った。瞬は一睡もせずに妹のバイタルサインの測定機器を血走った目で睨んでいた。何度か眠りに落ちかけたが、悪夢を見てすぐに目が覚めた。

高は、相変わらず『機械の心』の状態を保っていた。カレンは一度情報局に戻り、翌日また病院に現れた。仕事で来たと言っていたが、本当は高を『救う』ために来たのだと高にも分かっていた。

高は、自分に救いが必要だと思ったことはない。どちらかと言えば、そういう考えをあざ笑っていた。いわゆる『主人格』とか『機械の心』というのは便宜的に区別しただけで、実際はどちらも高自身なのだ。

現在の自分が自分なのだと、高は理解していた。ただ、軟弱で打たれ弱い感情を切り捨て、より強く変わりたいと思っていた。人の感情は、ホルモンバランスにより生み出されるものであり、例えば喜怒哀楽はドーパミンの分泌量で決まる。そんなものは低レベルでまったく意味のない生命活動だと、高は考えている。

四日目の朝、ブルーノの調査が終わった頃を見計らい、高は階段で三階まで上がった。ブルーノが泊まっている三〇七号室は、元は整形外科の病室だった。途中、廊下でキムと出くわした。高は軽くうなずきすれ違おうとしたが、キムに呼び止められた。

「聞きたいことがある」

足を止め振り返ると、キムはよく眠れなかったと見え、顔色が冴えなかった。

「悪夢を見たのに、覚えてないんだ。なんていうか……ものすごく怖い夢なのに、次の日には思い出せない。分かるか？」

「それは一種の自己防衛本能だ」

「自己防衛？　怖すぎるから？　いつも何かを忘れてるような気がして……。誰かが耳元でささやくんだ……忘れないで、忘れないでって……。でもどうしても思い出せない」

高は黙ってうなずいた。

「エマや瞬にも聞いてみた……っていうか全員に聞いたんだ！　でも誰も真実を話してくれない。僕がなんでそう思うかは聞かないでくれ。ただそういう気がするってだけなんだ。みんな僕を慰めてくれるけど、もし何も問題がなければ慰める必要なんてないだろ？」

「だから僕に聞きに来た？」

「うん！　お前なら真実を話してくれるだろ？」

キムは、心配そうに高を見つめた。『機械の心』はウソをつかないが、回答を拒むことがよくあるのだ。だが幸い高は率直に話し始めた。

「ティナという人物を覚えているか？」

「ティナ？」

キムは、初耳だというように頭を振った。

「ゼウスの部下だった女性だ。彼女はお前を愛し、お前を守るために銃で撃たれて死んだ」

高は淡々と告げた。

「ウソだろ！」

キムは目を見張った。

「それ……本当なのか？　全然知らなかった……」

高は少し間を置き、キムに情報を消化する時間を与えた。

「この話を聞いて、どんな気持ちがした？」

「わ……分からない」

「まるで他人事のように、特に何も感じないんだろ？」

「そんなことない！」

キムは全力で否定したが、内心では何も感じていない自分に驚いていた。まるで心に響かない他人事なのだ。

なぜだ！　なぜ僕はこんなふうになってしまった！

「その記憶を持つキムは、もう存在しない。自分で思い出さない限り、人に聞きに行ったところで意味はない」

キムはショックに打ちひしがれていたが、高は慰めようともしなかった。自分は正しいことをした、と思っている。エマたちのように隠し立てをするのは、相手を混乱させるだけで、かえって逆効果だ。高はキムを残し、三〇七号室に向かった。

部屋の前まで来るとドアが勝手に開き、やつれた面持ちのブルーノが顔を出した。短髪の赤毛は、炎のように跳ねまくっている。

ブルーノは、高を部屋に招き入れるとドアを閉めた。

「さっきの話、聞こえてたよ」

ブルーノは、コップに水を注ぎながら非難がましく言った。

「残酷だと思わないのか？」

「キムにとって、あの記憶はアンズの種みたいなものだ。食べてみないと、苦いか甘いか分からない」

「だけど僕たちは、それがとても苦いと知っている」

「だから隠すのか？　そんなことをしたら、余計に興味を掻き立てるだけだ。あいつは感情に支配され、理性を失い、必死でお前の手の中のものを探そうとする。それは苦いほうを食べるより命取りだ」

「だから食べさせたのか？」

「だからって死にはしない……」

突如、高が押し黙った。

「どうした急に」

ブルーノには、高に迷いが生じているように見えた。

まさか、さっきの会話に刺激され、本来の高誠が戻ってきたのか？

ブルーノは、高に期待のまなざしを向けた。

「さっきのたとえは正確ではない」

高が険しい顔で再び口を開いた。

「実際、世界中で毎年何人かが、苦いほうを食べて命を落としている。苦杏仁と呼ばれるアンズの種は、胃の中で分解されシアン化水素を発生する。シアン化水素は、細胞中のミトコンドリアの中に存在するチトクロム酸化酵素の三価鉄と反応し、細胞の呼吸を抑制することで死をもたらす。もちろん、シアン化水素は、熱により分解されるから火を通して食べれば問題ないが……」

「もういい！」

ブルーノが叫んだ。

高は話を中断し、不思議そうにブルーノを見た。

ブルーノは、ようやく理解した。本来の高が戻ってきたのではなく、どんどん『機械の心』の道を突き進んでいるのだ。

「そろそろ本題に入ろう」

ブルーノは、ため息交じりにそう言うと、プリントアウトした写真を取り出した。

身分証明書の写真だ。拡大され画像は少し劣化しているが、まだクリアと言えるレベルだ。写真の中の男性は立派な髭をたくわえ、頭にはターバンを巻いている。少なくともその二点は高の絵と同じだが、目鼻立ちは似ているという程度だ。

「名前はシュリーファー、エジプト人だ。十年前、カイロで花屋を始めた。今も続いているはずだ。お前の絵とまったく同じとは言えないが、写真うつりのせいもある」

「まだあるのか？」

「ああ」

そう言ってブルーノは十数枚の写真をテーブルに並べると、一枚ずつ指で示しながら説明した。

「これはアフマディー。ケルマーン在住の中学教師。それからこれ、サイードはサカーカ在住の会社員で企画広報を担当している。これもエジプト人で、カイロで金物屋を経営してる……」

ブルーノは、すべての候補者について説明し終わると、少しほっとした。ここ数日はまったく気を抜けなかったが、やっと肩の荷が下りたような気がした。あとは高の採否を——基本的に間違いない——待つだけだ。

「エジプト人、カイロ、花屋……。お前は、シュリーファーだと思ってるのか？　じゃなければ最初に出してこないだろ？」

ブルーノがうなずく。

「こいつじゃない」

高が首を振りながら言った。

「そうか」

あっさり認めて、ブルーノは他の写真に目を落とした。

「そうすると……」

「全員違う。ここにはいない。北緯三十度というと相当な範囲だが、ふと、ある都市が思い浮かんだ。カイロの近くにある面白い名前の街だ」

「面白い名前？」

「十月六日市」

エピローグ

"I was so far from you."（あなたとの距離ははるかに遠く）
"Yet to me you were always so close."（だけどこんなにも近い）
"I wandered lost in the dark."（私は暗闇の中をさまよう）
"I closed my eyes toward the signs."（私は信仰に向き合い両目を閉じる）

高くて抑揚のある歌声が、暗闇にこだまする。

ここは建築現場の廃墟だ。五階建てだが外壁はなく、積木のような骨組みがむき出しになっている。最上階から空に向かって突き出した鉄筋を、月の光が照らしている。

所々で薪がたかれ、周りに人が集まっている。怪しく揺れる炎の光が人々の顔を照らす様は、恐怖の儀式を彷彿とさせるが、ここはライブ会場だ。聴衆の視線は一階にしつらえられた舞台に注がれ、そこにひとりの男が立っている。

ここは地下ライブの会場だが、違法というわけではなく、主流から離れているだけだ。こうして趣味を同じくするファンが集まり、原始的な環境に浸りながら感情を歌いあげているのだ。

男の歌が続いている。

"You put in my way."（あなたは私に人生の路を与えてくれた）
"I walked every day."（私は毎日その道を進む）
"Further and further away from you."（だけどあなたからどんどん離れていく）
"Ooooo Allah, you brought me home."（ああアラー、あなたは私を守ってくれる）
"I thank you with every breath I take."（あなたの恩は忘れない）
"Alhamdulillah, Alhamdulillah."（アルハムドゥリラ、神よ感謝します）

男が歌っている間、会場は静まり返り、パチパチと薪のはぜる音だけが聞こえていた。歌い終わった男が一礼する。しばらくして雷鳴のような拍手が鳴り響いた。男は『舞台』から飛び降りると、聴衆の間を通り抜けて外に出た。

その時、薪の炎が男の顔をはっきりと照らし出した。四十代の中年男性で、立派な髭をたくわえ、頭に白い布を巻いた典型的なエジプト人だ。どうやら出番を終え、帰るつもりらしい。

「アーリア、今日の歌は最高だった」

誰かに背後から声をかけられた。

「ありがとう」

「この街を出ていくそうだね。こんなにいい街なのに？」

「そうなんだ……」

アーリアは足を止め、軽くため息をついた。

「十月六日市は本当にいい街だ」

十月六日（6th October City）。これは都市の名称だ。

その由来になったのが、一九七三年に開戦した贖罪の日戦争だ。この戦争は、ラマダン戦争、十月戦争とも呼ばれるが、国際的には第四次中東戦争で通っている。経過については、くどくど述べるまでもなく、二十日足らずでエジプトは完敗した。

だが興味深いことに、エジプト人はこれを勝利ととらえた。先の第三次中東戦争は、さらにひどい負けを喫したことを思えば分からないでもない。その戦いは、エジプト、ヨルダン、シリアの連合軍が、イスラエルにより六日で撃破されたことから、またの名を六日戦争とも称する。

幸福感というのは、常に相対的なもので、こうして十月六日という都市は誕生した。

今ではカイロ市内の人口増加の抑制や、工業の発展という大切な役割を担っている。カイロの衛星都市として百万人近い人口を有しているのだ。大学や工業団地、ショッピングモールもあり、かなり近代的な都市と言える。

それに加えて、地下ライブもあり実に面白い街だ。

「残念だけど……」

アーリアは首を振りながら、大股でライブ会場をあとにした。

今夜の月明かりは地面を照らすほどではないが、迷いなく暗闇に足を踏み入れた。途中で振り返ると、遠くに火の光がわずかに見える。歌声が漂ってくるような気がしたが、はっきりとは聞こえなかった。

さらば、十月六日市。

アーリアはひとつ大きく息を吐いた。本当は、ここの生活が気に入っていたが、あの事件のせいで去らざるを得なくなった。アーリアは、家財道具を積みこんだ小型のピックアップトラックが停めてある狭い路地に入った。

車のキーを取り出し、ドアを開けようとしたアーリアの手が空中で止まった。

「誰だ？」

ゆっくりと振り返る。

「アーリアさん？」

暗闇の中から人影が出てきた。

「さっきの『thank you allah』は素晴らしかった。マヘル・ザインの原曲を聞いたことがあるけど、あなたのほうが断然素晴らしい」

「ずっとつけていたのか？」

アーリアが、警戒のまなざしを向ける。

人影が徐々に近づいてきて、顔がはっきり見えた。若い東洋人だ。整った顔立ちをしているが、まったくといっていいほど表情がない。月明かりの下で若者のグレーの瞳がわずかに光を放った。

アーリアは、恐怖で叫びそうになったが、深く息を吸いなんとか落ち着いた。

「き……君は誰だ？」

「高誠だ。本当は、僕が誰だか分かっているんだろ？」

返答に窮したアーリアが、ぼんやり高を見つめていると、ひとり、またひとりと人影が現れた。シャープな顔立ちをした若者が車椅子を押している。車椅子に座っている少女は、ぐっすりと眠っているようだ。

若者が口を開いた。

「洪博士と会わせてほしい」

Extension World 2 覚醒

秋风清

須田友喜 訳

発行日　2017年 11月 15日　第1刷

Discover

Illustrator　影山徹
Book Designer　國枝達也
Format Designer　bookwall

Publication　株式会社ディスカヴァー・トゥエンティワン
〒102-0093　東京都千代田区平河町2-16-1
平河町森タワー11F
TEL　03-3237-8321(代表)
FAX　03-3237-8323
http://www.d21.co.jp

Publisher　干場弓子
Editor　林拓馬

Proofreader　文字工房燦光
DTP　アーティザンカンパニー株式会社
Printing　株式会社暁印刷

ISBN978-4-7993-2197-3

Extension World 2　覚醒

秋风清　須田友喜 訳

ディスカヴァー文庫

Discover

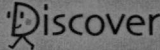